SI TU M'OUBLIES

76, boulevard Pasteur
75015 Paris – France
www.editionscharleston.fr

ISBN : 978-2-38529-164-8

Maquette : Patrick Leleux PAO

Achevé d'imprimer en février 2024
par Novoprint
Dépôt légal : mars 2024
Imprimé en Slovaquie

Pour suivre notre actualité, rejoignez-nous sur Facebook (Éditions.Charleston), sur Instagram (@editionscharleston) et sur TikTok (@editionscharleston) !

Charleston s'engage pour une fabrication écoresponsable ! Amoureux des livres, nous sommes soucieux de l'impact de notre passion et choisissons nos imprimeurs avec la plus grande attention pour que nos ouvrages soient imprimés sur du papier issu de forêts gérées durablement.

PEFC PEFC/14-38-00277

Cet ouvrage est composé de matériaux issus de forêts gérées durablement certifiées PEFC™.
Le Programme de reconnaissance des certifications forestières (PEFC™) est le plus grand organisme mondial indépendant de contrôle pour une gestion durable des forêts. Pour en savoir plus, consultez le site www.pefc-france.org

Tonie Behar

SI TU M'OUBLIES

Saga Grands Boulevards
Saison 2

Roman

POCHE
CHARLESTON

De la même autrice

Saga Grands boulevards :

19 bis, boulevard Montmartre, Charleston poche, 2024
(publié également sous le titre *Grands boulevards*,
JC Lattès, 2013)

La Chanson du Rayon de lune, Charleston, 2021

On n'empêche pas une étoile de briller, Charleston, 2022

Une folle envie de liberté, Charleston, 2023

Romans indépendants :

En scène, les audacieuses !, Michel Lafon, 2011

Coups bas et talons hauts, Jean-Claude Lattès, 2008

La Sieste (c'est ce qu'elle fait de mieux), Atelier de presse, 2007
et Jean-Claude Lattès, 2015 (ebook)

Nouvelles, avec la #TeamRomCom :

Le Grand Hôtel du Val des Neiges, Charleston, 2023

Si maman si, Charleston, 2022

Petits réveillons entre amis, Charleston, 2021

Noël Actually, Charleston, 2020

Noël et préjugés, Charleston, 2019

Y aura-t-il trop de neige à Noël ?, Charleston, 2017

Document :

Le rap est la musique préférée des Français, avec Laurent Bouneau
et Fif Tobossi, DonQuichotte, 2014

À mon père,
qui m'a donné cette idée folle.

« Prends garde à mon secret,
car j'ai beaucoup d'amour ! »
Marceline Desbordes-Valmore

Note de l'autrice sur l'édition poche

Si tu m'oublies est la deuxième saison de la Saga Grands boulevards. Dans ce roman vous allez rencontrer Violette, Joachim, Aurèle, Franck, Ulysse et Cheyenne… mais vous croiserez aussi certains habitants emblématiques du 19 bis, boulevard Montmartre, comme Max ou Karim.

Néanmoins, vous n'avez absolument pas besoin d'avoir lu la saison 1 pour entrer de plain-pied dans l'histoire de Violette. Chaque tome de la saga peut se lire séparément, mais ensemble ils constituent une fresque qui traverse le temps et donne à chaque fois un nouvel éclairage sur les personnages et les événements.

C'est pourquoi je remercie infiniment les éditions Charleston, et en particulier mes éditrices Alice Bercker, Danaé Tourrand-Viciana, Lisa Labbe et la boss Karine Bailly de Robien, de permettre la réalisation de ce projet qui me tient tellement à cœur : la sortie de toute la saga Grands boulevards en poche avec des couvertures signées par la talentueuse Angéline Melin. J'espère que cette nouvelle collection vous donnera envie de flâner sur mes grands boulevards.

Bienvenue au 19 bis, boulevard Montmartre et bonne lecture !

Tonie Behar

1

Une angoisse passa, furtive comme un nuage gris

Vendredi 31 juillet 2015

On a beau se fabriquer une existence réglée comme du papier à musique, la vie se met parfois à jouer sa propre partition. Violette était du genre à tout planifier. Quand on est mère, célibataire et médecin, il faut être organisée. Elle était donc parfaitement dans les temps pour ne pas rater le TGV de 10 h 19 en direction de Toulon. Mais il devait être écrit que rien dans sa journée, ni dans les suivantes, ne se déroulerait comme prévu.

La gare de Lyon à Paris un vendredi matin d'août, c'est à la fois le paradis et l'enfer. Les haut-parleurs chuintent des annonces inaudibles couvertes par le jingle obsédant de la SNCF. Le soleil tape joyeusement sur les hautes verrières comme pour dire : « C'est l'été, c'est les vacances ! » Dans l'odeur des cafés chauds, des sandwichs froids et des croissants industriels, la foule se presse et s'éparpille.

Violette était là, petite fourmi transpirante et chargée, dans ce vaste mouvement de transhumance, en compagnie de sa sœur Amanda et de ses jumeaux de quinze ans, Cheyenne et Ulysse. Son fils portait les sacoches des ordinateurs en bandoulière et sa fille trimbalait Scott le chat, qui s'agitait dans son sac de transport. Chacun traînait en plus une valise à roulettes. Amanda, qui les avait accompagnés en voiture, fermait la marche, avec la grande cage à oiseaux dans laquelle se trouvaient Ron et Hermione, les perruches callopsittes de Cheyenne. Le TGV 2937 était prévu à l'heure. Violette pila devant le grand panneau des départs pour identifier le quai où se trouvait leur train, imitée par Ulysse et Cheyenne avec le chat, puis par Amanda et les oiseaux, puis par les personnes qui les suivaient, provoquant sans le vouloir un mini-carambolage. Ulysse enveloppa les ordinateurs, qui venaient d'effectuer une valse dangereuse sur son torse, de deux bras protecteurs.

— Putain ! J'en peux plus de tous ces cons !

Ni Violette, ni Cheyenne, ni Amanda ne relevèrent. Avec ses cheveux blonds, ses yeux bleus, ses fossettes, Ulysse avait un visage d'ange mais un langage de démon. Depuis sa tendre enfance, il jurait comme un charretier. Violette l'avait laissé faire, pour qu'il se sente fort avec les mots, parce qu'il avait tendance à être plus petit et plus rond que les autres, exactement comme son père au même âge, et cela le complexait parfois. Elle aurait étranglé de ses propres mains toute personne qui faisait de la peine à son fils et estimait qu'en son absence, il était tout à fait légitime qu'il ait des armes verbales pour se défendre. Une faiblesse qu'elle regrettait de temps en temps et surtout à l'instant.

— On est toujours le con de quelqu'un, mon cœur.

— Quai 23 ! lança Cheyenne.

— Flemme ! C'est à l'autre bout de sa mère la pute la gare !

Il avait fallu acheter des bouteilles d'eau et des petits gâteaux. Amanda, aussi blonde que Violette était brune, aussi extravertie qu'elle était secrète, hurlait qu'ils allaient rater le train si ça continuait comme ça. Ils s'étaient finalement installés dans un carré famille, les valises calées pas trop loin dans les porte-bagages, les ordis sous les pieds, le chat sur les genoux, les perruches sur les tablettes. Par la fenêtre, Amanda faisait de grands gestes d'adieu. Violette agita la main et sa gorge se crispa. Une angoisse passa, furtive comme un nuage gris dans un ciel d'été. Cheyenne se mit à taper des notes sur son iPhone, en observant le chat qui se faisait compulsivement les griffes contre son grillage de nylon. Amanda s'éloigna après un dernier baiser envoyé du bout des doigts. Violette s'adossa contre son fauteuil et tenta de se motiver en se visualisant, étendue sur une serviette, les pieds dans le sable, avec le bruit des vagues et le parfum de l'huile solaire. Sans succès. Ce séjour dans le Sud la stressait toujours. Pour se calmer, elle frotta la tablette devant elle avec une lingette désinfectante. Comme chaque année, Aurèle, le père des jumeaux, avait insisté pour qu'elle passe un week-end « en famille » avant de lui laisser Cheyenne et Ulysse pour trois semaines.

Et comme chaque année, elle n'avait pas osé refuser.

Le portable de Violette bipa, annonçant un texto.

Alors ce départ ? Tout se passe bien ? Franck

— Mams ! Referme ton sac steuplait ! Tu vas te faire dépouiller !

Elle sourit à son fils qui se montrait toujours protecteur, cala son sac en sécurité sur ses genoux, et se demanda depuis quand elle était assez intime avec Franck pour ce genre d'échange. En quelques semaines, le barman du café d'en bas était entré dans sa vie sans qu'elle y prenne garde. Au début, elle lui avait confié ses clés quand un des enfants avait oublié la sienne, puis il l'avait dépannée quand son lave-linge avait fui et l'avait sauvée quand son ordinateur avait planté. De fil en aiguille, ils étaient devenus plus proches. Il avait une façon de poser des questions assez étonnante, car on sentait qu'il s'intéressait vraiment à la réponse. Elle pianota : *Tout va bien, nous sommes dans le train !* Et appuya sur envoi.

Cheyenne, assise en face de sa mère, avait fini par calmer son chat. Elle leva les yeux et commença à s'extasier sur la beauté d'un chien qui venait d'entrer dans le wagon. Quand il s'agissait d'animaux, Cheyenne ne fatiguait jamais. Violette se retourna et vit effectivement un berger allemand tenu en laisse par un policier en uniforme marine et rangers noires.

— Le chien, viens le beau chien ! exultait Cheyenne.

— Fais gaffe putain ! Il va bouffer Scott !

Le chien trottina vers eux et sauta sur la jeune fille qui n'en pouvait plus de joie. Violette dévorait sa fille des yeux, se demandant une fois de plus comment un charme aussi extravagant pouvait être contenu en une si petite personne. Elle ne se lassait jamais d'admirer son sourire irrésistible, la finesse de ses traits et ses boucles brunes qui cascadaient sur ses épaules. Les yeux dorés de l'adolescente pétillaient de tendresse tandis qu'elle caressait la tête du molosse.

— Oh c'est un beau chien ça ! Oh qu'il est beau ce chien ! Gentil chien !

Plongée dans la contemplation de Cheyenne, Violette ne remarqua pas que l'animal s'était détourné de sa fille pour se précipiter vers elle. Il se mit à lui lécher les pieds à travers les lanières de ses sandales à talons, jappant et remuant la queue de plus belle.

— Oh non mais c'est pas juste ! Pourquoi il va vers toi ?! Coucou ! Par ici le chien ! s'agaçait Cheyenne.

Violette tentait tant bien que mal d'échapper à l'affection envahissante du molosse qui s'accrochait à elle et commençait à gronder en fourrant le museau dans son sac. Soudain, le chien aboya. Un aboiement bref, comme un signal. Les policiers approchèrent d'un pas martial, l'encadrant d'un mur de tissu bleu sombre, d'armes de combat et de matraques. Le berger allemand grondait, menaçant. Elle sentit une main hostile peser sur son épaule et la panique lui serrer la gorge. En moins de dix secondes, Violette se retrouva debout, menottée et fermement maintenue par deux flics. L'un d'eux s'adressa à elle poliment, mais froidement.

— Madame, veuillez nous suivre. Vous êtes en état d'arrestation pour possession de drogue.

2

Mercredi 29 mai 1991

Aujourd'hui cela fait dix ans que ma mère est morte. Ma tante Lea est venue d'Istanbul et je ne suis pas allée en cours. Elle m'a offert ce cahier en daim bleu, avec un ridicule cadenas doré, en claironnant « ton premier journal intime ! ». Je ne lui ai pas répondu que ce serait aussi le dernier vu que même une pauvre rédaction me fait chier. Parler me fatigue. Il paraît que dans un journal, on doit écrire tout ce qui nous passe par la tête, ou alors raconter ses journées. Je ne sais pas trop ce que j'ai dans la tête, mais voilà ma journée : ce matin, nous sommes allés chercher ma tante, son mari Albert et leurs deux filles, Ethel et Myriam, à l'aéroport, puis on les a conduits à leur hôtel près des Champs-Élysées. Ma tante est très jolie, mais il paraît qu'elle ne ressemble pas à Maman, car elles étaient fausses jumelles. Je ne peux donc pas savoir de quoi ma mère aurait l'air si elle était vivante.

Ensuite les Castoriano se sont installés dans leurs chambres pour défaire leurs valises. Moi je suis allée dans celle de mes cousines, fausses jumelles aussi comme nos mères. Je les adore, même si on ne se voit pas souvent. Évidemment, ma petite sœur Amanda m'a suivie, elle me suit toujours. Elle n'a que cinq ans, elle n'arrête pas de parler et mes cousines la trouvent super mignonne. J'ai essayé de dire à Papa de garder Amanda avec eux, mais il a froncé les sourcils, comme si je le saoulais. Ce n'est pas juste ! Aujourd'hui, je trouve qu'ils devraient tous être très gentils avec moi, mais on dirait que tout le monde s'en fout, sauf ma tante qui m'a serrée dans ses bras très fort en pleurant à l'aéroport devant tout le monde, du coup j'avais envie de la baffer.

Après l'hôtel, on a déjeuné chez Pizza Pino et puis Sylvie, ma belle-mère, est rentrée à la maison pour qu'Amanda fasse la sieste et on est allés au cinéma voir *Thelma et Louise*. Ce film est génial ! Avec un acteur canon à se rouler par terre. Ça m'a donné envie de traverser l'Amérique en voiture, cheveux au vent. Rien qu'en regardant l'écran, je me sentais ivre de liberté. Papa avait peur que je sois perturbée par la fin, vu qu'elles se tuent toutes les deux, mais ce n'est pas comme si j'ignorais qu'il n'y a pas d'âge pour mourir. Cela m'a même un peu consolée, car je me suis dit que ma mère était complètement libre maintenant. Quelle plus grande liberté que la mort ?

Ensuite, on est tous allés à la synagogue pour écouter la prière des morts, le Kaddish. Normalement les enfants doivent sortir à ce moment-là, car ils n'ont pas encore perdu leurs parents, sauf moi évidemment qui suis restée. L'office était en hébreu mais j'ai reconnu le nom de maman. Elle s'appelait Sarah Torel, ensuite elle a épousé Harry Abravanel, mon père. J'aimerais bien me rappeler juste un petit quelque chose d'elle, mais j'avais trois ans quand elle est morte et je n'ai plus aucun souvenir. Je ne sais pas ce que c'est, avoir une mère. Moi, j'aurai des enfants tôt, vingt ans maximum, comme ça si je meurs, ils auront eu le temps de me connaître. Ma mère m'a eu à trente-six ans et elle est morte à trente-neuf d'une crise cardiaque. Le truc qui n'arrive jamais, mais qui lui est arrivé. Pourquoi est-ce que c'est tombé sur elle ? Et sur moi ?!

Sylvie est gentille, mais ce n'est pas pareil. J'avais déjà sept ans quand je l'ai connue. Parfois ça m'énerve quand elle fait des milliards de câlins sous mes yeux à Amanda et après elle me dit juste « Bonne nuit Violette ». Je ne sais pas, ça lui arracherait la gueule de me faire un bisou ?

Ensuite, on est rentrés à la maison pour dîner. En ce moment, tout le monde est au salon, mais moi je me suis enfermée dans ma chambre. Je n'ai plus envie de voir personne. J'écris ce journal débile au lieu de faire mes devoirs, j'ai un contrôle de maths demain, mais je sais déjà tout. Et puis je suis déjà sûre de passer en troisième !

Au fait, je me présente : je m'appelle Violette Abravanel, je viens d'avoir quatorze ans, je suis brune aux yeux « noisette », comme dit Papa. Je suis en quatrième au collège Buffon à Paris et je collectionne les chaussures. Quand je serai grande, je serai médecin du cœur, pour ne pas que les gens meurent trop jeunes.

3

Comme quelqu'un qui sait qu'on est en train de le prendre pour un con

Les policiers ne plaisantaient pas. Violette avait été obligée de quitter le wagon, encadrée par deux armoires à glace à la conversation limitée. Elle se trouvait donc sur le quai noir de monde, un flic à sa droite lui maintenant les bras dans le dos, l'autre à ses pieds, fouillant son sac, entourée de curieux qui ne se privaient pas de la regarder. Elle sentait son cœur battre à grands coups paniqués, ce qui est quand même un comble quand on est absolument innocente. Les épaules rejetées en arrière, le menton relevé, le regard ferme pour repousser l'humiliation au loin, elle songea un peu absurdement que les criminels n'avaient pas choisi un métier facile. Rassemblant ce qui lui restait de dignité, elle ordonna au policier de se dépêcher car ses enfants l'attendaient. Le chien continuait à japper et grogner autour d'elle. Le flic qui avait les mains plongées dans son sac en sortit triomphalement un petit sachet transparent où se devinaient quelques feuilles d'herbe. Violette hoqueta de surprise :

— On dirait qu'on a eu raison de prendre cet email au sérieux ! se félicita le policier.

— Qu'est-ce que c'est que ce truc ? C'est vous qui venez de le mettre ?

— Ah non madame, ce sachet se trouvait bel et bien au fond de votre sac !

— Mais c'est impossible, absolument impossible !

Atterrée, indignée, elle regardait autour d'elle.

— C'est une caméra cachée c'est ça ? Une blague ?

— Où vous êtes-vous procuré ce cannabis ?

— Mais je n'en sais rien moi ! Je ne fume pas, je n'en ai jamais acheté de ma vie ! Je ne sais pas d'où ça sort !

L'homme soupira longuement, comme quelqu'un qui sait qu'on est en train de le prendre pour un con.

— Madame, nous sommes obligés de vous demander de nous suivre au poste.

— Mais mes enfants sont dans le train ! Leur père nous attend !

Il leva les yeux vers le wagon d'où Cheyenne et Ulysse, penchés à la fenêtre, les fixaient avec des yeux ronds.

— Ils m'ont l'air assez grands pour voyager seuls. Vous avez le choix entre les faire descendre, ou les laisser partir sans vous.

— Je cauchemarde ! Je vais me réveiller !

Au même instant, le chef de gare siffla le signal du départ. Violette entendit les portes se verrouiller et vit le TGV se mettre lentement en branle, emportant au loin ses enfants, son chat et ses perruches.

— Trop tard ! railla le flic.

Elle se dégagea brusquement pour se précipiter vers Cheyenne et Ulysse qui la regardaient, affolés.

— Ne vous inquiétez pas mes trésors ! C'est un petit malentendu ! Tout va bien se passer ! Le train est direct et Papa vous attendra sur le quai de la gare à Toulon ! Vous pouvez me joindre minute par minute. Je vous aime. Bon voyage !

Un quart d'heure plus tard, elle était rue de Bercy, au commissariat de police de la gare de Lyon, et elle avait envie de pleurer.

— Puisque je vous dis que je ne sais pas d'où sort ce truc ! Je le jure sur la tête de mes enfants. Je ne fume pas, je ne sais même pas rouler un joint !

— Ce n'est quand même pas très compliqué ! lança le deuxième flic.

— Admettons que vous n'y soyez pour rien. D'où tenez-vous cette herbe ? Vos enfants fument ?

— Mais enfin, ils n'ont que quinze ans !

L'autre lui lança un regard de commisération, à peine s'il ne leva pas les yeux au ciel.

— Alors ça ne peut être que vous.

— Mais pas du tout ! Je suis médecin ! ajouta-t-elle comme si cela expliquait tout.

Soudain, tout son être se crispa, car elle venait de penser à sa sœur. Amanda adorait fumer et avait toujours de la weed sur elle. Sa sœur l'avait accompagnée à la gare, l'avait serrée contre elle, et avait même fouillé son sac pour y chercher un chewing-gum. C'est à ce moment-là qu'elle avait dû déposer l'herbe. Violette inspira discrètement. Surtout ne pas parler d'Amanda, éviter même de penser à elle au cas où ils liraient dans son cerveau. Dans toutes les séries policières, les flics avaient un flair anormal. Elle préféra concentrer son esprit sur les jumeaux qui en ce moment même roulaient à 320 km/h vers Toulon. Heureusement, elle avait pu appeler Aurèle pour le prévenir qu'elle n'était pas dans le train. Elle en avait profité pour lui dire qu'elle ne viendrait pas du tout.

— Je tiens à vous dire que je suis furieuse, messieurs. À cause de vous, mes enfants voyagent seul pour la première fois. Et ma fille panique facilement.

Le flic ignora son intervention. Il répéta pour la vingtième fois, articulant exagérément.

— D'où-te-nez-vous-cette-herbe ?

Elle soupira :

— C'est bon, vous avez gagné ! C'est pour ma consommation personnelle !

— Ah ben voilà ! s'exclama le second flic.

— Consommer du cannabis est interdit par la loi française, pontifia celui qui semblait être le chef en face d'elle.

— À ma connaissance, on a le droit d'en avoir sur soi en petite quantité du moment qu'on n'en vend pas.

— Eh bien, c'est un droit passible d'une amende, madame !

Violette hésita à monter sur ses grands chevaux et crier à l'injustice, ainsi que sa nature jusqu'au-boutiste le lui soufflait. Elle voulait juste rentrer chez elle et oublier cette histoire. Elle récupéra son sac posé sur le bureau gris des policiers et attrapa le flacon de gel antibactérien qu'elle gardait toujours dans la poche intérieure. Elle en pschitta une dosette dans sa paume.

— Une amende de combien ? demanda-t-elle en se frottant compulsivement les mains.

Aurèle l'appela au moment où elle sortait du commissariat pour lui annoncer que les jumeaux étaient bien arrivés.

— J'en profite pour te féliciter ! Bravo, quel exemple magnifique ! Tu aurais pu éviter d'embarquer ta beuh dans le train. Tu imagines comme ils ont flippé ?

Comme si elle ne culpabilisait pas déjà assez toute seule !

— Je n'y suis pour rien, soupira-t-elle. C'est un petit cadeau que m'avait laissé Amanda.

— Il faudrait peut-être qu'elle se décide à grandir. Tu sais que j'adore ta sœur mais…

— Aurèle, tu peux me passer les enfants ? coupa-t-elle.

Elle dut rassurer Cheyenne : non, aucun mal ne lui avait été fait, oui elle était libre, complètement libre, et non, elle n'aurait pas de casier judiciaire. L'aventure avait au contraire passablement amusé Ulysse, une mère en *gardav*, c'était trop bien. Elle les garda un petit moment au téléphone, juste pour entendre leur voix. Elle les aimait d'un amour passionné, dévorant, absolu. Ils lui manquaient déjà, même si elle savait qu'ils étaient heureux de passer le mois d'août avec leur père.

Quand elle fut enfin de retour dans son appartement, elle contacta sa sœur.

— Amanda, espèce de crapule, je vais te tuer !

— Pourquoi ?!

— Mais je me suis fait arrêter à cause de toi ! J'ai raté mon train ! Je me suis retrouvée au poste, j'ai dû mentir aux flics... et j'ai payé une amende astronomique !

— Arrête, tu me fais peur ! De quoi tu parles ?

— Ce n'est pas toi qui as mis de la weed dans mon sac ?

— Jamais de la vie. Je te jure sur la tête de mes neveux !

— Mais alors, qui ?

4

Mardi 29 septembre 1992

Presque deux ans que je n'ai pas touché à ce journal ! Depuis le jour où ma tante me l'a offert. Mais aujourd'hui, je ne sais pas pourquoi, j'ai eu envie d'écrire. C'était pourtant une journée complètement banale.

Je suis allée en cours, comme tous les jours depuis la rentrée (je suis maintenant en seconde C, toujours à Buffon). Ensuite on a traîné au Pasteur avec Sophie et Aurèle, mes meilleurs potes, puis je suis rentrée, et j'ai fait mes devoirs. Le prof de maths nous tue à coups d'exos. Ensuite, comme tous les soirs, j'ai eu Sophie au téléphone pour faire le point sur la journée. D'après elle, Aurèle est amoureux de moi, mais je ne crois pas, on est trop amis. Et puis même si je l'adore, il est tout sauf craquant : on dirait un bébé joufflu avec des lunettes en écaille et des dents en vrac. Il devrait porter un appareil. Heureusement, je suis débarrassée du mien depuis mars dernier. Papa est rentré du boulot et Sylvie ma belle-mère nous a appelés à table (une question en passant : pourquoi ce sont toujours les femmes qui préparent la bouffe ?). Je n'avais pas faim. Elle a pris ça comme une agression : « Avec le mal que je me donne ! *Blablabla*… ». Je n'ai rien dit. Parler me fatigue. Je suis de retour dans ma chambre. Toute la journée, j'étais bizarre et d'ailleurs là, quand j'écris, je ne me sens toujours pas comme d'habitude.

Amanda vient de regarder par-dessus mon épaule. Ça me rend guedin ! En ce moment, elle est toujours dans ma chambre parce que Papa et Sylvie n'arrêtent pas de se disputer et ça lui fout la trouille. Tous les soirs, ils crient et Amanda débarque avec son vieux doudou pourri. Elle a sept ans, elle fait la grande, mais dans ces moments-là, elle redevient un bébé. Cette petite crapule vient « bavarder » et s'assied sur mes genoux, et du coup je ne peux plus bosser. Elle vient de me demander « pourquoi crapule ? » et j'ai envie de la bouffer de bisous. Je me demande ce qu'il va se passer s'ils se séparent. Est-ce qu'Amanda vivra toujours avec nous ? Franchement, ce serait trop affreux si je perdais ma sœur. Ils n'ont pas le droit de me faire ça.

Bon, après une séance de câlins, j'ai mis Amanda à la porte. Je continue. Sophie est ma meilleure amie depuis l'année dernière. Et elle m'éclate avec ses histoires de mecs complètement ouf. Je ne sais pas combien elle en a embrassé. Moi je suis sortie avec un garçon l'année dernière à une soirée, ça a duré une semaine. Je n'ai rien ressenti, je n'avais rien à lui dire, alors je l'ai largué le samedi d'après. Il a continué à me coller pendant des mois. C'est souvent comme ça, parler m'emmerde.

Je préfère me taire et rêver à des trucs dans ma tête. Sophie dit que je suis une introvertie, même si en moi bouillonne souvent l'envie de faire des folies ; pas des petites embrouilles un peu merdiques, mais des trucs qui font vraiment perdre la tête !

Aujourd'hui, alors qu'on traînait avec Sophie, on a vu une foule de gens agglutinée dans la cour des grands. On s'est approchées. Un mec avec de longs cheveux noirs qui lui tombaient sur les yeux jouait avec une espèce de grand walkman gris et carré relié à une manette zarbi. Medhi a dit que c'était une Super Nintendo. Plus besoin de rester chez soi ou d'aller au café pour jouer aux jeux vidéo, avec ce truc on peut jouer partout. Il paraît que ce mec l'a rapportée des States. En nous approchant encore, nous avons découvert qu'il faisait sauter Super Mario, un plombier à moustache, en appuyant sur les boutons de la manette. J'ai trouvé ça complètement débile ! Mais apparemment la Super Nintendo, c'est la classe intergalactique parce que tout le monde dévisageait ce keum comme s'il l'avait rapportée de l'espace. À un moment donné, il a relevé la tête, ses cheveux sont partis en arrière et j'ai vu ses yeux. Ils sont noirs comme la nuit. Et lui, il est beau comme le jour. Sophie, qui est toujours au courant de tout, m'a dit qu'il s'appelle Joachim Calderon.

5

Une sorte de Pompéi du Paris d'après-guerre noyé dans l'acrylique

Violette avait enlevé tous les meubles du séjour. Elle voulait profiter de ce week-end imprévu en solitaire pour mener à bien un projet qui la titillait depuis un moment : décaper le parquet du salon et de la salle à manger qui était recouvert d'une épaisse couche de peinture blanche. Violette et les jumeaux avaient emménagé dans cet appartement en mars, en pleine année scolaire, car le logement qu'ils occupaient dans le xe arrondissement avait été mis en vente. Il avait fallu trouver en urgence un appartement pas très loin du lycée Lamartine où les jumeaux étaient scolarisés et c'est une nouvelle fois Amanda qui lui avait sauvé la mise. Son associée Bettina avait entendu dire qu'un appartement se libérait au cinquième étage du 19 bis, boulevard Montmartre. Violette avait postulé et son dossier avait été rapidement retenu. Il régnait dans cet immeuble une ambiance singulière, un va-et-vient perpétuel des différents locataires qui semblaient passer leur temps les uns chez les autres. Pour sa part, elle avait sympathisé avec Karim, le patron du café d'en bas – qui préférait l'appellation « restau-lounge-kebab-bar à chicha » – et surtout avec Franck le nouveau barman. Cheyenne et Ulysse s'étaient rapidement acclimatés aux mœurs locales et passaient énormément de temps chez leurs voisins du quatrième étage, Max, un monsieur très cool et son petit-fils Simon, grand gamin de vingt ans qui possédait une collection impressionnante de jeux vidéo.

La première fois qu'elle avait visité l'appartement, Violette avait découvert un univers blanc et fantomatique, peuplé d'ondes étranges, comme si le passé avait été emprisonné sous un manteau de peinture blanche. Une sorte de Pompéi du Paris d'après-guerre noyé dans l'acrylique. L'ancien locataire, un chanteur de rock, avait repeint tous les meubles, tables, chaises, fauteuils, placards… et toutes les pièces en blanc du sol au plafond… hormis une chambre entièrement tapissée de liège ! Malgré, ou peut-être à cause de ces bizarreries, elle avait eu un coup de cœur pour l'endroit. Le propriétaire avait, par bonheur, accepté de faire quelques travaux de rénovation, mais le parquet avait été laissé en l'état et Violette s'était mis en tête de le récupérer, malgré l'avis de ses confrères qui lui déconseillaient de se lancer dans cette galère. Et quand Violette avait quelque chose en tête… Elle mit un album de Lana del Rey, et s'attela à la tâche.

Vêtue d'un vieux jean et d'un débardeur, les cheveux relevés en chignon, le visage dissimulé sous un masque de papier et les mains protégées par d'épais gants en caoutchouc, Violette versa un peu de décapant chimique sur le sol et l'étala en couche épaisse sur environ cinquante centimètres, exactement comme le recommandait le tutoriel pour bricoleurs amateurs qu'elle avait trouvé sur YouTube. Dix secondes plus tard, suffocante et les yeux débordants de larmes, elle se précipitait vers la fenêtre ouverte pour respirer à plein poumons les gaz d'échappement du boulevard Montmartre, qui lui semblèrent une bouffée d'oxygène pur après les vapeurs toxiques du décapant. Violette resta un moment à sa fenêtre, car le mode d'emploi recommandait d'attendre quelques minutes avant de procéder au décapage. Le quartier était, comme toujours, très animé. Le flot continu des passants qui se pressaient sur les larges trottoirs ou flânaient aux terrasses des cafés lui donnait une énergie particulière : les grands boulevards avaient la pêche. Juste sous son nez, un platane secouait mollement son feuillage au rythme du vent, le ciel avait la couleur des vacances. En bas, un feu passa au vert, libérant la file de voitures à l'arrêt. Lana del Rey chantait « Dark paradise ». Violette n'entendit pas tout de suite la sonnette. Le tintement se fit insistant. Elle se demanda qui pouvait bien sonner un samedi après-midi d'été, alors qu'elle était censée être dans le Sud. La gardienne ? Franck ? Amanda ? Quittant la fenêtre, elle ouvrit la porte.

Devant elle se tenait un coursier accompagné de trois gros cartons estampillés du logo d'un site sur lequel elle faisait souvent du shopping en ligne. Elle mit quelques secondes à se souvenir qu'elle n'avait rien commandé. Le livreur n'était pas le jeune homme habituel. Celui-ci était plus grand, plus massif et semblait plus âgé. Il portait l'uniforme de la compagnie de transport, blouson et pantalon noirs, mais son visage était à moitié caché par la visière d'une casquette de même couleur, qu'il gardait obstinément baissée. L'homme était essoufflé. Violette détecta sur lui une odeur acide qu'elle avait déjà identifiée chez certains patients avant un examen délicat : celle de la peur. En un éclair, elle prit conscience que la situation était anormale et tenta de refermer promptement sa porte, mais l'homme la bloqua du plat de la main, révélant une force contre laquelle elle ne pourrait rien. Elle faillit crier de terreur. C'est alors qu'il releva la tête et prononça son prénom d'une voix rauque.

Était-ce une hallucination ? Une vue de l'esprit ? Sous la visière noire se dessinait un visage qui lui mit le cœur au bord des lèvres. C'était celui du jeune homme d'autrefois et c'en était un autre, différent, plus dur, mangé de barbe, avec des ombres sous les yeux et une expression d'animal traqué. Le garçon du passé affichait toujours un sourire conquérant et enjôleur. Il avait des yeux ardents qui semblaient prêts à dévorer le monde et non ce regard éteint de bête blessée. Puis l'homme étira ses lèvres pâles en une ébauche de sourire. Elle le reconnut et son cœur chavira. Devant elle se tenait Joachim Calderon.

— Jo ! souffla-t-elle.

Il dressa son index devant sa bouche pour mimer un « chut » !

— Bonjour madame, où est-ce que vous voulez que je mette tout ça ?

Elle hésita un moment, mal remise de sa frayeur, le cœur en ébullition et la raison flairant les ennuis. Des dizaines de questions se bousculaient sur ses lèvres, mais la première chose qu'elle trouva à lui dire, après toutes ces années, fut « T'es pas sur Facebook ? » Et lui : « Tu me laisses entrer » ? Sa voix était basse, presque enrouée, la voix d'un homme qui ne parle pas souvent. Il semblait absolument éreinté, mais animé d'une volonté implacable qui le faisait tenir debout : un homme aux abois, sous tension, et elle en était certaine, un homme en danger. C'était de l'imprudence, de la folie, mais elle s'effaça pour lui laisser le passage. La situation était tellement inespérée ! Elle avait beau connaître l'adage qui dit que les choses arrivent quand on ne les attend plus, le délai lui paraissait quand même exagérément dépassé. Il souleva les cartons, qui semblaient peser très lourd, et les rentra rapidement avant de refermer la porte. Son regard fit plusieurs fois le tour de la pièce, scrutant les moindres recoins, comme un radar.

— Tu as un ordinateur ? Avec une webcam ? Il est allumé ?

Violette secoua négativement la tête et chercha un fauteuil où s'asseoir, mais malheureusement, il n'y avait plus un siège libre dans la salle à manger sens dessus dessous. Elle s'appuya contre le mur.

— Pourquoi ? demanda-t-elle.

Il ne répondit pas, mais s'approcha d'elle. Elle s'éloigna imperceptiblement. Ce Joachim inconnu, déguisé, qui semblait vivre dans une autre dimension – un espace-temps parallèle, où l'on peut surgir du passé, la mort aux trousses, et frapper à la porte de quelqu'un pour lui livrer des ennuis en paquet – ne la rassurait pas plus que ça.

— Violette, j'ai besoin que tu me rendes un grand service. Peux-tu garder ces cartons ici pendant une semaine ? Ensuite, je reviens les chercher et je ne t'embête plus.

— Qu'est-ce qu'il y a dedans ?

— Rassure-toi, ni de la drogue, ni des armes.

— Super ! Me voilà tout à fait tranquille !

Il plongea son regard dans le sien. Si elle faisait abstraction des ridules et des cernes, elle pouvait retrouver le regard noir velours de Joachim Calderon.

— S'il te plaît… juste une semaine. C'est très important.

Violette sentit la colère, sa très vieille colère, avec ses copines rage et impuissance, qui remontaient lui chatouiller le nez. Elle aussi, elle avait eu des choses très importantes à lui demander, mais elle n'avait jamais pu le faire.

— Tu peux m'expliquer deux trois trucs ? Où as-tu disparu ? Pourquoi tu ne nous as plus jamais contactés ? Pourquoi ne trouve-t-on aucune trace de toi sur Internet, ni nulle part ?

— Violette… Je ne peux pas répondre. Je ne peux pas rester, même dix minutes. Je veux que tu sois en sécurité. Tu ne le seras pas si je suis repéré. J'ai besoin de cacher ces cartons ici, et de… régler des choses. Dans une semaine, je reviens, et on se raconte tout. Samedi prochain, promis, je serai là. Est-ce que tu peux m'aider ?

Si un jour quelqu'un lui avait dit que Joachim lui demanderait de l'aide, et qu'elle la lui refuserait, Violette l'aurait traité de fou furieux, de débile profond. Et pourtant elle mourait d'envie de le faire. Si ses enfants avaient été là, elle l'aurait même chassé sans aucun scrupule. Mais ils ne devaient pas rentrer avant la fin du mois… Elle se visualisa, une semaine plus tard, assise dans ce même salon, tenant Joachim à sa merci, pour le faire parler, sans échappatoire possible.

— OK, mais je te préviens, si…

— Où est-ce qu'on peut cacher ça ?

— Dans ma chambre, mon dressing.

Il la suivit les bras chargés, tandis qu'elle vidait une partie de ses affaires, sans en demander davantage. Ils agirent rapidement, calèrent les cartons bien au fond, disposèrent des boîtes à chaussures devant, sur les côtés et au-dessus. Du boulot propre et bien fait. Nul n'aurait pu soupçonner la présence de paquets suspects derrière les boîtes à chaussures empilées. Joachim semblait soulagé et avait retrouvé un semblant de sourire.

— On dirait que tu aimes toujours les pompes !

Violette détourna le regard. Elle s'habillait sobrement, se maquillait peu, portait ses cheveux attachés en queue-de-cheval, mais oui, les chaussures étaient toujours son péché mignon.

— Chacun son truc. Toi, c'est la disparition.

Il posa impulsivement ses doigts sur ses lèvres pour la faire taire. Elle sentit monter en elle une rage assassine et repoussa sèchement la main intrusive.

— Une semaine. Dans l'intervalle, ne dis à personne que tu m'as vu, même à ta sœur. Ne parle jamais de moi au téléphone, ni par email ou texto, ne te sers pas de ta webcam. Et s'il te plaît, éteins ton téléphone quand tu te déplaces.

— Pourquoi, on m'espionne ?

— On ne sait jamais.

Il chercha son regard.

— Promets-le moi ! insista-t-il.

Elle soupira.

— OK !

Il était déjà devant la porte. Ses yeux n'avaient pas cessé de guetter autour de lui, les pièces, les fenêtres, les recoins. Son angoisse était si palpable que pendant un instant il lui fendit le cœur. Qu'avait-il donc fait pour se retrouver dans cette situation ? Désireuse d'alléger la tension, elle demanda :

— Est-ce que tu as toujours tous tes cheveux, ou bien ta casquette sert-elle à dissimuler une piteuse calvitie ?

Il retira le couvre-chef d'un geste vif et découvrit une chevelure de jais, toujours épaisse et brillante. Toujours un peu décoiffée. Oui, oui, c'était bien lui, malgré les années, sa mine de déterré et son affreux uniforme de livreur. Il enfonça la casquette sur son crâne et la regarda intensément.

— Et toi, tu n'as plus ta frange ?

Elle ébaucha un sourire triste. Il y aurait eu tant à dire, mais ce ne serait pas pour cette fois. Dans quelques secondes, il allait encore se désintégrer, elle ne savait où, dans quelle sombre planque, dans quel endroit sordide. Elle ignorerait tout de lui, sauf qu'il avait certainement profité de ces années pour devenir un voyou, ou du moins un type louche, pas fréquentable et puant la peur. Elle aurait aimé l'obliger à se poser, l'attacher de force à une chaise et lui tirer les mots de la bouche un par un. Au lieu de ça elle dit :

— Au revoir Joachim.

— Merci Violette…

Mais il ne partait pas… pas encore. Il demanda :

— Je peux te serrer contre moi ?

Une seconde plus tard, elle était dans ses bras. Ce fut très bref, très puissant, très étrange et très familier.

Violette réprima un frisson de panique et surtout une puissante colère, parce qu'après ce si long silence, il n'avait rien trouvé de mieux à faire que de la mettre en danger. Elle le repoussa de toute sa rancune.

— Ça suffit. Casse-toi maintenant ! Dégage !

Elle claqua la porte violemment sur lui, se réjouissant de l'expression d'effarement qui se peignit sur son visage.

— Connard ! hurla-t-elle à travers la porte close, sans savoir si elle parlait du passé ou du présent ; ni même s'il l'entendait encore. Mais ça lui fit du bien.

Évidemment, cinq minutes plus tard, elle était au fond du placard et avait envoyé valdinguer toutes ses boîtes à chaussures. Les cartons étaient là, sagement empilés. Elle attaqua le premier avec ses ongles, griffant et arrachant pour décoller le scotch. Il y avait du papier bulle et des cacahuètes en polystyrène et puis…

— Bordel de merde !

Ils dormaient là, sagement entassés. Des centaines et des centaines de billets en petites coupures. Il devait y en avoir pour des millions. Tremblante de terreur, Violette referma tout, les cartons, les boîtes, le placard. Elle remarqua alors une petite enveloppe qui était tombée sur le sol, et l'ouvrit.

Violette, ce n'est pas la peine de compter. Il y a cinq millions d'euros. Prends-en soin. J

6

Mardi 7 septembre 1993

Aujourd'hui, jour de la rentrée en 1re C. Joachim Calderon est dans ma classe ! Il est tout ce que je déteste : le mec qui se la pète et se prend pour la star du lycée, toujours sapé comme Kurt Cobain avec ses chemises à carreaux ouvertes sur des tee-shirts destroy et des jeans tout déchirés. Il ne m'a pas adressé un mot de toute l'année dernière alors qu'on s'est croisé plusieurs fois. Je suis sûre qu'il ne sait même pas que j'existe, tellement il se croit supérieur. Toutes les filles du lycée le trouvent super-sexy et il le sait ! Il a une façon de mettre ses cheveux en arrière qui m'agace et me fascine en même temps. Il penche la tête en avant, passe ses deux mains, doigts écartés, dans sa tignasse et relève la tête dans le même mouvement. À la fin, il a le cou en arrière et on voit qu'il a un super beau profil. Il fait tout le temps ça et les filles ont la salive qui se coince dans la gorge. Je suis sûre qu'il s'est entraîné devant la glace, ça fait faux.

Aujourd'hui, il était assis devant moi en classe, j'avais ses épaules, ses cheveux noirs et parfois son profil sous les yeux pendant tout le cours. Tout à coup, il s'est retourné pour me demander un stylo. J'ai senti le sang me monter aux joues, j'ai eu super chaud. Je suis sûre que j'ai rougi et qu'il l'a vu. Du coup j'ai été odieuse et je lui ai dit qu'il n'avait qu'à avoir le sien. Il a haussé les épaules et a demandé à sa voisine. Évidemment, cette conne en avait un, et il lui a souri tranquillement. J'ai eu envie de la tuer et de me tuer. Il va me prendre pour une fille pas cool maintenant. La prochaine fois, je serai plus naturelle et souriante. Souriante et naturelle seront mes mots d'ordre !

Aurèle qui était assis à côté de moi m'a dit que j'avais bien fait, ce qui m'a encore plus énervée. Pauvre Aurèle, il est arrivé en cours avec une bouche en acier ! Alors qu'on s'est tous tapé des bagues en quatrième/troisième et que plus personne n'en porte en première ! Tout ça à cause de sa mère qui est « débordée ». Même Papa a trouvé le temps de m'emmener chez l'orthodontiste et j'avoue que j'aime bien mes dents. À propos de Papa, j'ai l'impression que ça s'arrange avec Sylvie. Après un été terrible où on est parti seulement tous les deux en vacances en Turquie alors qu'elle a emmené Amanda en Italie, on est parvenus à une espèce de statu quo à la maison. Ils ne s'engueulent plus. Maintenant c'est le silence.

Je me demande si Joachim sort toujours avec sa copine de l'année dernière, une terminale qui doit donc être à la fac. Si ça se trouve elle l'a largué pour ne pas se taper la honte de sortir avec un lycéen !

7

Les tatouages s'étalaient sur les avant-bras musclés comme des fleurs vénéneuses

En été, la terrasse du Broadway Boulevard attire une foule d'habitués qui viennent fumer la chicha tout en sirotant des cocktails. Les tentures blanches tamisent la lumière du soleil et les palmiers en pot frémissent sous le vent. Violette Abravanel ignora cette atmosphère estivale pour se diriger directement vers le bar et commander un double expresso. Elle avait besoin de recouvrer ses esprits et de réfléchir à la manière dont elle devait aborder la situation. Joachim Calderon s'était tenu dans son salon. Il n'était pas mort, ni blessé, ni malade. Il savait exactement où et comment la joindre. Son long, très long silence n'avait donc aucune excuse, sa disparition aucun sens. Et ça la mettait en rage. Il lui avait parlé, l'avait touchée, avant de s'évaporer dans la ville comme un mirage. Elle n'avait à nouveau plus aucun moyen de le joindre, aucune idée d'où il se trouvait. Après son départ, elle avait fouillé Internet en quête d'une trace. Mais ses différentes recherches n'avaient confirmé que ce qu'elle savait déjà. Il avait complètement disparu des radars. Joachim Calderon n'existait plus pour personne. En revanche, il n'ignorait rien d'elle : il connaissait son adresse, et même le code d'entrée et l'étage où elle vivait, sur quel site de vente en ligne elle achetait ses vêtements. Il s'était procuré des cartons de livraison et une tenue de coursier. Pour échapper au tourbillon de questions qui menaçait de la rendre folle, elle s'était plongée dans l'intégralité de la première saison de la série *Scandal*. La nuit était passée. Au petit matin, elle avait sombré dans un sommeil brumeux où la visite de Joachim semblait se confondre avec ses rêves. Mais au fond de son dressing, la présence des billets endormis lui rappelait que c'était vraiment arrivé.

Elle joua un instant avec l'idée de grignoter quelques pop-corn proposés dans des coupelles sur le zinc, puis se ravisa à la pensée que des dizaines de mains pleines de microbes avaient dû les tripoter. Karim, le patron, lui servit son double expresso avec un croissant, cadeau de la maison. Elle le dévisagea avec un certain étonnement, comme si ses yeux s'étaient brusquement dessillés, et remarqua que son tee-shirt noir épousait exactement la forme de ses épaules, de ses pectoraux et de ses biceps musclés. Elle se demanda depuis combien de temps les hommes portaient des vêtements aussi serrés, depuis combien de temps les tatouages s'étalaient sur les avant-bras musclés comme des fleurs vénéneuses. Amanda avait raison. Elle ne regardait plus les hommes depuis longtemps.

— Tu as l'air bizarre, qu'est-ce qui se passe ?

— J'ai vu un fantôme.

Elle mordit avec délice une bouchée de croissant, légèrement croustillant dessus et fondant dedans, il était parfait, c'est-à-dire trop gras.

— Franck n'est pas là ?

— Non il a pris son week-end. Il revient demain.

Karim lui servit un verre d'eau fraîche qu'elle but d'un trait.

— T'as pas entendu parler d'un casse aux infos ? Personne n'a braqué de banque ?

— Non pourquoi ?

— Je demandais juste ça comme ça. Je réfléchis…

Il s'éloigna pour servir un café, passa un coup de torchon sur le zinc. Elle avait eu l'occasion de remarquer qu'il était un peu maniaque. Elle souleva obligeamment sa tasse pour le laisser essuyer.

— Tu ne devais pas passer le week-end sur la Côte d'Azur ?

— Si mais je me suis fait arrêter par les flics.

Il la regarda avec inquiétude.

— T'es vraiment chelou ce matin…

8

Dimanche 7 novembre 1993

Aurèle a décidé d'être un mec cool et populaire. Il a fait une teuf hier et a invité quarante personnes dans le super appart de ses parents, avenue de Lowendal. Ça a été une catastrophe...

Tout avait pourtant bien commencé. Sophie était à donf. Et j'avoue, moi aussi, même si je faisais genre « les teufs ça me fatigue ». On est allées se préparer chez elle. Sa mère lui achète des tonnes de fringues pour se faire pardonner du fait qu'elle bosse tout le temps et ne la voit jamais. D'après Sophie, c'est carrément génial parce qu'elle a son placard qui déborde et en plus elle n'a pas sa mère sur le dos (parfois, je me demande : c'est *comment*, avoir une mère sur le dos ?). J'ai mis un tee-shirt *Rage against the machine* avec une veste en jean délavé sans manches et une minijupe écossaise plissée, des collants opaques noirs et mes Reebok noires (oui je sais c'est mal, je les ai déjà en blanc mais j'ai une passion incontrôlable pour les chaussures). Sophie m'a maquillée en chargeant à mort sur le mascara. Elle a choisi une robe à fleurs à fines bretelles sur un tee-shirt blanc, avec des Rangers et s'est fait un grain de beauté comme Cindy Crawford. Bref, on assurait !

On est arrivées tôt pour aider Aurèle à pousser les meubles et préparer le buffet, genre chips et bonbons Haribo. Aurèle a carrément sorti toutes les bouteilles du bar de ses remps, whisky, vodka, gin, rhum… Il s'est tout de suite servi un whisky-coca, puis deux. Medhi a débarqué avec ses CD parce que c'est lui, le DJ. Puis tout le monde est arrivé en même temps. Medhi avait mis « Black or white » de Michael Jackson pour pousser l'ambiance. Les filles ont commencé à danser et les mecs à les regarder. Je ne sais pas pourquoi les garçons n'aiment pas danser, sauf quand ils sont ivres morts. Ce qui était le cas d'Aurèle grâce à ses whisky-coca. Tout le monde lui disait que son appart était canon et il avait l'impression que c'était lui qu'on trouvait canon. Il y avait de plus en plus de monde, et plein d'incrustes super craignos ont débarqué sans avoir été invités. Aurèle ne faisait pas trop gaffe. Joachim Calderon est arrivé pile quand Medhi a passé « Come as you are » de Nirvana. Il est allé se servir une bière. Sans faire exprès, je l'ai regardé juste à ce moment-là, il est venu me faire la bise et m'a dit que mon tee-shirt était canon. Lui, il n'y a pas que son tee-shirt qui soit canon. IL est carrément un boulet de canon qui m'explose les yeux chaque fois que je le vois. D'habitude, il porte une chemise à manches longues, mais là je ne sais pas ce qui lui a pris, vu qu'on est en novembre et qu'il caille, mais Monsieur se baladait juste en tee-shirt pour que tout le monde puisse bien se rendre compte qu'il a les bras hyper musclés et qu'il est super baraqué. En plus, avec son teint d'espagnol, il a l'air tout le temps bronzé. Je suis donc restée scotchée sur ses biceps cuivrés et mes mots se sont bloqués dans ma gorge. J'ai ouvert la bouche pour trouver de l'air, tout en cherchant désespérément un truc marrant à dire. Je devais avoir l'air d'un poisson rouge en phase d'asphyxie. Joachim attendait sans doute que je réponde un truc et j'avais envie qu'un camion me roule dessus pour sortir de cette situation avec dignité. Heureusement, Aurèle s'est pointé pour me demander de l'aider parce que c'était le bordel avec les bouteilles vides. Normalement je l'aurais tué pour moins que ça, mais là j'avais presque envie de l'embrasser ! Je suis pathétique. Joachim a chantonné *I don't have a gun* comme Kurt Cobain, en écartant les deux bras (genre t'inquiète pas je ne vais pas te tuer) et il est allé retrouver Delphine et Coralie, celles qui se croient les plus belles du bahut, pour fumer sur le balcon. Il s'est mis à discuter avec elles tout tranquillement, en se passant la main dans les cheveux. Qu'est-ce qu'il se la pète ! Sophie était en train de pécho Julien Gardon, qu'elle kiffe depuis la semaine dernière. Je l'ai obligée à nous aider ! On a jeté toutes les bouteilles vides dans un grand sac-poubelle et on a vidé les cendriers. Aurèle titubait, complètement torché. Sophie est retournée sur les genoux de son mec. Joachim a remplacé Medhi aux platines pour qu'il puisse s'éclater un peu. Il a mis « Da bomb » de Kriss Kross, un morceau que j'adore ! J'étais en train de danser face à Aurèle quand trois gros connards complètement murgés sont venus le voir, avec des bières à la main. Ils lui ont dit que sa teuf était super et lui ont mis de force une canette dans la main pour qu'il boive un coup avec eux. Aurèle a fixé la canette sans bouger d'un poil. Il n'aime pas la bière. Les types étaient morts de rire. Ils ont insisté lourdement « allez mec, bois ! ». Aurèle commençait à se sentir mal à l'aise, il a fait mine de lever la canette vers sa bouche. C'est alors que Joachim a arrêté son bras en disant : « À ta place, je ferais pas ça ! » Il a pris la canette et l'a renversée sur la tête d'un des mecs qui s'est mis à hurler « Enculé ! C'est de la pisse !! » Aurèle a regardé le gars dégoulinant d'urine et a vomi sur le parquet. C'est le moment qu'a choisi Medhi pour passer « Dur dur d'être un bébé » de ce mongol de Jordy. Tout le monde était mort de rire. Le type plein de pisse, super vénère, a poussé Joachim qui lui a collé un pain en retour. Le mec a glissé sur le vomi d'Aurèle et il est tombé. Ses potes se sont mis à cogner Joachim à deux contre un, avec des coups de poing dans le ventre et dans la tête. J'ai vu Joachim qui pissait le sang, j'ai pas supporté : je suis allée débrancher la musique et j'ai dit à tout le monde de dégager. La fête était finie.

Aujourd'hui Aurèle me fait la gueule : il dit que j'ai gâché sa soirée ! Quel craignos ! Alors que je lui ai évité une baston générale, une descente de flics et plein d'emmerdes avec ses parents.

9

Prononcer le mot « cocktail » comme s'il s'agissait d'une position du Kâma Sûtra

C'est avec soulagement que Violette avait repris le chemin de l'hôpital des Quinze-Vingts, service ophtalmologie, ce lundi matin. Depuis qu'elle était séparée d'Aurèle, les vacances étaient programmées comme un logiciel : en juillet, elle emmenait les jumeaux passer trois semaines en Turquie. Son père vivait à Istanbul où il s'était réinventé une vie auprès de sa dernière compagne et ses amis d'enfance. En été, la tribu – son père, sa tante, ses cousines, leurs maris, leurs enfants, Violette et ses enfants – se retrouvait à Bodrum. En août, les jumeaux rejoignaient Aurèle, sa femme Marie-Odile et leur petit frère Anatole dans sa maison familiale du Rayol-Canadel. Et Violette retournait à l'hôpital. Elle avait beau aimer passionnément son métier, elle trouvait dur de réintégrer le boulot au moment où la moitié de la France était à la plage. Mais cette fois, elle avait hâte de retrouver ses patients et la normalité rassurante de sa vie. Dimanche, ayant compris qu'elle ne pouvait rien faire d'autre qu'attendre que Joachim se manifeste à nouveau, elle avait fui son appartement pour aller s'ennuyer dans un restaurant où sa sœur et ses amis, des trentenaires fêtards et bohèmes, épongeaient leur cuite de la veille avec un brunch bio.

Il lui avait suffi d'un rendez-vous avec Mme Honoré pour se remettre dans le bain. Violette s'était spécialisée dans le traitement du glaucome, une maladie dégénérative du nerf optique qui entraînait une perte progressive de la vision. Les glaucomes étaient provoqués par une hausse de la tension oculaire, qui pouvait nécroser le nerf optique. Aujourd'hui, la science ne permettait pas encore de restaurer un nerf optique abîmé, ce qui était perdu restait irréversible. C'est pourquoi on tentait de réduire la tension oculaire avec des méthodes comme le laser, les ultrasons et la chirurgie. Sa patiente, une vieille dame souriante et cultivée qui acceptait sa maladie avec une dignité exemplaire, se battait depuis des années contre deux glaucomes à angle fermés, soit l'expression la plus brutale de la maladie. L'œil gauche avait déjà plongé dans le noir. Violette s'employait à retarder au maximum le moment où l'œil droit subirait le même sort. Mais dans ce cas précis, son rôle consistait malheureusement à accompagner sa patiente sur le chemin de la cécité. Elle vérifia la tension oculaire de sa patiente et contrôla son champ visuel.

— On dirait que vous avez un fluide dans les mains. J'ai l'impression que ma tension s'apaise sous vos doigts ! murmura sa patiente.

— C'est parce que vous n'avez pas de tension aujourd'hui ! Tout est stable ! dit Violette en souriant.

Elle lui prescrivit ses gouttes habituelles et fixa un rendez-vous pour le mois suivant car elle voulait suivre l'évolution au plus près. Violette regrettait que la pathologie de Mme Honoré n'ait pas été diagnostiquée plus en amont. Les glaucomes, c'était leur particularité, ne présentaient aucun symptôme annonciateur. Un beau jour on se retrouvait avec une vision altérée. C'est pourquoi, parallèlement à son travail à l'hôpital, Violette militait pour une médecine préventive avec « Les bus du glaucome », une association qui menait campagne pour le dépistage. Son assistant était en vacances, remplacé par une interne qui oubliait une fois sur deux de se laver les mains. Violette lui répéta pour la centième fois de se frotter les doigts, les paumes et même les poignets, avec du gel antibactérien, car tout habitué des hôpitaux sait bien que la plupart des maladies nosocomiales naissent d'un manque d'hygiène du personnel soignant. Elle-même passait son temps à se désinfecter les mains ainsi que toutes les surfaces à sa portée. Les rendez-vous s'enchaînèrent jusqu'en fin d'après-midi. Elle déjeuna avec ses confrères, fit un tour en fin de journée au service chirurgie. Les opérés l'accueillaient toujours avec chaleur. Certains posaient beaucoup de questions, d'autres n'osaient pas, mais ils avaient tous besoin d'être rassurés. Malgré la détérioration des conditions de soin et de travail, Violette aimait l'ambiance de l'hôpital, le courage des malades, la solidarité entre médecins, le dévouement des infirmières, des infirmiers et des aides-soignantes, le sourire des brancardiers et la bienveillance des bénévoles. Après tout, c'était son milieu naturel depuis vingt ans. Elle y était chez elle.

Au Broadway Boulevard, elle retrouva Franck derrière le bar. Il l'accueillit avec un grand sourire :

— Alors ton week-end dans le Sud ?

— Je n'y suis pas allée !

— Quoi ? Mais que s'est-il passé ?

— Comme dirait Ulysse, je me suis fait serrer par les condés !

Il fronça les sourcils.

— Raconte !

Violette commanda un verre de bordeaux et lui conta sa mésaventure par le menu. Franck écoutait si bien qu'elle ajoutait des détails, comme si sa vie était une série passionnante alors qu'elle était généralement plate comme la Belgique. Elle s'abstint néanmoins de lui révéler que le pic d'émotion avait été atteint dans l'après-midi du samedi.

— Je suis en train de décaper mon parquet, annonça-t-elle, mais j'avance lentement parce que le produit me fait pleurer.

— Il faut mettre des lunettes de protection.

— Mais oui ! Bonne idée ! Sauf que je n'en ai pas pour ce soir !

— T'as des lunettes de piscine ?

C'est ainsi qu'elle se retrouva gantée, masquée, lunettée, devant quarante mètres carrés de planches à décaper, avec le son de Beyoncé pour la soutenir. Violette avait toujours détesté le travail manuel. À part examiner ses patients et changer une ampoule, elle ne savait pas faire grand-chose de ses dix doigts. Pourquoi avait-elle entrepris cette tâche ô combien ennuyeuse ? Pourquoi Joachim avait-il sonné à sa porte juste ce jour-là ? Pourquoi ne dormait-elle plus ? Elle envisagea un instant de cacher le mètre carré de bois mis à nu sous un meuble et de laisser tomber ses travaux, mais ce n'était pas son genre. Violette aimait terminer ce qu'elle commençait. Et puis ça l'aidait à se vider la tête. Vers minuit, le bruit de la sonnette déclencha une série de scénarios abracadabrants dans son cerveau : Joachim, blessé s'effondrant sur le parquet fraîchement décapé, répandant des rigoles de sang dans les rainures ; Joachim, braquant une arme sur elle, Joachim, âgé de seize ans l'embrassant pour la première fois dans sa chambre d'adolescent… Elle ouvrit, le cœur battant.

C'était Franck, armé de deux bières, qui se proposait de l'aider. Violette vécut un moment de panique intense en pensant aux cartons et referma vivement la porte de sa chambre avant de l'inviter à entrer dans le salon. Malgré l'heure tardive et la fenêtre ouverte, il faisait ce soir-là une chaleur étouffante. La canicule menaçait. Le lendemain, dans le service des patients hospitalisés, il faudrait faire attention aux personnes âgées. Beyoncé chantait que les filles mènent le monde. Franck lui demanda pourquoi elle n'avait pas loué de décapeuse électrique, mais elle ne savait même pas que ça existait. Apparemment, elle n'avait pas regardé les bons tutos. Il soupira que les femmes et le bricolage, c'était pas ça ! Elle gronda qu'elles pouvaient tout faire dès qu'elles le décidaient, mais il n'avait pas l'air convaincu. Il n'avait pas suffisamment écouté Beyoncé.

Le travail avançait plus vite avec Franck. Déjà, il étalait le décapant sur de plus grandes surfaces, et surtout, il grattait un carré pendant que le produit agissait sur un autre… un truc évident que n'avait pas capté Violette. Elle lui demanda où il avait appris tout ça.

— Un bon barman sait tout faire. Et puis j'ai fait plein de petits boulots après mes études d'informatique.

Elle tiqua :

— Tu as fait des études d'informatique ? Pourquoi tu ne travailles pas dans ce domaine ? C'est le genre de job où il n'y a pas de chômage, non ?

— Ce n'était pas vraiment des études, plutôt une formation, avec des stages d'apprentissage. Rester toute la journée assis face à un écran, c'est pas mon truc. J'aime voir du monde et travailler avec mes mains. Les ordis, ce n'est pas ce que je fais de mieux.

— Et qu'est-ce que tu fais de mieux ?

Il la regarda en souriant :

— Les cocktails.

Franck était donc le genre de personne qui pouvait prononcer le mot « cocktail » comme s'il s'agissait d'une position du Kâma Sûtra. Elle s'épongea le front du revers de son bras. Il faisait vraiment très chaud.

— Et toi ?

— Soigner les yeux et m'occuper de mes enfants, répondit-elle sèchement.

Ils continuèrent à travailler en silence. La moiteur était étouffante. Quelque part au loin, l'orage gronda. À un moment, Franck ôta son tee-shirt et essuya son torse en sueur avec la plus grande décontraction, exposant sans complexe des abdos parfaitement dessinés sous sa peau café au lait. Violette détourna le regard. Les sollicitations masculines, même involontaires, la mettaient affreusement mal à l'aise.

10

Lundi 29 novembre 1993

Aurèle ne quitte plus Joachim ! Depuis la fameuse soirée chez lui, c'est son nouveau meilleur ami ! Hormis le fait que tout le monde au bahut appelle maintenant Aurèle « Bébé », ça a été plutôt une opération réussie pour lui. Il est populaire ! Eh oui, il est connu comme le mec qui a failli boire de la pisse et a vomi par terre à sa propre soirée… Apparemment, c'est cool. Et aussi, il habite dans un appart qui ressemble à un château.

Résultat, Sophie et moi on traîne tout le temps avec Joachim. Surtout moi, parce que Sophie vit désormais scotchée à Julien. En vrai, Jo est super cool et intéressant et maintenant on n'arrête pas de tchatcher. Il n'est pas que beau, il a un charme atomique. Je ne connais pas une seule meuf qui ne veuille pas secrètement sortir avec lui. Il y en a qui le chauffent ouvertement. Delphine Sergent s'était juré de se le faire avant la fin de l'année (et oui elle l'a eu, mais juste pour un soir). Même la prof de français craque pour lui. L'autre jour, il n'avait pas fait son commentaire de texte : je ne sais ce qu'il lui a baratiné, mais elle lui a juste demandé de le lui rendre pour le prochain cours ! Tout simplement. N'importe qui d'autre aurait eu un zéro pointé, c'est clair et net ! C'est pour ça qu'il est tellement énervant. Mais comme il est super sympa, personne ne lui en veut très longtemps.

Aujourd'hui, il était attablé au Buffon avec Aurèle, je me suis assise avec eux. On a tellement parlé, tous les deux, sans pouvoir s'arrêter, qu'Aurèle en a eu marre, il est parti ! Comme on n'avait plus assez d'argent, on a décidé de partager un coca pour deux. Nos regards se sont croisés au-dessus du verre, lui tirant sur sa paille et moi sur la mienne. Son visage était soudain si proche du mien que j'ai baissé les paupières, puis je les ai relevées. Il ne m'avait pas quittée du regard. Ses prunelles, sous ses longs cils noirs, c'était... du velours ! On s'est attrapé par les yeux sans pouvoir se lâcher pendant un long moment. Il m'a souri et m'a laissé finir le verre. Et puis on a continué à tchatcher et il m'écoutait vraiment, comme si ce que je racontais était passionnant, alors que dès que je me lance sur mes sujets préférés avec Aurèle ou Sophie, je les perds à la deuxième phrase. Je lui ai parlé de ma vision de la médecine idéale, qui serait une médecine préventive. J'ai lu plein de trucs à ce sujet et à mon avis, énormément de maladies pourraient être évitées si les gens étaient au courant. Je lui ai même parlé d'Amanda et il m'a dit qu'il voulait la rencontrer. Lui, il est fils unique. Sa passion, c'est les ordinateurs et les jeux vidéo. Il m'a raconté que le premier Macintosh a été inventé dans un garage près de San Francisco. D'ailleurs, son rêve est d'étudier en Californie. Son oncle Miguel qui habite à San José lui dit que l'avenir du monde se joue dans la Silicon Valley. Selon lui, les computers vont changer notre façon de vivre. C'était tellement passionnant qu'il me donnait envie d'aller en Californie avec lui ! On est restés toute l'après-midi à discuter. Il a oublié de jouer la star, il n'a pas plissé les yeux d'un air inspiré, n'a pas fumé en se prenant pour un cow-boy. Il souriait et parlait tranquillement d'une voix grave comme une caresse. Parfois il éclatait de rire tel un gosse. Je n'ai pas vu le temps passer et tout à coup il était 17 heures. J'ai dû aller chercher Amanda à son cours de danse.

C'est bizarre, d'un côté c'est hyper cool entre nous, et de l'autre, près de lui, je suis dans tous mes états. J'ai le cœur trop serré à l'intérieur et il faut que je me retienne de trop le regarder. Il me fait fondre comme du chocolat. Au secours ! C'est 3615 *I'm in love* ! Voilà, c'est dit. Je suis amoureuse de Joachim Calderon. C'est le mec le plus beau, le plus cool et le plus intelligent que j'aie jamais vu. En plus, il fait une soirée samedi.

11

À part ça, elle vivait comme une nonne

L'homme avait le crâne rasé – comme un nazi ou un mafieux russe – une mâchoire aux os saillants et, sous d'épais sourcils blonds, des yeux bleus très clairs qu'il maintenait fixés sur elle depuis vingt bonnes minutes. Et si c'était lui qui avait mis l'herbe dans son sac ? Et s'il lui voulait du mal ? Violette s'agaça de sentir ses mains devenir désagréablement moites. Il buvait une bière, très lentement, et avait plusieurs fois renvoyé la serveuse d'un geste de la main assez insultant. Quand il ne la scrutait pas, il consultait son portable et elle se demandait, avec un frisson de peur, s'il n'était pas en train de la prendre en photo, ou d'enregistrer la conversation qu'elle avait avec sa sœur. Les recommandations de Joachim lui revenaient en mémoire. Elle sursauta en recevant un texto de son fils :

Mams rappelle stp j'ai un pb.

— C'est Ulysse, ça ne t'embête pas si je l'appelle deux minutes ?

— Mais non vas-y.

Violette dînait avec Amanda au Delaville café, un restaurant du boulevard de Bonne-Nouvelle où elles aimaient se retrouver. Elle grignotait son saumon du bout des lèvres tandis que sa sœur dévorait un bobun.

Ulysse était embêté. Une fille voulait sortir avec lui, mais elle ne lui plaisait pas du tout. Il ne savait pas quoi lui dire. Il demandait conseil à sa mère.

— Dis-lui que ton cœur est pris ailleurs.

— Mais c'est un gros mytho.

— C'est pas grave. Ça lui évitera de se sentir rejetée et de t'en vouloir.

Elle raccrocha après lui avoir envoyé moult baisers et s'excusa auprès de sa sœur.

— Ils me manquent, soupira-t-elle.

L'absence des jumeaux lui pesait. Ils étaient son nord et son sud, sa raison de se lever le matin, sa force et sa faiblesse, ils donnaient à sa vie tout son sens. Quand elle les regardait, si pleins de vie et de promesses, si anxieux parfois, son cœur se gonflait de gratitude. Cheyenne et Ulysse étaient le fruit de ses entrailles et celui de ses erreurs, mais ils justifiaient tous les sacrifices consentis. Violette s'était reconstruite sur deux piliers : ses enfants et son travail. Il y avait bien longtemps que rien d'autre ne comptait. Sa vie sociale se résumait à des sorties entre collègues, qui étaient aussi ses copains de fac, et quelques soirées par an avec sa fêtarde de sœur. Quant à sa vie amoureuse, elle était dans le coma. Parfois, rarement, sa solitude de mère célibataire lui pesait, mais si un homme l'approchait de trop près, elle fuyait comme un chat apeuré. Au fond, le concept de couple lui paraissait inutile et surfait. Pourquoi donc s'embarrasser de la présence, des névroses et des exigences d'un compagnon quand il était si pratique de s'en passer ? À quoi servait un homme si on avait des enfants, un métier passionnant qui permettait de les élever, une sœur, un père, quelques amis ? La vie de Violette lui convenait. Ses relations avec ses patients la comblaient et lui donnaient le sentiment merveilleux d'être utile. Son combat pour la détection précoce du glaucome la motivait. Ses confrères étaient brillants, ses enfants la bouleversaient d'amour, son père lui manquait parfois. À part ça, elle vivait comme une nonne.

— Tu me rends dingue ! gronda Amanda. N'importe quelle femme sensée se réjouirait d'avoir trois semaines de liberté pour sortir, draguer…

— J'espère que Marie-Odile va être patiente avec Cheyenne. L'année dernière elle a voulu l'obliger à manger de la viande. Ça a été le drame…

— Mais là vous vous êtes mises d'accord non ? Bon, tu en es où avec ton barman le beau gosse ?

— Mais nulle part ! Il m'aide à décaper mon parquet.

Amanda vida son verre de vin d'un trait. Son voisin de table se proposa immédiatement pour le lui remplir. Elle lui sourit avec indifférence.

— Nulle part ?! Un mec qui débarque chez toi en pleine nuit ? Si tu ne captes pas le message ! La prochaine fois, je suis sûre qu'il trouvera un truc plus intéressant que le parquet à décaper !

— Amanda !

— Ben quoi ? Tu as trente-huit ans, pas quatre-vingt-trois ! Un lit, ça ne sert pas qu'à dormir !

Violette réprima un sourire amer. Non, son lit ne lui servait pas qu'à dormir. Ces derniers temps, il était devenu le théâtre de ses angoisses, l'écran sur lequel elle projetait ses films noirs. La réplique qu'elle répétait en boucle était : « Joachim qu'as-tu fait ? » Toutes les nuits, elle imaginait les scénarios les plus macabres et les plus terrifiants, qui se terminaient invariablement dans un bain de sang : Joachim mort, torturé, Joachim arrêté par la police, Joachim gangster, Joachim braqueur de banque, détourneur de fonds, joueur surendetté, tricheur, tueur à gages. Elle était certaine qu'il était en danger de mort. Il ne l'aurait jamais mise dans cette situation si tel n'était pas le cas. À moins qu'il n'ait terriblement changé. « Joachim, quel monstre es-tu devenu ? » Allait-il vraiment réapparaître demain comme il avait promis ? Pourrait-elle enfin lui parler ? Et s'il ne venait pas ? Que ferait-elle de l'argent ? Il était hors de question que ses enfants partagent l'appartement avec ces billets de malheur.

L'homme à la tête de mafieux russe se leva et passa devant leur table. Un frisson glacé lui parcourut l'échine. Violette détourna le regard et fit un effort pour reprendre le fil de la conversation.

— Tiens, lui ! T'as vu comme il te regarde ! disait Amanda en parlant du Russe. C'est quand tu veux, où tu veux !

— Arrête, il est terrifiant !

— Voilà ton problème Violette, tu as trop peur des hommes !

Prononcée avec le plus grand naturel, et bien trop distinctement, la phrase resta en suspens avant d'arracher un rire étouffé au jeune homme de la table voisine. Violette rougit, se racla la gorge, fit les gros yeux puis décida de changer prudemment de sujet.

— Et toi, demanda-t-elle, tu en es où ? Comment ça se passe, chez Bettine et Amandine ?

— Au top ! Inès de La Fressange a posté la photo d'un de nos bracelets sur Instagram.

— Et ?

— C'est la gloire !! Tous nos clients nous ont demandé un réassort ! Et on a plein de nouvelles commandes.

Le Russe vint se rasseoir à sa place, muni d'une nouvelle bière et pianota sur son smartphone avec agacement. Vingt minutes plus tard, un second homme apparut et lui posa la main sur l'épaule. L'autre leva les yeux, un grand sourire éclaira son visage. Il avait une voix haut perchée qui jurait avec sa tête de brute.

— Putain mec, qu'est-ce que tu foutais ?! J'ai cru que t'arriverais jamais !

Le serveur leur apporta l'addition.

— Et tes amours ? demanda Violette en introduisant sa carte bleue dans la machine.

Amanda griffonna son numéro de téléphone sur une serviette en papier et le déposa sur la table de son voisin. Le jeune homme, courts cheveux châtains, barbe légère, empocha le papier avec un sourire heureux.

— Ça va.

12

Dimanche 5 décembre 1993

Hier, Sylvie nous a emmenées Amanda et moi chez le coiffeur et je me suis fait une frange comme Shannen Doherty, qui joue Brenda dans *Beverly Hills*. Je la trouve canon. Avec Amanda on est dingues de Dylan alias Luke Perry. Au lycée, je prétends que c'est une série débile, mais j'adore. J'ai super hésité à aller chez le coiffeur parce qu'il y avait la teuf de Joachim le soir et j'avais peur que ce soit complètement raté (comme chaque fois que je me fais couper les cheveux). Mais c'est super réussi !

On est arrivés un peu tard avec Sophie et Julien, parce que je ne voulais pas débarquer la première. Joachim a ouvert la porte et il m'a dit que ma frange m'allait hyper bien. J'ai remercié, genre désinvolte, mais j'ai cru m'évanouir de joie. Son appart est cool, plus petit que celui d'Aurèle, évidemment. Il y a une grande affiche du film *Pour qui sonne le glas* au mur et des livres partout, c'est bordélique et sympa. J'ai aperçu un vieux monsieur assis dans un fauteuil. C'est le grand-père de Joachim, celui qui a fait la guerre civile en Espagne. Jo m'a raconté toute son histoire et je crois qu'il est très influencé par les idées révolutionnaires du papy. Il paraît que l'*abuelito* a été torturé par les nationalistes quand il avait notre âge. Parfois, la nuit, il crie encore de terreur. Je ne sais pas comment il a réussi à s'en sortir, mais c'est comme ça que toute la famille est venue se planquer en France. Ils sont arrivés en 1940, juste à temps pour la Seconde Guerre mondiale. Le grand-père, qui était communiste, s'est retrouvé dans la résistance à vingt ans à peine et sans parler un mot de français ! Bref c'est un héros et Joachim l'adore.

Je suis allée dire bonjour à tout le monde. Il y avait déjà Aurèle, toute la bande de la classe et des mecs et meufs des autres premières. Joachim était sur le canapé avec plein de gens, en train de prouver qu'il savait rouler un joint d'une seule main. Il faut toujours qu'il se la pète ! Je suis allée m'asseoir avec eux, mine de rien. Le cône était pourri mais tout le monde était impressionné. Ils l'ont fait tourner. Aurèle l'a pris tranquille, comme un pro. Je sais qu'il s'est entraîné à mort chez lui. Je n'ai pas voulu avoir l'air de la fille qui n'a jamais fumé, alors j'ai tiré une bouffée, en aspirant beaucoup d'air pour ne pas tousser, mais évidemment je me suis à moitié étouffée. Quelle horreur ce truc ! J'étais en train de me taper la honte jusqu'à ce que Joachim prenne une énorme taffe et se mette à tousser aussi. Je ne sais pas s'il a fait ça pour me mettre à l'aise, mais je me suis sentie un peu moins conne.

Ses parents avaient préparé une immense paella car ils ont un restaurant juste en bas, rue Cambronne. C'était délicieux et je n'arrivais plus à m'arrêter de manger,

Joachim était mort de rire, il m'a dit que c'était le oinj qui faisait cet effet. Puis il est allé chercher son grand-père et lui a préparé une assiette. Le papy était content, il souriait et buvait du vin comme si c'était de l'eau. Il n'y a que Joachim qui puisse se permettre d'avoir son grand-père à sa soirée et que ça fasse cool. N'importe qui d'autre aurait préféré se pendre. La musique était géniale. Comme d'habitude, c'est Medhi qui s'en occupait, mais cette fois-ci, il avait préparé une playlist sur cassette pour ne pas avoir à changer de disque toutes les trois minutes. Je me suis levée pour danser. J'ai vu Aurèle essayer d'embrasser Delphine et se prendre un râteau. Est-ce qu'on dit râteau parce qu'on n'arrive pas à rouler une pelle ?

Au moment de « Too young to die » de Jamiroquai, Joachim est venu me rejoindre sur la piste. Il portait une chemise à carreaux ouverte sur un tee-shirt blanc, un jean baggy et des Timberland. Avec sa bouteille de bière à la main, il était sexy à mourir. Il a dit qu'il voulait me montrer un truc dans sa chambre. Je l'ai suivi. Mes yeux enregistraient tous les détails de la déco : au-dessus de son lit, une vieille affiche du *Retour du Jedi*, sur son bureau, un mini-ordinateur Macintosh et une Playstation Sony. Il m'a demandé :

— Violette, tu sais pourquoi j'ai organisé cette soirée ?

Quand il prononce mon prénom, j'ai la tête qui tourne et des paillettes dans le cœur. C'est tellement intime, cette sensation qu'il ne s'adresse qu'à MOI ! J'ai répondu :

— Non.

Il s'est approché. J'étais si bouleversée que je me suis reculée jusqu'au mur. Il a posé ses mains de chaque côté de ma tête, s'est penché lentement vers moi, a murmuré :

— Pour faire ça…

Et il m'a embrassée. Je l'écris encore une fois pour être sûre de bien réaliser : Joachim m'a embrassée !!! J'étais en apesanteur, très haut sur un nuage. Mes sensations étaient démultipliées, je sentais tout. Sa bouche sur mes lèvres et sa langue toute douce et ses mains sur ma taille et ses yeux dans les miens. C'était tellement intense que j'ai fermé les paupières et j'ai passé mes mains sous son tee-shirt. Sa peau était chaude et lisse. J'ai cru mourir de bonheur. Joachim m'embrassait, moi, Violette, et j'aurais voulu que ce baiser ne s'arrête jamais. C'était comme manger un fruit exotique et délicieux, un peu comme une mangue, en mieux : un fruit du paradis. Par la porte entrouverte, on entendait Bryan Adams chanter *Please forgive me I can't stop loving you.* Il devait être à peu près minuit, il y avait cette musique, et ce baiser qui n'en finissait pas, et ses bras autour de moi. C'était le moment le plus parfait de ma vie.

13

À 2 heures du matin, le parquet était verni et Violette était ivre

Violette comprenait parfaitement l'expression « nourrir son angoisse ». La sienne se nourrissait de chocolat au lait et s'abreuvait de vin rouge. Dans ces cas-là, c'était comme si une autre elle-même, qu'elle ne contrôlait pas, prenait possession de son corps et de son esprit, la poussant à une consommation compulsive d'alcool et de sucre, carré par carré, gorgée après gorgée. Très loin, noyée dans la brume, une petite voix tentait de la ramener à la raison, mais elle ne voulait pas l'entendre. Elle savait bien qu'à un moment, écœurée, la tête tournante, elle s'écroulerait sur son lit et regretterait. Ça la prenait les soirs où elle se sentait mal avec elle-même, quand elle avait échoué à soigner un patient, quand elle n'avait pas réussi à convaincre les pontes de son service, ou quand elle songeait à certains événements de son passé. Alors elle sentait monter, impuissante, un sentiment de détestation de soi qu'elle tentait d'étouffer dans le Milka et de noyer dans le saint-émilion.

Elle avait décliné la proposition de Franck de passer l'aider et se retrouvait seule face à son parquet, dans un état d'agitation avancé. On était samedi. La semaine était passée. Elle attendait/espérait/redoutait la visite de Joachim. Elle savait qu'il ne pouvait pas la contacter mais elle ne pouvait s'empêcher de consulter compulsivement sa boîte mail où, à part quelques spams pour un séminaire organisé par un gourou californien, il n'y avait rien. Il fallait juste espérer qu'il se manifeste. À l'idée qu'elle l'aurait peut-être en face d'elle dans quelques minutes ou quelques heures, qu'elle pourrait lui dire ce qu'elle avait sur le cœur et lui poser les questions qui la hantaient, elle se sentait étouffer d'angoisse. Et s'il confirmait ce qu'elle avait eu si peur d'entendre ? Ses oreilles bourdonnaient, elle dévorait compulsivement quelques carrés de chocolat crémeux qui lui emplissaient la bouche de pâte sucrée et l'aidaient à refouler les pensées un peu plus loin.

Le parquet était enfin débarrassé de sa carapace blanche. Le bois mis à nu montrait sa douceur pâle et ses nervures. Il fallait maintenant rincer toute la surface à l'eau savonneuse puis laisser sécher, avant de poncer et d'appliquer le vernis. Oppressée, Violette tournait en rond. Cette attente était insupportable. Elle avait une envie folle de claquer la porte et d'aller se balader sur les boulevards, de se poser sur une chaise longue au jardin des Tuileries, ou de flâner le long des quais. N'importe où loin de cet appartement angoissant. Elle se demanda s'il la trouverait si elle descendait au Broadway Boulevard. Sous quel déguisement allait-il apparaître ? Comment s'arrangerait-il pour emporter les cartons ? Elle supputait qu'il passerait plutôt dans la nuit. Et s'il ne venait pas ? S'il avait quitté le pays ? S'il avait été arrêté par la police ? S'il était enfermé dans une cave et torturé par ses ravisseurs ? S'il gisait quelque part, oublié de tous, une balle au milieu du front ? Elle fermait les yeux pour repousser les images sanglantes qui l'assaillaient. Violette avait une imagination très vive qu'elle avait bridée toute sa vie à force de discipline. Mais là, elle n'en pouvait plus. Les chevaux étaient lâchés.

Le téléphone sonna et son cœur se mit à battre à tout rompre. Mais c'était Cheyenne qui appelait en FaceTime de la plage. Tout allait bien. La mer était bleue, le sable chaud, leur père détendu. Marie-Odile ne l'obligeait plus à manger des animaux assassinés comme l'année dernière. Sa fille lui raconta qu'Anatole riait à chaque gros mot de Ulysse, ce qui rendait Aurèle furieux. La veille au soir, Cheyenne et Marie-O s'étaient fait livrer des pizzas au feu de bois sans fromage, en revanche, Aurèle, Ulysse et Anatole étaient allés se taper une côte de bœuf au restaurant et Cheyenne avait fait des cauchemars en imaginant qu'ils avaient mangé la chair d'une pauvre vache beuglante à qui on avait arraché son veau avant de l'électrocuter brutalement. Elle regardait tellement de vidéos qu'elle était à la fois surinformée et traumatisée. Le pire étant qu'elle consignait ensuite toutes ces informations dans les notes de son smartphone et les relisait en boucle. Violette ne savait comment faire pour endiguer son angoisse, à part lui conseiller de freiner sa consommation d'Internet et la soutenir dans son choix de ne plus rien consommer d'animal. Heureusement Cheyenne savait aussi profiter des distractions de son âge. Tous les soirs, accompagnée de Ulysse, elle se rendait au Tropicana, sorte de beach club méditerranéen où se réunissaient tous les jeunes de la plage. Certaines choses ne changent pas. Violette aussi allait au Trop' autrefois, quand elle passait l'été au Rayol-Canadel avec Aurèle. Cheyenne lui parla de son problème avec le chat. Scott s'éclatait, il attrapait des mulots tous les jours et les déposait triomphalement, morts, aux pieds de sa maîtresse. Cheyenne ne savait pas si elle devait le féliciter ou le gronder. Allongée sur le lit de Cheyenne, Violette laissait le visage de sa fille la calmer. Les larmes lui montaient aux yeux devant le miracle de son existence.

— On ne peut pas changer la nature d'un félin, il vaut mieux le remercier, conseilla-t-elle.

Après un dernier baiser envoyé à travers le combiné, sa fille raccrocha pour aller se baigner. Violette se promit de régler la situation d'une manière ou d'une autre avant le retour des jumeaux. Cette décision l'apaisa. Quant à Joachim… Elle le ligoterait s'il fallait mais, il faudrait qu'il lui parle – et qu'il l'écoute – à un moment donné.

À 20 heures, Violette, ouvrit une nouvelle bouteille de vin et décida de s'attaquer au ponçage. Elle attacha ses cheveux, posa un masque de chirurgien sur son visage et empoigna la ponceuse de location qu'elle avait trouvée chez Kiloutou.

À 23 heures, le parquet était poncé et la bouteille de vin était vide.

À 2 heures du matin, le parquet était verni et Violette était ivre. Elle s'écroula tout habillée sur le lit de son fils.

Elle se réveilla à 11 heures, la tête prise dans un étau, le cœur soulevé par une forte odeur de vernis. La nuit était finie. Le samedi était passé et Rihanna chantait « Diamonds ».

À midi, elle reçut un texto publicitaire l'invitant à sortir de sa zone de confort.

À 14 heures, le vernis était sec et le mobilier remis en place.

À 16 heures, les meubles avaient valsé. La salle à manger s'était retrouvée dans le salon et le salon dans la salle à manger.

À 18 heures, les meubles de la salle à manger avaient retrouvé leur emplacement initial, plus près de la cuisine, et le salon était revenu côté boulevard.

À 19 heures, les canapés étaient disposés en angle doit.

À 20 heures, ils se retrouvèrent face à face.

À 21 heures, Violette ouvrit sa cinquième bouteille de vin du week-end et mit le disque d'Adele.

À 22 heures, elle décida de se laver les cheveux.

À minuit pile, quelqu'un sonna à la porte.

14

Samedi 17 septembre 1994

Je suis la fille à la fois la plus malheureuse et la plus heureuse de la terre. Je ne savais pas qu'il était possible de ressentir un chagrin aussi horrible en même temps qu'une joie aussi gigantesque. J'ai l'impression que mon cœur est dans Space Mountain à Eurodisney.

Amanda a déménagé aujourd'hui. Ma petite sœur est partie, j'ai l'impression d'être perdue dans le brouillard, j'ai envie de mourir. Sylvie a finalement décidé de quitter Papa car elle « mérite mieux ». D'après elle, Papa aurait déjà une nouvelle copine mais il ne me la présente pas parce que ce n'est pas sérieux. Il m'a expliqué que, dans la vie, on n'aime qu'une grande fois. Son grand amour, c'était Maman. Elle est morte, et le cœur de Papa est mort avec elle. Depuis, il est instable. Désormais, ce sera lui et moi, seuls dans l'appartement. Est-ce qu'il sait faire à manger ? Est-ce que je vais devoir me taper de rencontrer toutes ses copines ? Qui va s'occuper de... tout ? Pourquoi est-ce que je suis la seule à ne plus avoir de mère ?

J'ai pleuré toute la matinée. Chaque fois que je rentrais dans la chambre vide d'Amanda, avec trois pauvres peluches sur son lit, son petit bureau sans ses cahiers, c'était comme un coup de poignard. Ma petite sœur n'a que neuf ans, mais plus jamais je ne partagerai son quotidien. Je ne pourrai plus la réveiller pour aller à l'école, je ne pourrai plus lui faire de bisous dans son lit pour lui dire bonne nuit. Elle ne viendra plus lire mon journal derrière mon épaule. Journal que je n'écris plus depuis un long moment d'ailleurs, trop occupée à être *in love* avec Joachim. On sort ensemble depuis neuf mois et cinq jours. Cet été, il est parti en Espagne avec ses parents et moi en Turquie avec mon père et ma sœur. Ça a été le mois le plus long de toute ma vie. L'année prochaine, si on a le bac, c'est sûr on part ensemble.

J'étais tellement triste que Joachim est venu me chercher pour m'emmener au cinéma. On a vu le nouveau Luc Besson, *Léon* avec Jean Reno, puis on a mangé au McDo des Champs, où Jo a essayé sans succès de me faire rire en imitant un sketch des Inconnus. Ensuite on est allés faire un tour au Virgin Megastore. J'étais heureuse d'être avec lui, mais j'avais le cœur tellement lourd que je n'arrivais pas à répondre autrement que par monosyllabes. Alors, au beau milieu du rayon des CD, il a enroulé son bras autour de mon cou et m'a chuchoté : « Tu sais de quoi je rêve parfois ? J'ai envie de t'emporter chez moi et de te garder pour toujours. Je te regarderais bouger, je t'écouterais parler, sans jamais me lasser. » Je me suis arrêtée de marcher, le cœur battant et j'ai demandé « Pourquoi ? ». « Parce que je t'adore quand tu ris, et quand tu pleures. J'adore ta frange brune qui tombe sur tes yeux dorés, j'adore ta minijupe en jean et tes collants noirs sur tes jambes de gazelle, j'adore ton petit nez et tes grands yeux sérieux. S'il te plaît souris parce que je ne sais pas comment te consoler. » J'ai souri évidemment ! Mais je n'avais retenu que ce mot « j'adore » qu'il répétait en boucle alors que j'en attendais un autre ! Je lui ai demandé si c'était une déclaration. Il a soufflé « oui ! ». Alors je me suis jetée contre lui et j'ai dit « je t'aime ». Ça faisait tellement de temps que j'en avais envie, c'est presque sorti tout seul. Au moment où j'étais en train de penser que j'étais folle de l'avoir avoué la première, il m'a serrée contre lui et a murmuré « Je t'aime ». J'ai cru que mon cœur allait exploser d'amour.

Je suis rentrée à la maison sur un nuage, puis j'ai vu le lit vide d'Amanda et j'ai recommencé à pleurer. Je n'arrive pas à me raisonner. J'ai l'impression d'être en deuil. Papa est venu dans ma chambre et je vois bien qu'il est aussi très malheureux. Il m'a pris la main et il m'a demandé ce que je penserais d'aller voir une psychologue. Il prétend que je n'ai jamais eu l'occasion de parler de ce que je ressentais à propos de la mort de ma mère et trouve que je réagis de manière disproportionnée. J'ai retiré ma main et crié qu'il ne comprenait vraiment rien. Je n'ai pas besoin d'un psy, j'ai besoin de ma sœur ! Il a battu en retraite tout penaud. Je sens déjà que notre vie va être sinistre. Même Sylvie va me manquer. Je sais que Papa a demandé la garde d'Amanda, mais on ne la donne jamais aux pères. Sauf quand la mère est criminelle, droguée, ou morte comme la mienne. Papa aurait dû supplier Sylvie de rester, juste pour garder Amanda avec nous. Elles vont habiter un appart pas très loin et Amanda viendra dormir à la maison tous les mardis soir et un week-end sur deux. Est-ce qu'on peut appeler ça une vie de famille ? J'ai perdu ma sœur. Je n'ai plus envie de rien. Je ne veux même plus aller au lycée.

Moi, je ne laisserai personne me prendre mes enfants. Ce soir je me fais une promesse : je jure d'avoir des bébés très jeune. Comme ça, je pourrai m'occuper d'eux pendant très longtemps. Si ma mère m'avait eue à vingt ans au lieu de trente-six, elle serait encore là pour me consoler.

15

On ne vit qu'une seule vie, la sienne. C'est ce qui rend celle des autres si intéressante

Max Dahan, son voisin du quatrième étage, se tenait sur le seuil, un verre d'eau à la main.

— Buvez, elle est fraîche.

Il lui tendit le verre avec autorité. Abasourdie, Violette refusa d'un signe de tête véhément, elle préférait le vin. Et si l'eau était empoisonnée ? Si elle contenait un somnifère ?

— Qui vous envoie ? demanda-t-elle. C'est Joachim ?

— Je ne connais pas ce monsieur. C'est simplement ma curiosité qui m'amène chez vous. J'ai entendu de l'agitation tout le week-end, de la musique, des cris, des meubles tirés ou poussés, des bruits de pas… Je voulais savoir si tout allait bien.

Il avait l'air sincère. C'était un homme d'environ soixante-cinq ans, qui prenait grand soin de lui. Ça se voyait à sa chemise en jean bien coupée, ses cheveux gris soigneusement coiffés en arrière, ses joues bien rasées. Il sourit, d'un sourire qui devait faire fondre bien des femmes, et auquel elle ne resta pas insensible non plus puisqu'elle lui sourit en retour.

— Vous allez me prendre pour un vieux type bizarre, mais je déteste entendre une femme pleurer. J'ai inexplicablement envie de lui porter secours. Il y a quelques années, ma voisine du dessous, une femme charmante qui s'appelle Barbara, paraissait vraiment au désespoir. J'entendais des sanglots déchirants. Je suis allée la voir… sa fille lui manquait. Elle l'avait envoyée en Amérique rejoindre son père et le regrettait amèrement. Croyez-le ou non, mais elle s'est confiée à moi et je pense que cela lui a fait du bien. Elle vit maintenant à New York, près de la petite, et ma fille Doria a récupéré son appartement avec mon futur gendre qui, entre nous, joue toujours affreusement mal au poker. Vous me dites si je vous embête…

— Pas du tout…

Il était tellement charmant qu'il ne pouvait être mauvais. Ou alors le monde ne tournait plus rond. Violette décida de lui faire confiance.

— Vous voulez entrer ?

Il ne se fit pas prier et pénétra chez elle d'un pas vif, regardant autour de lui avec une curiosité non dissimulée.

— Très sympa ce que vous avez fait de cet appart… Le jeune abruti qui vivait là avait tout peint en blanc. Vous avez bien fait de récupérer le parquet d'origine. Vous savez que notre immeuble date de 1855, au tout début du Second Empire.

— Je l'ignorais… Vous buvez quelque chose ?

— Un verre de vin, comme vous.

Violette rougit violemment en avisant le nombre de cadavres de bouteilles qui gisaient sur sa table basse. Mais Max continuait son bavardage :

— C'est toujours amusant de découvrir ce que d'autres peuvent créer dans un espace similaire au sien. Chez moi, c'est un véritable capharnaüm, je suis marchand d'art vous savez… Je possède quelques belles pièces et beaucoup de babioles à valeur sentimentale. Par exemple, sur la cheminée, là, j'ai une paire de défenses d'éléphants. Votre petite Cheyenne était scandalisée quand elle les a vues. Mais je lui ai expliqué que je les avais gagnées au poker, il y a très, très longtemps. Quand les éléphants n'étaient pas une espèce protégée.

Tout en parlant, Max s'était tranquillement installé sur le canapé. Il sirotait son verre de vin avec un plaisir visible.

— C'est vrai que vous êtes curieux.

— Ma fille Doria est comme moi. Toujours à mettre son nez dans ce qui ne la regarde pas. Ça lui a déjà joué des tours, mais ça lui a aussi ouvert des opportunités. Après tout on ne vit qu'une seule vie, la sienne. C'est ce qui rend celle des autres si intéressante. Si on ne met pas un peu le nez dehors, tout est d'un ennui ! Personnellement, plus le temps passe, plus je me sens à l'étroit dans ma propre peau.

Cette façon de se moquer tranquillement de lui-même était rafraîchissante. Max se passa la main dans les cheveux et la regarda droit dans les yeux avec son fameux sourire enjôleur.

— Alors, dites-moi ce qui ne va pas.

Violette pouffa. Dans l'état d'ébriété où elle se trouvait, elle le trouvait irrésistiblement drôle. Il venait de lui porter l'estocade et attendait visiblement qu'elle se déballe. Elle choisit de lui livrer un petit bout de l'histoire.

— Quelqu'un a disparu.

— Ah. Qui ça ?

— Quelqu'un, qui est peut-être en danger.

— Quelqu'un à qui vous tenez ?

Elle soupira longuement, secoua la tête à gauche, puis à droite…

— Quelqu'un à qui j'ai tenu…

— Eh bien, il faut partir à sa recherche.

— Je ne sais pas où chercher…

— Il faut commencer par le commencement !

— … Oui.

— Vos enfants sont en sécurité ?

— Ils sont chez leur père.

— Chère Violette, les jumeaux ne sont pas là, vous êtes terrée ici toute seule, ivre morte et visiblement à bout. Ce n'est que le conseil d'un vieux bohémien, mais il est peut-être temps de quitter votre zone de confort.

— C'est drôle ce que vous dites, j'ai reçu une pub aujourd'hui pour un séminaire intitulé : « Sortir de sa zone de confort » !

— Eh bien vous voyez, c'est un signe !

Elle le raccompagna à la porte, un peu apaisée. Avant de redescendre chez lui, il sourit, de son air à la fois charmeur et bienveillant, et murmura :

— Et puis, tenez-vous droite !

16

Vendredi 7 juillet 1995

J'ai mon bac !! Joachim a son bac avec mention bien ! Aurèle a son bac ! Sophie a son bac ! Julien a son bac ! Medhi a son bac ! Même Coralie a son bac. Delphine a 10 points de retard et doit passer l'oral de rattrapage. Hier matin, Amanda est venue avec moi chercher les résultats. Papa nous a accompagnées en voiture, il avait les yeux humides et m'a dit que ma mère aurait été très fière de moi. Je déteste quand il est larmoyant comme ça. Ensuite on a foncé à la maison pour m'inscrire par Minitel à la fac de médecine avec 3614 RAVEL, j'ai cru que j'allais collapser tellement c'était compliqué et lent. Mais enfin ça y est, j'ai fait mes trois choix : Cochin, Necker et Bichat. Reste plus qu'à attendre mon affectation et ensuite, il faudra que j'aille avec tous les papiers pour mon inscription pédagogique. Je me demande dans quel hôpital je serai affectée. Je n'arrive pas à croire que le lycée est fini. Plus jamais je ne retournerai à Buffon. Plus jamais je n'irai en cours salle 320 ! Plus jamais je n'attendrai Sophie à l'angle du boulevard Pasteur et de la rue de Vaugirard.

Hier soir on a fait la fête jusqu'à 5 heures du mat ! Papa m'avait donné 50 francs pour la soirée. On a pris un verre chez Lili la Tigresse, un bar où des strip-teaseuses dansent sur le comptoir en se tenant à une barre. C'était chaud ! Vers 1 heure, on est allés au Folie's Pigalle, juste en face d'un immense sex-shop qui s'appelle le Sexodrome. Le Folie's était bourré de monde comme si tous les bacheliers de Paris s'y étaient donné rendez-vous. Pour rentrer, c'était la foire d'empoigne, j'avais envie de laisser tomber et Aurèle m'a proposé de me ramener, mais Joachim a insisté pour qu'on reste. Cette année, mon meilleur pote n'a plus ses bagues et a grandi de vingt centimètres. Il pécho enfin des meufs et me raconte tout dans les détails. Ça me fait plaisir pour lui, même si c'est un peu saoulant. Sophie affirme que c'est pour me rendre jalouse. Ça m'étonnerait ! Je sors avec Jo depuis un an et demi, et si Aurèle était encore *love* de moi, je suis certaine qu'il aurait arrêté de traîner avec nous.

Finalement, j'ai dit à Aurèle que ce n'était pas la peine de me ramener. Je n'avais pas envie de quitter Jo, alors j'ai pris mon mal en patience. On a enfin réussi à entrer. Le Folie's est le temple de la house music, c'est rythmé comme de la techno mais avec des sons planants par-dessus. Tout le monde danse les bras levés et on entre dans une espèce de transe. Aurèle est sorti avec une fille avec des seins énormes. On a eu l'occasion de s'en rendre compte parce qu'il l'a emballée juste sous notre nez ! Avec Joachim on a beaucoup dansé, mais à la fin de la soirée, on s'est scotché l'un contre l'autre, comme des naufragés sur une planche. D'un côté, on était hyper heureux et de l'autre on avait un cafard noir parce qu'on sait que nous serons bientôt séparés.

Oui, c'est confirmé, Joachim part aux States. Il est admis à SJSU (San José State University). Il ne lui manquait plus que le bac pour tout valider et il l'a ! Depuis toujours, son idée fixe c'est étudier l'informatique dans une université de Californie. Il sait déjà un peu programmer, il a appris tout seul en trafiquant ses jeux vidéo. Jo s'intéresse à un truc qui s'appelle le World Wide Web, une sorte de minitel, mais sur ordinateur. Il faut se brancher avec un « modem » et on reçoit des informations du monde entier. Il m'a montré sur son Macintosh. Bof ! Ce sont des listes de « liens hypertextes » qui t'emmènent vers d'autres « liens hypertextes ». Tous ces liens sont reliés les uns aux autres à travers le monde comme une gigantesque toile d'araignée invisible et planétaire. World Wide Web veut d'ailleurs dire « toile d'araignée mondiale ». On passe de lien en lien, comme Tarzan de liane en liane. Joachim appelle ça « surfer ». Il dit que ça va changer le monde ! Je le laisse rêver, mon révolutionnaire ! Je ne vois pas l'intérêt du truc, en plus ça prend des heures et ça coûte une fortune en téléphone.

C'est son oncle Miguel, celui qui vit à San José, qui lui a donné le virus de l'informatique depuis qu'il est tout petit. Son oncle travaille dans un garage et sa tante dans un *diner*, mais il paraît qu'à San José tout le monde est complètement obsédé par les ordinateurs. Tous les étés, en Espagne, il ne lui parlait que de ça. C'est lui qui lui a offert sa première Nintendo. Celui-là, je ne le remercie pas !

Au début, ses parents n'étaient pas du tout d'accord. Entre les frais de scolarité, le logement, la nourriture…

ces études coûtent une fortune et je me disais (j'espérais) qu'ils ne les financeraient pas. Mais quand son oncle et sa tante ont proposé de l'héberger (ils vivent tout près de la fac) et l'ont aidé à postuler pour une bourse, les parents ont cédé et lui ont permis de faire une seule « *application* » (demande d'inscription), pour San José, la seule université « publique » de la Silicon Valley. Jo était super heureux tout en flippant comme un malade car son seul plan B en cas d'échec, c'est la fac à Paris. Un cauchemar pour lui… un rêve secret pour moi. Chaque année, il y a beaucoup plus de demandes que d'inscrits et il se voyait déjà recalé, mais son oncle lui a dit de ne pas pleurer avant d'avoir mal. Il paraît que c'est sa phrase préférée : *Don't cry before you get hurt*, et Joachim la répète à tout bout de champ. Finalement, en mai, on a appris qu'il était admis, sous réserve d'avoir le bac ! Et quand il a obtenu sa bourse, ça a été le soulagement total dans sa famille. Elle servira à payer les frais de scolarité, car là-bas les universités d'État sont payantes, même si elles sont moins chères que les universités privées. Voilà, mon Joachim va partir. Je suis à la fois fière de lui et horriblement triste, et au fond de moi, je lui en veux un peu de m'abandonner à Paris pour des années.

Je ne sais pas comment je vais survivre. Je ne veux pas y penser. Je me concentre sur nos futures vacances : en août, on part tous les deux, pour un roadtrip de six semaines en Californie, ça va être génial ! Nos parents sont d'accord pour nous payer les billets et Papa nous offre la location de la voiture. On va dormir dans des motels. Il paraît que c'est pas cher. Pour gagner de l'argent, j'ai fait du baby-sitting toute l'année et j'ai bossé dans une boutique de fringues à Saint-Germain tous les samedis. Joachim a travaillé dans le restau de ses parents. En juillet, il part avec eux pour s'installer chez son oncle et sa tante et chercher un petit boulot (là-bas, tous les étudiants font ça). Moi, je travaille dans ma boutique à plein temps tout le mois de juillet. Début août, j'arrive à San José, ses parents dégagent et à nous la liberté !

17

Une banquette en moleskine usée par des générations de jeans

Oublie-t-on jamais son lycée ? Violette longeait l'interminable façade de briques et de pierres du lycée Buffon qui courait sur le boulevard Pasteur. Elle se souvenait combien elle avait été impressionnée quand, à la fin du CM2, elle était venue visiter l'établissement qui l'accueillerait pour ses études secondaires. Même son père, en voyant les huit tours, les trois cours de récréation, sans compter la cour de sport et la cour d'honneur, l'entrelacs d'escaliers, de galeries et de couloirs, avait eu les yeux qui lui sortaient de la tête. C'est ici qu'elle avait passé sept ans de sa vie, ici qu'elle avait rencontré Joachim et Aurèle. Elle se demanda si Jo avait eu lui aussi la tentation de revenir rôder près de leur ancien lycée, mais il devait avoir d'autres chats à fouetter. Ce soir-là, en sortant de l'hôpital, Violette avait pris la direction du XVe arrondissement avec l'impression de retourner sur les lieux du crime. Pour retrouver Joachim, il fallait commencer par le commencement, avait dit son voisin Max. Or c'était ici que tout avait débuté. Elle regarda la façade d'un air inspiré, dans l'attente d'une illumination quelconque, mais rien ne vint. Au bout de quelques minutes, son téléphone tinta. Elle s'en empara fébrilement, certaine qu'il s'agissait d'un signe fort. C'était un texto de Ulysse lui demandant s'il pouvait traiter de pute une fille qui lui avait dit qu'il était gras comme une pizza.

NON ! Débrouille-toi autrement qu'avec des insultes sexistes ! textota-t-elle fermement.

Mais c'est vraiment une pute ! Elle suce pour rentrer en boîte ! insista Ulysse.

Stop ! Démerde-toi !

Elle rangea son portable dans son sac, affligée. Elle n'avait pas souvenir que les insultes volaient si bas quand elle était à Buffon. *Qu'est-ce que tu en penses ?* demanda-t-elle au vieil établissement, qui ne lui fournit aucune réponse. Il ne restait plus qu'à aller se boire un café au Pasteur. Sur le trottoir d'en face, son éternel rival, le Buffon avait disparu, remplacé par une agence bancaire. Assise sur une banquette en moleskine usée par des générations de jeans, Violette réfléchissait. Qui pourrait la mettre sur la trace de Joachim, où trouver l'ébauche d'un indice ? Était-il en contact avec d'autres personnes ? Tout à coup, elle pensa à ses parents et leur restaurant rue Cambronne. La Casita d'Helena. Violette régla son café et se leva.

Le 37, rue Cambronne abritait toujours un restaurant espagnol, mais celui-ci s'appelait désormais La Bodega. Les murs étaient peints en rouge brique et une ardoise au mur proposait une liste de tapas. Elle se souvint qu'à l'époque des parents de Joachim, des bougies plantées sur des bouteilles de vin d'Espagne étaient posées sur chaque table. Les bouteilles étaient recouvertes par la cire fondue de dizaines de chandelles, elle avait trouvé ça terriblement exotique. Un jeune homme lui demanda si elle désirait une table pour dîner, mais elle voulait simplement parler aux patrons. Était-ce toujours M. et Mme Calderon ? Le serveur parut confus et la planta là. Un homme d'une quarantaine d'années sortit de la cuisine.

— Je peux vous aider ?

— Je voudrais voir M. et Mme Calderon.

L'homme fronça ses sourcils touffus.

— Ils ont vendu en 2007. On a racheté avec ma femme. Vous voulez dîner ?

— Euh… non merci ! Vous savez ce qu'ils sont devenus ?

Il la dévisagea, méfiant

— Vous êtes de la famille ?

— Oui.

— Ils ont acheté une maison au pays, et sont partis vivre là-bas, au village.

— Quel village ?

— Si vous êtes de la famille vous devez le savoir !

— Oui bien sûr ! Mais j'ai oublié… et leur appartement rue Cambronne, ils l'ont toujours ?

— Vous êtes de la police ou quoi ?

Elle recula, effrayée.

— Mais pas du tout !

— Ça fait plusieurs fois qu'on vient nous emmerder avec les Calderon. Toujours les mêmes questions ! Je ne sais rien ! Je ne les connaissais pas, je ne sais pas où ils sont !

Violette ne lâchait jamais avant d'avoir tout tenté. C'était dans sa nature. Elle joua sa dernière carte.

— Je suis à la recherche de leur fils que j'ai très bien connu autrefois. J'ai peur qu'il soit en danger.

Cette fois, l'homme parut réellement terrifié.

— Je n'ai rien à voir avec leur fils. Je ne l'ai jamais vu. Foutez le camp d'ici ou j'appelle la police !

18

16 août 1995

Si le paradis existe, j'y suis. La Californie est le plus bel endroit de la terre, Big Sur le plus bel endroit de Californie et Joachim le mec le plus merveilleux de l'univers. Aujourd'hui on est parti de Carmel après une après-midi à la plage et on a roulé sur la Highway One jusqu'à Big Sur, 40 km le long du Pacifique avec des falaises qui tombent à pic dans la mer et un panorama à couper le souffle à chaque virage, du vent dans les cheveux et du hip-hop dans les oreilles. Depuis notre départ de San José on écoute Power 106, une radio qui joue tous les artistes de rap West Coast : Tupac, Dr. Dre, Snoop Dogg… on est total fans ! C'est la bande-son de notre vie.

En fin d'aprèm, nous nous sommes arrêtés ici, au Riverside Camp, qui se trouve un peu à l'intérieur des terres, près d'une rivière. Ici pas de camping-car, mais des cabanes en bois, de la plus simple, comme la nôtre, à la plus luxueuse. Dans certains campings, on se contentait de réserver une place de caravane et de dormir dans la voiture, en profitant de la plage, des douches et des restaus. Mais ici, c'est tellement magnifique qu'on a décidé de se prendre un cabanon. Je suis assise sur notre petite terrasse où il y a tout juste la place pour une table et deux chaises en bois. Tout autour de moi, se dressent les immenses troncs rouges des séquoias, l'air sent le cèdre et au loin j'aperçois le Pacifique. Joachim a trouvé une bande de New-Yorkais pour faire une randonnée jusqu'à la côte et admirer le coucher du soleil. Je préfère rester là. J'ai envie de me poser et d'écrire. Il s'est passé tellement de choses depuis le début du voyage que j'ai l'impression que cela fait une vie entière qu'on roule.

30 juillet – 2 août

Je suis arrivée à San José le 30 juillet, Joachim est venu me chercher à l'aéroport avec l'oncle Miguel et son chien Scarface et on est allés chez lui, une maison dans la banlieue de San José. Ça faisait un mois que je n'avais pas vu Jo. Je n'avais qu'une envie : l'embrasser toute la soirée, être dans ses bras toute la nuit. Mais ça n'a pas été possible puisqu'on n'a pas eu une demi-seconde tout seuls ! Je n'ai pas pu m'empêcher de faire légèrement la gueule. Ce soir-là, avec Jo, Miguel et sa femme Mercy, j'ai mangé le premier d'une longue série de dîners mexicains, des tortillas avec du poulet épicé et du guacamole. Il faut savoir qu'avant d'être américaine, la Californie appartenait au Mexique, c'est pourquoi toutes les villes de l'état ont des noms espagnols. L'influence mexicaine se ressent partout, dans les lieux, l'architecture et la bouffe ! Le chien est aussi dingue de tacos au poulet que ses maîtres, il poussait de longs gémissements en faisant le beau devant Mercy. Alors, du bout de ses ongles roses, longs et carrés comme des spatules, elle lui donnait des petits morceaux qu'il engloutissait en un dixième de seconde. La nuit, j'ai dormi toute seule dans la « guest room » (la future chambre de Joachim), et Jo sur le canapé du salon. J'espérais qu'il viendrait me rejoindre, mais Miguel est resté avec lui jusqu'à pas d'heure, à jouer sur la PlayStation à Tomb Raider, un nouveau jeu avec une meuf super canon à moitié à poil. Inutile de préciser que j'avais envie de les exploser tous les trois, Miguel, Joachim et Lara Croft (la meuf) ! Je n'ai évidemment pas pu m'empêcher de faire une réflexion. Je suis bien élevée, mais il y a des limites.

Miguel, je le détestais d'avance. C'est à cause de lui si Joachim quitte la France et vient s'installer ici. Et même si je suis tombée amoureuse de la Californie, je ne peux pas m'empêcher de penser que s'il n'existait pas, Joachim n'aurait jamais eu l'idée de s'exiler ici. Et à la rentrée, il serait à Paris, avec moi.

Miguel est le petit frère d'Helena, la mère de Jo. Il a dix ans de moins qu'elle. Il est arrivé ici avec des rêves plein la tête mais ne les a pas réalisés. Son grand regret est de ne pas être allé à l'université. Mercy et lui n'ont pas encore d'enfant, alors j'ai l'impression qu'il a tout reporté sur Joachim. Je m'attendais à trouver un type horrible au crâne dégarni avec une grosse moustache. En fait il a vingt-neuf ans, pas de moustache et les mêmes cheveux que Jo. Toutes ses fringues paraissent mille fois trop grandes pour lui : des maillots de baseball qui lui arrivent jusqu'aux genoux et un jean baggy qui traînent par terre. On dirait un gangsta rappeur latino... et c'est terrible à dire, mais il est sympa.

Le lendemain matin, on est allé au garage où il bosse pour récupérer notre voiture. C'est là où j'ai commencé à comprendre combien il adore Joachim. Par exemple, il l'a fait embaucher pour un petit boulot de pompiste à partir de la rentrée universitaire. Il nous a trouvé un coupé Chevrolet Caprice de 1991 couleur rouge cerise métallisée, toute retapée et on la loue la moitié du prix. J'ai vu la voiture et j'ai flashé ! Ça tombe bien parce que c'est quasiment notre maison depuis quinze jours. On lui a donné un petit nom : Cherry Chevy, elle est notre premier *home sweet home*. On la conduit tous les deux à tour de rôle. Au début j'avais peur de ne jamais y arriver, car j'ai passé mon permis juste après le bac et je ne me sentais pas prête, mais Miguel m'a lancé son fameux « *don't cry before you get hurt* ». Alors j'ai arrêté d'avoir peur. C'est magique d'être au volant, fenêtres grandes ouvertes, musique à fond et la route qui s'étale devant nous.

Première étape, l'université de San José, pour voir là où Joachim va étudier pendant quatre ans (au secours, c'est long !). Le campus est immense, avec des pelouses partout, une salle de concert, des terrains de sport… On se croirait dans *Happy days*, mais contrairement à la série où on ne voyait que des étudiants blancs américains, ici, c'est un vrai melting-pot. Jo m'a dit qu'il y a plus de cent nationalités sur le campus. Il m'a tout fait visiter avec un air de propriétaire, sans me lâcher la main. Dès qu'on trouvait un petit recoin tranquille, on en profitait pour s'embrasser. Je crois que je lui ai manqué autant qu'il m'a manqué. Il m'a mitraillée de compliments. Lui est plus beau que jamais. Il est tellement black qu'on le prend tout le temps pour un latino. On a mangé sur le campus et on a taillé la route, la fameuse « one O one », jusqu'à Palo Alto pour voir le garage où William Hewlett et David Packard ont fondé Hewlett Packard dans les années 1930. Ce garage est aujourd'hui un musée et il est considéré comme le point de départ de la légende de la Silicon Valley, c'est-à-dire toute la région autour de San José. C'est ici que se trouvent les plus grosses compagnies informatiques du monde, comme Apple à Cupertino, qui a aussi été créée dans un garage par Steve Jobs et Steve Wozniak dans les années 1970, ou Intel à Santa Clara.

Et ensuite, on est allé voir Stanford University qui est séparée de Palo Alto par l'avenue El Camino Real. C'est une des facs les plus prestigieuses des USA, le cerveau de la Valley, celle qui fournit le plus grand nombre d'employés à toutes les entreprises informatiques de la région. Le campus est une véritable petite ville avec des bâtiments de type méditerranéen aux murs roses et aux toits de tuiles rouges et une tour de quatre-vingt-six mètres de haut qui abrite une des plus belles bibliothèques du monde. Ici, on se rend compte que le World Wide Web, qu'on appelle aussi « the Internet », n'est pas un truc du futur mais du présent qu'ils utilisent chaque jour. Par exemple, ils ont un système génial pour s'envoyer des courriers d'un ordinateur à l'autre : les emails. Plus besoin de fax, ni d'enveloppe timbrée. On tape un truc à Stanford, et en dix minutes, le destinataire peut le lire sur son écran à NYU. À entendre certains étudiants, the Internet a carrément été inventé à Stanford ! L'année dernière, deux étudiants ont créé un annuaire répertoriant tous les liens existants et l'ont baptisé Yahoo. Leur succès a été tellement rapide qu'ils ont dû quitter le campus pour aller s'installer à Santa Clara et depuis ils sont carrément cotés en Bourse. On a sympathisé avec un groupe d'étudiants-chercheurs, convaincus qu'ils sont en train de changer le monde. Ils passent leur été à rédiger des articles pour une encyclopédie « *on line* » : la Stanford Encyclopedia of Philosophy. Leur projet est de réunir tous les savoirs (histoire, politique, sciences, économie, technologie, philosophie, littérature) afin qu'ils soient accessibles gratuitement à tous. Dans toutes les universités des States, il y a des programmes similaires. On pourra bientôt tout apprendre sur son ordinateur. Joachim les écoutait avec des étoiles dans les yeux. Il me dit que la révolution est en marche, nous allons vers un monde meilleur où l'ignorance sera vaincue, et il veut faire partie de ceux qui le construiront.

En France, on a l'impression qu'être étudiant c'est la galère, alors qu'ici c'est le paradis. On était tellement comme des fous qu'on s'est incrusté et on a passé deux nuits en clandestins dans une *community house*. Comme d'habitude, en trois sourires et un peu de baratin, Jo a mis des étudiants dans sa poche. Avec lui, tout devient simple, rien ne l'angoisse et contrairement à moi, il n'est pas du tout timide.

3 – 6 août

Le lendemain, on a repris la voiture, direction San Francisco. Dès les premières secondes, on a eu un coup de foudre atomique pour cette ville. C'est là que nous vivrons plus tard ! On a marché des heures pour voir le Golden Gate, les maisons victoriennes de Haight Ashbury Street, la plage de Sunset Beach… Ici, on sent encore l'esprit du *summer of love* et des hippies. San Francisco, c'est la ville des gays, des artistes, des intellectuels. C'est le meilleur de l'Europe à la sauce California dream. C'est notre idéal de vie sur terre.

Nous nous sommes posés au Green Tortoise Hostel, une auberge de jeunesse située dans une adorable vieille maison verte sur Broadway ave où on a trouvé une chambre pour deux et où nous sommes restés trois nuits. À Paris, Papa ne voulait jamais que je découche et la seule fois où il était parti en voyage d'affaires, Joachim avait dû travailler dans le restau de ses parents ! C'était donc la première fois en deux ans et huit mois que nous pouvions vraiment passer des nuits complètes ensemble dans un vrai lit. Trois nuits d'amour, où on n'a fait que l'amour. J'ai toujours été méga attirée par Joachim, j'adore l'embrasser et j'adore coucher avec lui. Mais depuis ces trois nuits de San Francisco, c'est autre chose. Je ne sais pas si c'est parce qu'on avait tout notre temps, si c'est le fait d'être loin de tout, mais notre relation a pris un tournant beaucoup plus chaud. Quand on s'est retrouvé dans ce grand lit et qu'on a commencé à s'embrasser, à se caresser lentement, longtemps, j'ai eu l'impression de m'enflammer. Tout à coup, quelque chose s'est libéré en moi, comme un animal longtemps tenu en laisse, j'ai commencé à pousser des cris sans pouvoir me contrôler, à tel point qu'il a dû poser ses doigts sur ma bouche pour qu'on ne m'entende pas. C'est une fusée qui a décollé, et on n'en est jamais redescendus. On le fait tout le temps. Parfois je me dis que c'est trop. Trop de nous, trop de baise. J'en suis presque écœurée. Puis, il suffit que je croise son regard, que je frôle sa peau, et c'est comme si j'avais craqué une allumette. J'ai envie de lui sauter dessus, de l'embrasser, de le mordre… tout. Lui, c'est pareil et même pire. Il y pense tout le temps, il veut le faire tout le temps. Il a une façon de me regarder, avec ses yeux brûlants comme les flammes de l'enfer, j'ai l'impression qu'un démon obsédé prend possession de mon corps. Dès qu'on se retrouve dans un lit, ou à l'arrière de notre Cherry Chevy, on s'attrape et c'est parti. On fait des trucs qu'on n'avait jamais faits avant, des trucs dont je ne connaissais même pas l'existence. Je n'ai plus aucune pudeur quand il s'agit de lui. Je ne me reconnais plus. C'est peut-être la chaleur, le vent, le soleil, mais j'ai l'impression que ma peau est devenue ultrasensible. Je crois que ça tape aussi un peu sur le système de Joachim. Plus le temps passe, plus il est tourmenté par notre séparation. Il réalise que ça va être très difficile de dormir loin l'un de l'autre pendant un an ! Je me demande parfois si on n'est pas trop amoureux pour notre âge. Tous nos potes passent d'histoire en histoire. Pour nous ce serait impossible. Nos sentiments sont trop puissants, il n'y a que lui, que moi. On le sait déjà : on ne se quittera jamais. On va souffrir. Mais je sais qu'on sera forts. Parce qu'on sait exactement ce qu'on veut, on a tout prévu. Notre sujet de conversation préféré, en voiture, c'est d'imaginer notre avenir dans quelques années. Nous vivrons ici en Californie, à San Francisco. Peut-être dans une de ces vieilles maisons victoriennes d'Alamo Square ou Russian Hill. Je serai cardiologue au San Francisco General Hospital. Je sauverai des vies. Joachim travaillera dans une de ces nouvelles compagnies informatiques. Il participera à l'élaboration d'un monde meilleur où le savoir sera accessible à tous, gratuitement, où les gens travailleront ensemble pour le bien de l'humanité. Nous aurons trois enfants qui seront le mélange exact de lui et de moi. Quand je lui dis que j'aimerais les avoir vers vingt ans, il grimace. Il est la seule personne au monde à qui j'ai parlé de ma mère. Je lui ai avoué ma crainte profonde de mourir au même âge qu'elle. Quand je lui explique que j'ai deux choix : soit ne jamais avoir d'enfant, soit en avoir très jeune pour les accompagner le plus longtemps possible, il trouve que ça n'a aucun sens. Il voit bien que je panique d'être incomprise et pour me rassurer, il me passe la main dans les cheveux, en bas sur la nuque, une caresse qui me rappelle nos nuits, il dit : « D'accord, tout ce que tu voudras, toute une tribu de petits Calderon ! » Son sourire éclate de splendeur. Je fonds.

7 – 8 août

Après Frisco, on a traversé le Golden Gate au coucher du soleil pour aller tout droit à Yosemite Park, une des plus belles vallées de la terre, avec ses falaises de mille mètres de haut et ses séquoias géants. On a dormi deux nuits dans un camping mais on n'a pas vu d'ours !

9 – 12 août

On est remonté dans notre Cherry Chevy chérie pour descendre vers Los Angeles sur la fameuse Highway One, aussi appelée « California dream road », qui longe toute la côte pacifique. À nous la route, le soleil et l'océan. C'est comme si les vacances commençaient vraiment ! Dans nos têtes tournaient les images mythiques d'*Easy rider*, les pages de Jack Kerouac ! À notre tour d'être sur la route, lunettes de soleil sur le nez, cheveux au vent (en voiture avec les fenêtres ouvertes, ça le fait aussi !). La n° 1, ce n'est pas *highway to hell*, mais *highway to paradise* ! Au détour des virages, on a découvert des panoramas sur l'océan à couper le souffle, des phares, des plages de surfeurs et des criques pour les éléphants de mer. Dans le ciel toujours bleu se détachent les ailes blanches des pélicans. On a pris notre temps pour descendre, nous arrêtant sur les multiples plages qui longent la côte jusqu'à Santa Cruz : Pacifica, Half moon bay, Panther… Je trouve qu'on assure grave au niveau de l'organisation. C'est facile, on suit la route et quand on voit un endroit qui nous plaît, on s'arrête. On ne réserve jamais. S'il n'y a pas de place on va ailleurs. Les campings américains sont immenses et surtout leurs sanitaires sont clean de chez clean. Je suis devenue une pro pour me laver et m'habiller dans un vestiaire. Jo parle hyper bien anglais et j'ai fait des progrès monstres ! On a dormi dans des campings et passé des journées entières sur la plage, alternant bain de soleil et plongeons dans les vagues du Pacifique. Joachim s'est mis au surf. Allongée sur ma serviette, mon sport préféré est de le dévorer des yeux dans son maillot de surfer bleu, ses abdos brillants d'eau et d'huile solaire, son pendentif indien qui scintille sur sa peau presque noire et ses longs cheveux mouillés. On ressemble de plus en plus à des hippies. Nos doigts sont couverts de bagues en argent achetées dans des boutiques d'artisanat et nos poignets sont bourrés de bracelets et de grigris, en cuir, en billes de bois, en turquoises. J'ai des nouveaux mocassins indiens dont je suis raide dingue et je ne quitte jamais mes shorts en jean et mes crop top, ni mon sweat fluo à capuche que j'adore. La plupart des jolies affaires que j'ai apportées de Paris restent sagement pliées dans le coffre de la Chevy. Jo s'est acheté des grands « jersey » (maillots de basket) des Giants de San Francisco qu'il porte avec des bermudas en jean baggy. Il collectionne les casquettes de baseball qu'il met parfois à l'envers comme les rappeurs west coast. My love !

13 – 16 août

Après Panther Beach, on a roulé jusqu'à Santa Cruz, une adorable petite ville de surfeurs avec le spot mythique de Steamer Lane où Joachim a enfin réussi à prendre une vague sans s'exploser dans la mer. On s'est éclatés comme des malades à la fête foraine qui se trouve sur le boardwalk avec ses manèges aux couleurs pastel tout droit sortis des années 1950. De Santa Cruz, on est allé jusqu'à Monterey. Ensuite on a pris la « 17 miles drive », une petite route qui serpente dans une forêt de pins, bordée de golfs et de maisons de milliardaires, jusqu'à Carmel. On a visité la Mission San Carlos Borromeo où l'on se croirait en Espagne au XVIIIe siècle… Ce matin, à la sortie de Carmel, on a visité la réserve naturelle de Point Lobos (qui veut dire « Pointe aux Loups » à cause des aboiements des otaries) et puis on a passé quelques heures à la plage avant de prendre la route pour Big Sur ! Je pense qu'on va passer deux ou trois jours ici car il paraît que la région est magnifique, complètement sauvage, avec des chutes d'eau qui tombent dans la mer, des criques, des falaises, des plages… C'est ici qu'a vécu Henry Miller, ici que sont passés Simone de Beauvoir et Jean-Paul Sartre, sans oublier ce cher Jack Kerouac. Ensuite nous prendrons la direction de San Simeon, Santa Barbara, et peut-être d'autres étapes… jusqu'à LA ! J'ai hâte de découvrir Beverly Hills, Hollywood ! Peut-être qu'on croisera Brenda et Dylan ! À Los Angeles, nous avons prévu de passer une petite semaine, avant de filer vers le Nevada direction Las Vegas. Puis nous remonterons vers San José avec une étape à Cupertino, où se trouve le siège social d'Apple. Je m'interdis de penser au retour car nous avons encore tout un mois de vacances devant nous. Tous nos moments sont tellement intenses que chaque jour est une vie.

19

J'ai vécu comme dans un sous-marin

Violette savait désormais qu'elle n'était pas seule à rechercher Joachim. Qui d'autre était sur ses traces ? La mafia ? La police ? Des associés énervés ? Une femme jalouse ? Des victimes qu'il avait escroquées ? Face à l'étendue des possibles, il lui fallait être très prudente. Pour la première fois de sa carrière, elle quitta l'hôpital un peu plus tôt et se rendit rue de la Folie-Méricourt dans le XIe arrondissement, pas très loin des Quinze-Vingts. C'est là que Sophie, sa meilleure amie du lycée, tenait un institut de beauté nommé fort à propos La folie de Sophie. Elle réalisa avec étonnement qu'elles travaillaient depuis des années dans le même arrondissement. À travers la vitrine de l'élégant établissement, elle observa Sophie, assise derrière un grand comptoir blanc, les yeux rivés à un ordinateur. Elle hésita un moment car elle ne savait pas comment elle serait reçue et poussa courageusement la porte. L'accueil fut aussi frais que le dallage de pierre naturelle du spa. Sophie ne cilla pas et demanda froidement :

— Tu n'as plus ta frange ?

— Moi aussi je suis contente de te voir !

— Qui te dit que je le suis ?

Violette soupira. Ça n'allait pas être facile.

— Qu'est-ce que tu veux ?

— OK Sophie, je suis désolée de ne pas t'avoir rappelée pendant toutes ces années.

— Quinze pour être précise…

— Mais entre les jumeaux et mes études j'étais complètement sous l'eau. J'ai vécu comme dans un sous-marin, sans voir personne.

— Tu n'es même pas venue à mon premier mariage.

— C'était une période compliquée, j'étais en train de me séparer d'Aurèle.

— Ni au deuxième.

— Mais tu ne m'as même pas invitée !

Ce cri du cœur sembla légèrement amadouer Sophie. Elle se leva pour verrouiller la porte d'entrée. Violette observa la silhouette fine et élégante de son ancienne meilleure copine de lycée et sa démarche assurée sur les hauts escarpins de cuir clair. Son visage avait perdu cet air un peu poupin qu'elle avait dans l'adolescence. Sous la mèche blonde, plus dorée qu'autrefois, brillaient toujours les mêmes yeux bleus malicieux.

— Tu as une mine affreuse. Tu ne te maquilles jamais ou quoi ?

— Je sors de l'hôpital ! Je ne reviens pas du festival de Cannes.

— Je confirme. C'est quoi cette absence de style, toi qui aimais tant les fringues ? Et puis tiens-toi droite on dirait que tu as cent deux ans !

Elle rejeta machinalement les épaules en arrière tout en levant les yeux au ciel. Devait-elle vraiment supporter de se faire traiter de la sorte ? Ce qu'il ne fallait pas entendre !

— Assieds-toi, ordonna Sophie. Je vais au moins te faire les ongles, tu en as terriblement besoin.

Violette se retint de l'informer que le vernis était déconseillé à l'hôpital et tendit docilement sa main droite. Elle laissa Sophie examiner ses ongles nus et courts, ses doigts sans aucun ornement.

— Pas d'alliance.

— Non.

— J'en aurai peut-être une nouvelle bientôt, dit Sophie en exhibant un brillant étincelant à son annulaire. Ou pas. Il me fatigue déjà. Je ne sais pas ce que les hommes s'imaginent en vivant avec une esthéticienne. Avoir une geisha à domicile je suppose. Très peu pour moi. Quand je rentre chez moi, plus aucune envie de faire des papouilles. Ça me donne l'impression de ramener des dossiers du bureau. Tu vois ce que je veux dire.

Violette se contenta de sourire parce que non, elle ne voyait pas du tout. Le monde mystérieux des geishas et des papouilles lui était inconnu. Sophie lui demanda de plonger les doigts de sa main droite dans un récipient plein d'eau chaude et mousseuse et entreprit de limer les ongles de la main gauche avec des gestes doux et précis.

— Comment vont les jumeaux ?

— Très bien. Ils sont merveilleux. Et toi, tu as des enfants ?

À peine eut-elle posé la question qu'elle se sentit rougir de honte. Le cœur serré, elle réalisait qu'elle ne savait même pas si celle qui avait été sa confidente, son soutien et parfois même son modèle pendant de longues années – était devenue mère. Sophie perçut son malaise et ne se donna aucun mal pour le dissiper.

— Je vois que tu te rends compte à quel point tu m'as déçue. Mais si ça t'intéresse, oui, j'ai une fille de huit ans. Elle s'appelle Louison.

Elle changea le bol de côté et lui demanda d'y tremper ses doigts gauches, puis essuya sa main humide avec un carré de tissu-éponge moelleux.

— Tu as donc été aussi malheureuse que ça ? demanda Sophie doucement.

La gorge de Violette se serra.

— Oui, s'étrangla-t-elle. Puis se reprenant :

— Enfin à une certaine époque. Et puis surtout très débordée parce qu'entre mes études de médecine et les jumeaux, j'avais parfois à peine le temps de respirer.

Sophie avait fini de lui limer les ongles. Elle attrapa un bâtonnet de buis et commença à repousser les cuticules.

— Que me vaut le plaisir de ta visite ?

Violette se demanda si elle avait le droit d'impliquer Sophie dans ses problèmes. N'allait-elle pas mettre son amie en danger ? Joachim lui avait instamment précisé de ne rien dire à personne. D'un autre côté, il avait promis de revenir et ne l'avait pas fait. Elle se sentait d'une certaine manière déchargée de sa promesse, et puis, elle était venue pour ça. Sophie attendait, dégageant le pourtour de ses ongles avec application. Elle se lança.

— J'ai peur que mes appels et mes emails soient surveillés.

Sophie en lâcha son bâtonnet.

— C'est une blague ! Par qui ?

— Je n'en sais rien ! Mais je suis en train de mener une sorte d'enquête.

— Tu es sûre de ce que tu dis ?

— Je suis sûre d'être dans la merde.

Très agitée, Sophie quitta sa chaise pour aller observer la rue au dehors.

— Tu crois qu'on t'a suivie jusqu'ici ?

— Hein ? Non… je ne pense pas.

— S'il m'arrive quelque chose je te considérerai comme éternellement responsable ! menaça Sophie en revenant s'asseoir.

Violette retira sa main gauche de l'eau devenue tiède et regarda son amie l'essuyer avec soin.

— Je voudrais réunir la bande du lycée dans un endroit discret, loin de chez moi. Mais comme je ne peux les contacter ni par téléphone, ni par email, ni *via* les réseaux sociaux, je me demandais si tu pouvais le faire pour moi. Il faudrait appeler Medhi, Julien, Delphine et Coralie.

— Et Bébé ? demanda Sophie en massant sa main avec une noisette de crème parfumée.

— Aurèle est dans le Sud, avec les jumeaux…

Elle hésita un moment avant de continuer…

— Joachim a disparu. Je pense qu'il est en danger.

Sophie explosa.

— Encore ! Vingt ans plus tard, tu en es toujours là : te perdre à retrouver Joachim ! Il va te pourrir la vie jusqu'à la vieillesse. Dès que je t'ai vue, j'ai compris. Il n'y a que lui pour te faire quitter ta tanière.

Et comme Violette gardait le silence :

— Tu ne vas pas t'en sortir comme ça ! Choisis une couleur de vernis et raconte-moi exactement ce qui s'est passé. Depuis le début.

Le début remontait au départ de ses enfants, à peine une dizaine de jours plus tôt, mais il lui semblait que cela faisait un mois ! Violette tenta de décrire les événements le plus objectivement possible, en évitant les exagérations dictées par sa paranoïa. Elle ne voulait pas que Sophie pense qu'elle se faisait des films. Cette dernière l'écouta en silence, sans faire déborder une seule fois le vernis qu'elle lui appliquait machinalement sur les ongles, ce qui aux yeux de Violette constituait un exploit surprenant.

— Je pense que c'est lui qui a mis la drogue dans mon sac à la gare !

— Quoi ? Mais c'est impossible, tu l'aurais reconnu ! Et pourquoi il aurait fait ça ?

— Ou alors il a payé quelqu'un pour le faire.

— Comme ça, il était sûr que tu resterais à Paris et qu'il pourrait cacher son argent chez toi. L'enfoiré !

Quelques jours plus tard, un coursier se présentait à l'hôpital des Quinze-Vingts pour livrer au docteur Abravanel un pot de violettes en fleurs. Tel était le stratagème imaginé par Sophie pour l'informer de leur rendez-vous sans utiliser ni téléphone ni email ! De ses ongles fraîchement vernis de « beige nude » et désinfectés au gel antibactérien, Violette décacheta l'enveloppe qui accompagnait les fleurs et sourit à la lecture de la carte manuscrite l'informant que le rendez-vous en question était fixé au surlendemain à 19 heures tapantes 1, avenue du

Colonel-Henri-Rol-Tanguy dans le XIVe. Un post-scriptum précisait de prévoir une petite laine. En la voyant sourire, ses collègues de l'hôpital des Quinze-Vingts en déduisirent que l'inaccessible ophtalmologue avait enfin un homme dans sa vie.

20

Samedi 14 octobre 1995

Et voilà. Je suis à la fac. À peine une semaine depuis la rentrée, et c'est déjà la guerre. Les premiers jours dans l'amphi de Bichat, je me sentais comme un poisson perdu dans l'océan. Je n'ai plus mes repères, je n'ai plus Joachim, je n'ai plus mes potes. On est tous dispersés dans des écoles et des facs différentes. Dès la première heure du premier jour, à la présentation, le doyen nous a gentiment signalé que nous étions 870 élèves en P1 et que seuls 120 d'entre nous passeraient en deuxième année. Il a ajouté : « J'en vois qui rigolent mais je vous garantis qu'ils vont pleurer dans les semaines à venir ! » Génial non, comme discours de bienvenue ? C'est déjà la fosse aux lions, et ça ne va pas s'arranger.

Le soir même, je me suis mise au travail… et je n'ai plus arrêté. On a beau être prévenu que ce sera dur, on ne s'en rend vraiment compte que quand on le vit.

Parce que oui, la PI c'est un combat ! Et surtout un combat contre soi-même. Jusqu'où sera-t-on capable de tenir ? Quelle quantité d'informations pourra-t-on ingurgiter sans vomir ? Il faut une volonté de fer et un mental d'acier pour espérer survivre dans ces conditions.

Quand je vois l'enfer de la fac, je me dis qu'on a vraiment bien fait de profiter de notre paradis jusqu'à la dernière minute avec Jo. Cela fait quinze jours que je suis rentrée de Californie, j'ai l'impression que ça fait une éternité. En deux semaines, j'ai vieilli d'un an. Toute la journée, je bosse comme une dingue. Mais la nuit, la tête posée sur l'oreiller, je pense à lui. J'ai l'impression d'être encore là-bas, d'avoir du sel dans les cheveux et ses baisers sur mes lèvres. Je revis en rêve tous les moments magiques de nos vacances.

Après Los Angeles, on a poussé Cherry Chevy jusqu'en Arizona, parce qu'on voulait absolument voir une réserve indienne et qu'il n'en reste plus en Californie. Les différentes nations qui vivaient là, dont la principale était les Chumash, ont toutes disparu. C'est terrible la façon dont les Américains escamotent leur histoire. Je veux dire : on sait qu'il y avait des « Indiens » sur tout le territoire et on sait qu'il n'y en a presque plus aujourd'hui. Mais aucun mot comme « massacre », « extermination » ou « génocide » n'est jamais prononcé pour relier ces deux faits. C'est comme si on allait en Europe et qu'il n'y avait plus un seul blanc de type européen, à part quelques-uns parqués au fin fond des Alpes, ou qu'il ne restait plus que quelques noirs en Afrique… Aujourd'hui encore la situation des *natives* n'est pas réglée et le président Clinton continue les pourparlers avec les représentants des nations indiennes. C'est désespérant !

Nous avons donc pris la road 66 et on a roulé jusqu'au pays des Navajos, qui est la plus grande réserve (quel horrible mot) des States. Elle fait à elle seule près d'un dixième de la superficie du pays. On n'avait presque plus de sous, donc on dormait tout le temps dans la voiture. De retour à Los Angeles, nous nous sommes fait tatouer le symbole Chumash du soleil. Je l'ai en petit, en bas du dos et Joachim sur le torse, juste au-dessus du cœur. Jo me tenait la main pendant tout le temps du tatouage. J'ai eu horriblement mal, mais désormais, j'ai Joachim et la Californie dans la peau.

C'est atroce comme il me manque. J'ai l'impression d'être coupée en deux. Le téléphone coûte une blinde. On s'est parlé deux fois deux minutes et on s'écrit. Il me dit qu'il n'arrive pas à vivre sans moi. Ça me fait mal. Je dors avec ses lettres sous mon oreiller. Je vais travailler comme une forcenée cette année et je sais que je vais réussir. Parce que moi, j'ai une motivation encore plus puissante que les autres : l'été prochain, je veux retourner en Californie. Et si je ne passe pas en deuxième année, c'est mort. Parce qu'il faudra que je révise tout l'été.

Hier soir, j'ai vu Sophie et Aurèle. On est allés boire un verre à Pigalle au Moloko. Sophie a largué Julien juste avant de partir en vacances. Elle voulait être libre de s'éclater sans avoir « un boulet à la cheville ». C'est devenu une vraie noctambule. Elle rentre tranquille dans tous les clubs de Paris. J'étais super contente de les revoir. Aurèle est dans une école de commerce privée. Il s'est déjà inscrit au BDE parce qu'il ne veut pas être un « nobody ». Il a dit que son école organisait plein de teufs et qu'il nous inviterait. Je leur ai raconté les States et montré quelques photos. Après le Moloko, Sophie a proposé d'aller à la Poste, mais il fallait que je rentre car je devais bosser tout le dimanche. Aurèle m'a raccompagnée. Je ne pense pas pouvoir à nouveau sortir ce soir. Déjà trop de taf.

21

Arrête, c'est ici l'empire de la mort

Violette était en retard au rendez-vous qu'elle avait elle-même sollicité. Après ses consultations de la journée, elle était passée voir Léo, un jeune patient de vingt et un ans, atteint d'un glaucome à angle aigu de l'œil droit, à qui on avait posé, le matin même, un stent dans le filtre trabéculaire. C'est elle qui avait proposé cette intervention délicate et novatrice. Le stent, minuscule tube en titane, devait permettre de rétablir l'écoulement de l'humeur aqueuse, et par conséquent de réduire la tension oculaire qui détruisait le nerf optique. Sa pose demandait beaucoup de technicité de la part du praticien, c'est pourquoi elle n'avait pas voulu quitter l'hôpital avant d'avoir examiné Léo. L'œil semblait supporter le corps étranger, la tension était déjà descendue à un degré normal. Rassurée, elle avait ensuite bavardé et plaisanté avec le jeune homme en évoquant sa passion pour le jeu Assassin's creed qu'il essayait de lui faire partager. Elle avait été désolée d'écourter sa visite pour retrouver Sophie et les autres.

Ce départ précipité, et la contrariété qui en découlait, l'obligèrent à réfléchir à sa démarche. Sophie avait raison, c'était la même vieille histoire toujours recommencée. Une fois de plus, Joachim lui faisait perdre tout sens commun. C'était comme s'il la manipulait à distance pour que l'ancienne Violette se réveille et puisse se livrer à son activité préférée : rattraper le Jo perdu. Assise sur un strapontin de la ligne 6, elle se posa la question : était-elle vraiment obligée de faire ça ? Violette ferma les yeux, se força à réfléchir de manière objective et pragmatique pour séparer les bonnes raisons des mauvaises. À la fin de son examen de conscience, elle ouvrit les yeux. Malgré la folie apparente, elle savait au fond d'elle que sa décision était la bonne. Elle sortit essoufflée du métro Denfert Rochereau et courut vers l'avenue du Colonel-Henri-Rol-Tanguy.

Sophie faisait les cent pas devant le numéro 1 de l'avenue, perchée sur des sandales vertigineuses. Elle se précipita vers Violette avec des mines de conspirateur.

— Dépêche-toi, ils font tous la queue depuis vingt minutes ! On va bientôt rentrer.

— Sérieusement Sophie… les catacombes ?!

— Ben quoi, tu voulais un endroit discret !

— Certes…

Sourcils froncés, Sophie regardait autour d'elles, se prenant visiblement pour un agent secret en mission.

— Tu n'as pas été suivie ?

— Je ne pense pas et j'ai laissé mon portable chez moi pour qu'on ne puisse pas me géolocaliser !

Elles atteignirent le guichet au moment même où leurs anciens potes prenaient leurs tickets d'entrée.

— Tout le monde est là ? demanda Sophie. Faites gaffe, il y a cent trente marches à descendre !

Medhi faisait certainement de la musculation et portait le crâne rasé de près. Julien avait grossi, Coralie et Delphine étaient toujours ravissantes et en étaient toujours aussi conscientes. Violette se sentit transportée vingt ans en arrière. Ses anciens copains discutaient avec animation. Le temps avait poli leurs visages d'adolescents. Des traces de blessures et de désillusions affleuraient sur leurs masques de trentenaires bientôt quadra. Ils échangèrent des nouvelles : les réussites et les échecs, les amours et les désamours, les jobs, les changements de jobs. Des photos de leur progéniture défilèrent sur les écrans de leurs smartphones. Des années racontées en quelques minutes sous le regard vide des têtes de morts.

— Tu as de la chance qu'on soit tous à Paris ! On aurait pu être encore en vacances !

— C'est vrai : Coralie et moi, nous sommes rentrées de Belle-Île hier !

Medhi la serra contre lui.

— Même si j'avais été à l'autre bout de la France, je serais venu.

Sophie excellait dans son rôle d'organisatrice de mission top secrète.

— Attention, ne parlez pas trop fort, les murs ont des oreilles. Je vous conseille d'avancer, on a deux kilomètres de galerie à se taper !

— Putain mais ça caille ici !

— Mais oui ! Il fait quatorze degrés, pour ne pas que les os se décomposent. Je vous avais dit de prendre un pull.

Ils avancèrent vers l'ossuaire où se dressaient des murs composés de crânes et d'ossements empilés. Six millions de Parisiens, anonymes ou non, reposaient dans ces galeries tortueuses. Delphine poussa un cri. Sur le fronton de l'entrée étaient gravés les mots du poète Jacques Delille : « Arrête, c'est ici l'empire de la mort ».

— C'est joyeux pour des retrouvailles !

— Avançons !

Par chance, en cette fin de journée d'août, les catacombes étaient assez peu fréquentées. Quelques grappes de jeunes touristes poussaient parfois des cris de fête foraine. Après tout, on était un peu dans un train fantôme ! Ils arrivèrent dans la crypte où était célébré autrefois l'office des morts et s'installèrent sur des tabourets mis à la disposition des touristes. Violette leur conta alors succinctement la visite de Joachim, son déguisement, son air traqué et sa promesse de revenir la semaine suivante. Promesse qu'il n'avait pas tenue. Elle évoqua également sa visite au restaurant et la réaction du patron.

— Je voulais savoir si l'un de vous était toujours en contact avec lui, si vous aviez eu récemment de ses nouvelles, si vous avez une petite idée de là où il pourrait se trouver.

— Je ne l'ai pas revu depuis notre soirée du bac, déclara Coralie.

— Mon non plus, dit Delphine.

— Je l'ai revu en 2003, annonça Medhi, mais jamais depuis. Je me demande souvent ce qu'il est devenu.

— En 2003 ? lança Violette surprise. Tu es allé aux États-Unis ?

— Pas du tout, je l'ai vu ici, à Paris. Il était revenu pour l'enterrement de son grand-père.

Joachim était venu à Paris en 2003… et ne l'avait pas contactée. C'était de pire en pire. Violette sentit sa gorge se serrer. Elle était persuadée qu'il n'avait jamais remis les pieds en France. Ainsi s'expliquait-elle son silence…

— Pourquoi est-ce que tu te préoccupes tant de Joachim ? Après tout, ça ne t'a pas gênée de le laisser tomber pour sortir avec Aurèle.

— Qui t'a dit ça ?

Delphine rougit.

— Euh… Aurèle, après votre séparation.

Violette grinça intérieurement des dents. C'était lui tout craché de se donner le beau rôle… et de draguer une fille qui l'avait jeté au lycée. Il n'était jamais trop tard pour Aurèle quand il s'agissait de prendre sa revanche. Elle se demanda s'il avait réussi à coucher avec Delphine. Elle n'eut même pas besoin de le demander, la jeune femme lui fournit très obligeamment la réponse.

— On a eu une petite histoire en 2003. Après que tu l'as largué.

C'était Aurèle qui l'avait quittée. Mais elle ne releva pas.

— Décidément, il s'en est passé des choses en 2003 ! T'as pas pécho Joachim aussi ?

Delphine pouffa, exactement le même petit rire débile que quand elle avait quinze ans.

— Ah non lui, c'était en 93 !

Coralie essuya une poussière imaginaire sur son gilet.

— Je me suis toujours demandée ce qu'ils te trouvaient ces deux-là. Tu n'aurais pas dû les rejeter. Résultat aujourd'hui, tu es mère célibataire. Je suis sûre que tu as un chat !

Violette l'ignora et demanda à Medhi :

— Qu'est-ce qu'il t'a dit quand tu l'as vu ?

— Il était très mal. Comme tu le sais, il adorait son grand-père et sa mort l'avait dévasté. Il avait aussi des gros problèmes de boulot. Tu te souviens du krach de la bulle Internet en 2001 ? Le monde de la finance avait investi en masse dans les sociétés du Net, mais elles ne dégageaient pas encore de bénéfices. Les actionnaires n'avaient pas eu la patience d'attendre et avaient retiré leurs billes. La bulle spéculative avait crevé comme une bulle de savon et des dizaines de mecs ultra-brillants s'étaient retrouvés au chômage. Dont Joachim. La start-up dans laquelle il bossait à Palo Alto avait fait faillite, comme des dizaines de boîtes dans la région.

Violette était devenue très pâle. Elle imaginait Joachim et ses rêves brisés.

— On a dîné ensemble. Il voulait savoir comment se portait le secteur des jeux vidéo parce que je travaillais chez Ubisoft à l'époque. Il bossait dans un garage à San José avec son oncle et cherchait un nouveau job dans l'informatique, mais c'était hyper dur. Je lui ai dit qu'il pouvait m'appeler quand il voulait… et je ne l'ai jamais revu.

— Connaissant Joachim, je suis sûre qu'il a dû rebondir, dit Sophie.

Violette s'éloigna pour faire quelques pas, en proie à une émotion intense. Pendant des années, elle avait recouvert son passé, et le souvenir de Joachim, d'un voile épais. Voilà que le tissu se déchirait, dévoilant des aspects inconnus de sa vie. Elle n'était pas sûre que ça lui fasse du bien. Medhi profita du fait qu'elle se tenait à l'écart pour s'approcher d'elle.

— Tu ne devrais peut-être pas te lancer dans cette aventure, chuchota-t-il. Ça m'a l'air dangereux…

— Tu sais autre chose ? demanda-t-elle vivement.

Il l'attrapa légèrement par le coude pour se pencher près de son oreille.

— Quand Joachim était venu dîner chez moi, il s'intéressait de près à un truc chelou : le Darknet, une partie cachée d'Internet à laquelle on ne peut pas accéder *via* les moteurs de recherche. À l'époque ça ne me disait rien, mais lui était complètement obsédé. Il disait que c'était un espace de liberté inouï, où les dissidents des régimes totalitaires, chinois par exemple, pouvaient communiquer en toute sécurité… ce qui est vrai. Mais le Darknet est surtout, comme son nom l'indique, le repère des aspects les plus sombres de l'humanité. C'est un monde où circulent sans aucun contrôle les pires trafics : pédophilie, prostitution, armes, drogues, terrorisme, tueurs à gage…

— Han ! Je ne te crois pas !

— Attention, je ne suis pas en train de te dire que Joachim est devenu un criminel. Mais je préfère te prévenir pour que tu saches où tu mets les pieds. C'est tendu.

Medhi ébaucha un sourire.

— Quand Joachim est parti, je me suis rendu compte qu'il avait cracké mon dernier jeu vidéo et avait changé des données pour l'améliorer. J'avais rien vu ! Il était hyper doué l'enfoiré !

Violette s'écarta de lui pour rejoindre les autres qui discutaient d'organiser un dîner de retrouvailles dans un endroit plus festif. En la voyant revenir, Julien, qui était resté muet la plupart du temps, prit la parole :

— Moi je n'ai pas revu Joachim, mais j'ai eu de ses nouvelles, en 2007.

Violette se tourna vivement vers lui

— Ah bon ? Raconte !

— Quand j'étais étudiant, j'avais parfois travaillé en extra dans le restau de ses parents. En 2006, quand je me suis retrouvé au chômage, je suis allé leur demander s'ils avaient du boulot pour moi. Ils ont été très cool et m'ont proposé un job de serveur pour le week-end. C'est comme ça que j'ai su qu'ils avaient décidé de vendre le restaurant en 2007. Apparemment, Joachim a dû se refaire, parce qu'il venait de leur acheter une baraque en Espagne, dans leur bled.

— Comment s'appelle ce bled ? demanda Violette.

— El Port de la Selva.

22

Mercredi 14 février 1996

Joachim vient de m'appeler pour me souhaiter une bonne Saint-Valentin. Je trouve cette fête complètement débile et commerciale, mais là, je donnerais un organe pour passer la soirée avec lui. C'est affreux comme il me manque. À San José, il est midi, il fait beau et chaud et il s'éclate. À Paris, il est 21 heures, il fait nuit, il fait froid et il pleut. Je suis seule, assise à mon bureau. L'été dernier me semble appartenir à une autre vie et l'été prochain ressemble à de la science-fiction. J'ai l'impression de vivre dans une grotte, au fond de laquelle ne m'attendent que travail non-stop jusqu'à l'infarctus cérébral, désespoir, doute et lassitude. Je tiens à coups de café et de Guronsan. Mes seules sorties sont un restau vite fait avec mes nouveaux potes de la fac. On est une petite bande de cinq, on s'encourage, on se soutient, on partage nos cours. Je les ai rencontrés en octobre et depuis j'ai l'impression de ne plus connaître qu'eux : Véronique, Clément, Erwan, Anouk et moi. Parfois ils me sortent par les yeux mais heureusement qu'ils sont là pour partager cette tannée qu'est la P1. Sinon je n'y arriverais pas. Vingt matières, des centaines de pages à apprendre par cœur : anatomie, embryologie, maths, physique, biologie, biochimie, sciences humaines et sociales… Ma main droite est devenue une machine à écrire des fiches, mon cerveau un aspirateur à cours, et j'ai l'impression d'avoir subi une greffe de stylos quatre couleurs et de stabylos boss. Certains de la promo se sont mis en couple, je me demande comment ils font. Dans mes rares moments de détente, je n'ai qu'une envie, voir d'autres personnes, parler d'autre chose que de ces putains de cours ! Heureusement qu'Aurèle est là. Il m'a présenté des gens de son école, des fils à papa qui ne pensent qu'à faire la fête et se mettre de la coco dans les narines, mais il y a des moments où je préfère parler de la dernière paire de Nike plutôt que de la liste des os du pied (oui c'est le genre de conversation qu'on est capable d'avoir avec les gens de P1). Fin janvier, j'ai passé les examens du premier semestre et je pense m'en être plutôt bien tirée. Il faut absolument que je sois classée dans les cent cinquante premiers maxi, sinon je n'aurai aucune chance de finir dans les cent vingt élus à la fin de l'année, ce qui signifie que je devrais doubler ma P1 : hors de question ! J'ai un autre plan et ce plan s'appelle Jo, love and California.

J'ai tellement fait kiffer Aurèle en lui parlant de la Californie qu'il pense aller voir Joachim à Pâques pendant le Spring Break. Ils ont prévu de passer une semaine à Laguna Beach. Il paraît que c'est de la folie pure : des milliers d'étudiants qui font la fête pendant quinze jours. Pendant ce temps, moi je serai coincée à Paris. Papa m'a réservé un stage chez Epsilon, un organisme de cours privés qui prépare à l'examen final. Tout le monde prend des cours privés, c'est triste à dire, mais sinon c'est impossible d'y arriver, à moins d'avoir 180 de QI et une hypertrophie de la mémoire. Ceux qui s'en sortent sont ceux qui sont aidés à l'extérieur.

Amanda est passée m'encourager cette après-midi, elle m'a dit que j'étais maso de bosser autant. Mais malgré tout je suis hyper contente de faire médecine. C'est le rêve de ma vie. Quand je suis près de craquer, je me rappelle que plus tard, des gens iront mieux grâce à moi, peut-être même que je sauverai des vies. Et ça, ça n'a pas de prix.

23

Une ophtalmo en panique qui a des choses à cacher

Derrière le bar, Karim discutait avec Franck qui essuyait méthodiquement les verres. Elle demanda un ballon de saint-émilion parce qu'au vu des récents événements, une simple bière n'aurait pas suffi à faire descendre la pression. Elle avait fait des recherches et effectivement, ce qu'elle avait lu sur le Darknet l'avait glacée d'effroi. Toute âme assoiffée de noirceur pouvait y trouver les pires horreurs : scènes filmées de torture, de viol ou de pédophilie, prostitution enfantine, trafic en tous genres – organes, drogues, armes, êtres humains, tueurs à gages, receleurs d'objets volés… Elle ne pouvait pas imaginer Joachim cochant une de ces cases. Il y avait forcément une autre explication aux cinq millions, une autre explication à sa visite puis à sa disparition. Oui, mais laquelle ? Elle but une longue gorgée du vin que Franck venait de lui servir, en espérant que ça calmerait le cycle de ses pensées qui tournoyaient dans son cerveau comme des draps sales dans un lave-linge. Son regard se posa distraitement sur le barman qui avait recommencé à essuyer les verres. Son tee-shirt d'un blanc immaculé faisait ressortir le brun foncé de sa peau. À chaque mouvement de ses bras, ses biceps s'épanouissaient, faisant gonfler le tissu léger. Sur ses avant-bras s'étalaient les manchettes de tatouages réglementaires, semblait-il, pour tout barman qui se respecte. Ses cheveux coupés à ras faisaient ressortir la régularité de ses traits. Amanda certifiait qu'il était beau gosse mais la séduction et plus si affinité, ce n'était pas le rayon de Violette. Son truc à elle, c'était plutôt l'abstinence, avec une certaine tendance à traiter les hommes comme des copains de régiment.

— Le week-end prochain, je vais en Espagne, annonça-t-elle, en réalisant qu'elle venait de prendre sa décision à haute voix.

— Veinarde !

Karim le patron du café déposa devant elle une coupelle de pop-corn sortis d'un sachet neuf. Elle s'autorisa à en picorer quelques grains.

— Et tu vas où en Espagne ?

— Sur la Costa Brava, dans un petit village qui s'appelle El Port de la Selva.

— T'y vas toute seule ?

Franck était sympa mais il posait beaucoup de questions. Demander à quelqu'un s'il part seul en vacances était déjà assez embarrassant, ça devenait très compliqué pour une ophtalmo en panique qui a des choses à cacher. À moins qu'il ne la prenne pour une de ces femmes désespérées, qui vont draguer en solitaire sur les plages bondées. Elle pensa à la technique de son père, qui répondait toujours à une question gênante par une autre question.

— Pourquoi est-ce que tu me demandes ça ?

— Parce que je pourrais peut-être venir avec toi !

— Euh… c'est un peu compliqué. Tu peux m'en servir un autre, s'il te plaît ?

Il remplit son verre en souriant, les yeux plantés dans les siens, et elle se demanda s'il la draguait. « Évidemment ! » lui susurra à l'oreille la voix d'Amanda. Quand Violette avait un peu bu, elle s'imaginait souvent dialoguer avec sa sœur.

— Qu'est-ce que tu vas faire là-bas ?

Violette but une longue gorgée de vin, cherchant quoi répondre. Elle improvisa avec ce qu'elle avait en stock : des histoires de gens avec des gros problèmes ophtalmologiques.

— Je suis chargée d'une mission un peu délicate. Un de mes patients est sur le point de perdre la vue. Il voudrait se réconcilier avec ses parents avec lesquels il n'a plus aucun lien. Il pense qu'ils ont dû retourner vivre au pays car la famille possédait une maison dans le village. Je lui ai promis de les retrouver et les prévenir.

Elle tressaillit en s'entendant proférer cet énorme mensonge. Elle s'était juré, il y a bien longtemps, de ne plus jamais mentir. C'était trop lourd à porter.

— On pourrait jouer à *True Detective* ensemble et retrouver les parents de ton patient en détresse.

Il s'éloigna pour servir un autre client. Songeuse, elle observa ses muscles puissants qui roulaient sous le tee-shirt blanc. Il serait rassurant d'être accompagnée de gros bras comme les siens pour partir à la recherche d'un dangereux ex en cavale, ayant lui-même des individus encore plus redoutables aux trousses.

— En plus, j'ai un pote de taekwondo qui est à Figueras, juste à côté. J'en profiterai pour aller le voir.

— Oh ! Tu fais du taekwondo ?

— Ceinture noire, madame, pour vous servir !

24

Dimanche 12 mai 1996

Je veux mourir. Je veux mourir. Je. Veux. Mourir. Je suis morte.

Hier soir, j'ai enfin vu Aurèle, plus d'une semaine après son retour des States. J'avais super hâte qu'il me donne des nouvelles de Joachim, mais il ne rappelait jamais. Chelou ! La raison est maintenant limpide : il me fuyait.

Finalement, vers 21 heures, on est allé manger un bout chez Yakitori et Aurèle a craché le morceau. Mais je n'arrive pas à l'écrire tellement ça me fait mal.

Joachim me trompe. Il couche avec une autre fille.

Une fille qui s'appelle Alicia. Ça se prononce « Alichia ». Avec *chia* comme merde. Aurèle a pris des gants longs comme le bras pour me raconter ce qu'il savait : le premier jour sur le campus, il avait vu Jo parler à une grande brune mais n'y avait pas prêté attention. Mais arrivés à Laguna Beach, la meilleure amie de cette Alichia avait révélé très naturellement à Aurèle que Jo et cette pute merdeuse étaient « *sex buddies* » : des potes qui baisent. Aurèle n'avait pas voulu y croire. Quand Jo ne rentrait pas de la nuit dans leur chambre d'hôtel, il ne s'en inquiétait pas : le Spring Break, c'est du délire H24. Tout le monde est défoncé, personne ne dort, tout le monde fait la fête. Mais un jour, alors que Joachim rentrait se coucher vers midi, Aurèle l'avait VU embrasser cette Alicia dans l'ouverture de la porte. Dès qu'ils s'étaient retrouvés seuls, il lui avait demandé s'il couchait avec elle. Jo était tellement murgé qu'il avait avoué. Donc c'est vrai. Il l'a fait. Il nous a assassinés. Violette et Joachim, le beau roman, la belle histoire, tous nos projets, tous nos rêves, c'est mort.

À chaque fois que je l'imagine, allongé dans un lit avec cette fille, la prenant dans ses bras, sa peau contre la sienne, lui faisant ces mêmes choses qui n'appartenaient qu'à nous, j'ai l'impression de sentir un poignard effilé s'enfoncer dans ma poitrine… et tourner. Joachim m'a arraché le cœur, puis il l'a mis en lambeaux.

Ma vie est finie. Je n'ai plus envie de rien. Je veux juste rester sous la couette toute seule sans parler à personne. Je suis un zombie. Une morte-vivante.

En rentrant du restau, j'ai appelé Jo. Il était 13 heures à San José. Évidemment, j'espérais l'entendre dire que c'était n'importe quoi : Aurèle mentait, se trompait, c'était un mytho, rien n'avait changé. Mais je rêvais.

Je lui ai dit que je savais. Joachim est resté silencieux. Puis il a balbutié qu'il était désolé et j'ai commencé à pleurer. Les larmes dégoulinaient sur mes joues sans que je puisse les arrêter, comme la pluie. Sa gêne, son ton coupable… c'était pire que tout. À l'autre bout du fil, Joachim continuait à plaider, mais je n'entendais plus. Le sang battait à mes tempes, mes oreilles bourdonnaient, j'entendais son blablabla par bribes, me parvenant de très loin : il m'aime, je lui manque à en devenir malade, il ne m'a pas touchée depuis neuf mois et ça le rend fou, cette fille n'est rien… Voyant qu'il parlait dans le vent, il s'est mis à hurler qu'Aurèle était un salaud qui l'avait traqué toutes les vacances comme un tortionnaire franquiste. Il serait même sorti avec la meilleure amie d'Alicia pour la faire parler. L'entendre prononcer le prénom Alicia m'a fait encore plus de mal que tout le reste. Il reconnaît qu'elle existe, elle est dans sa vie et pas moi. Ça m'a donné envie d'aller me noyer dans la Seine. Joachim considère qu'Aurèle n'aurait pas respecté un soi-disant code de l'honneur des potes. Mais Aurèle est mon ami avant d'être le sien. Leur code ne m'intéresse pas. La vérité, si. Aurèle n'y est pour rien. En l'écoutant, je retrouvais ce mec qui m'énervait tellement au lycée, ce mec qui se la pète et se tape toutes les filles, juste parce qu'il peut. Joachim me dégoûte. Je lui ai dit que tout est fini entre nous, il peut baiser qui il veut parce qu'il ne me touchera plus jamais. Il a hurlé dans l'écouteur, comme un coyote blessé. J'ai raccroché. Et puis je me suis roulée en boule dans mon lit. Je le hais. Et je l'aime tellement. Je ne sais pas comment je vais pouvoir m'arracher cet amour du cœur.

25

Aussi frais que Kanye West à un show Louis Vuitton

Ce samedi 15 août, en sortant de l'avion qui venait de se poser à Perpignan, accueillie par un vent chaud et un soleil amical, Violette renoua avec l'été. Et le souvenir de Joachim remonta encore un peu plus à la surface. Combien de fois l'avait-elle entendu évoquer la cité catalane, dernière étape de la route vers l'Espagne et les vacances ? Selon les années, il s'y rendait en voiture ou en train pour retrouver ses grands-parents maternels, son oncle Miguel et sa tante Mercy sur la Costa Brava. Autrefois, il lui avait proposé de l'y rejoindre, il voulait lui montrer d'où venait sa famille. Encore un rendez-vous manqué. Des années après, c'était donc avec Franck qu'elle traversait Perpignan, au volant d'une Fiat 500 de location. Une heure plus tard, ils franchissaient la frontière en toute facilité et, vers l'heure du déjeuner, débarquaient sur le port animé d'El Port de la Selva. Aussitôt, elle aima ce village de pêcheurs transformé en station balnéaire typique de la Costa Brava, avec ses maisons immaculées groupées autour de l'église Santa Maria de les Neus et son port baignant dans les eaux bleues de la Méditerranée.

Violette paniqua légèrement en voyant Franck se diriger d'un pas ferme vers la réception de l'hôtel Cap de Creus. Elle l'avait laissé s'occuper des réservations pour éviter de laisser des traces de leur voyage sur son ordinateur. Et s'il n'avait retenu qu'une seule chambre pour deux ? Elle avait entendu tellement d'histoires déroutantes racontées par sa sœur ou ses copines. À les entendre, aujourd'hui on baisait comme on se brosse les dents. Le sexe n'était qu'une formalité. Pour Violette, ce genre de comportement tenait de la science-fiction. Comme lui disait toujours Amanda, « tu n'es pas complètement coincée, mais… si en fait ! ». Son inquiétude fut de courte durée car Franck, très gentleman, revenait tranquillement avec deux clés bien distinctes. Elle constata néanmoins que les chambres étaient reliées par un balcon ombragé qui surplombait le port. Franck voulait se reposer un peu avant de bouger. Violette nettoya le lavabo de la salle de bains, la tablette de la table de nuit et les étagères des placards avec des lingettes antiseptiques dont elle emportait un stock à chaque déplacement. Ce rituel désinfectant effectué, elle enfila un maillot de bain et un short avant de descendre à l'accueil demander comment se rendre à Cala Tavallera. Lors de leurs retrouvailles dans les Catacombes, Julien avait précisé que la villa offerte par Joachim à ses parents se trouvait sur cette petite crique au nom chantant. Le jeune homme de la réception lui indiqua le lieu-dit sur une carte.

— Prêt pour une randonnée ? demanda-t-elle à Franck quand il la rejoignit dans le lobby.

— Euh… on peut quand même manger un truc avant ?

Le sentier des douaniers, également appelé sentier des contrebandiers (les uns n'allant pas sans les autres) serpente sur toute la côte méditerranéenne. Côté espagnol, il prend le nom de chemin des Pyrénées. Pour aller d'El Port de la Selva à la Cala Tavallera, il fallait compter deux heures de balade sur des sentiers escarpés et déserts, entre roches et garrigue, avec quelques pins parasol qui descendent vers la mer. On était très loin de l'effervescence touristique qui régnait sur le port. Toute cette beauté méditerranéenne et sauvage prenait Violette au cœur et la taraudait d'un sentiment lancinant qui ressemblait à du regret. En ce début d'après-midi, le soleil dardait ses rayons sur les plantes craquantes de chaleur, droit sur la mer turquoise, lui donnant des transparences d'aigue-marine et tout droit sur leurs crânes de Parisiens qui frisaient l'insolation. Franck s'arrêta un instant pour boire un peu d'eau fraîche qu'il avait eu la présence d'esprit d'emporter.

— Dis donc tu traces ! Je ne savais pas que les médecins pouvaient être motivés comme ça pour leurs patients ! Franchement, respect.

Violette stoppa net, un peu troublée. Ses pensées l'avaient menée loin du moment présent, quelque part dans un passé qui n'avait pas eu lieu. Certains souvenirs étaient enfermés depuis de longues années derrière les hauts murs d'une forteresse mentale. Mais depuis qu'elle avait décidé de partir à la recherche de Joachim, sa mémoire endormie se réveillait, se rebellait, détruisant le barrage psychologique qu'elle avait construit pour être capable d'aller de l'avant. Elle réalisa qu'il était devenu très important pour elle de le retrouver. C'est pourquoi elle s'accrochait à ce fil, aussi ténu soit-il : revoir ses parents pour remonter jusqu'à lui. C'était tout ce qu'elle possédait comme information. Quoi qu'il arrive, elle irait jusqu'au bout. Elle ne pouvait plus vivre comme ça, car toute vérité, même soigneusement refoulée, éprouve le besoin de jaillir un jour.

— Désolée ! s'excusa-t-elle. Je vais trop vite pour toi ?

Il explosa de rire.

— T'inquiète ! J'ai déjà cavalé bien plus vite et plus longtemps que ça.

Elle essuya son front en sueur et put constater qu'effectivement Franck était aussi frais que Kanye West à un show Louis Vuitton, sans une trace de fatigue ni d'essoufflement. Au comble de l'agacement, elle nota même que son tee-shirt semblait sortir du pressing. Ce mec ne transpirait même pas. À côté de lui, avec ses joues brûlantes et son débardeur trempé de sueur, elle avait l'air d'un chiffon poussiéreux.

— Et on va voir qui déjà ?

Ses yeux en amande la dévisageaient avec curiosité sous la visière de sa casquette des New York Mets.

— Les parents de mon patient… Georges. Il ne les a pas revus depuis des années, ils ne savent pas qu'il est malade.

— Les coups de fil, ça n'existe pas dans leur famille ?

Elle put répondre sans trop avoir l'impression de mentir.

— Ils sont introuvables, dans l'annuaire comme sur Internet. Pas une trace.

— Ah quand même ! Ils n'ont vraiment pas envie qu'on les emmerde !

— Georges a besoin de les revoir. Il est seul face à la maladie, et ça ne va pas s'arranger.

Ils reprirent leur marche, accompagnés par le cricri assourdissant des cigales. Peu à peu, la garrigue s'épaississait pour se transformer en forêt et déboucher sur les ruines d'une église romane. Une heure plus tard, alors que Franck commençait tout juste à transpirer et que Violette s'était liquéfiée tel un glaçon au soleil, un panneau fatigué leur indiqua que la crique de Cala Tavallera se trouvait à vingt mètres en contrebas. Quelques pas de plus et le sentier déboucha sur une anse en forme de fer à cheval, avec des galets gris que venait caresser une eau limpide comme de la Vittel. Elle se demanda, mais un peu tard, si elle avait eu raison de se fier aux dires de son pote Julien : le lieu était totalement et parfaitement désert.

26

Mercredi 5 juin 1996

Hier à 17 heures, j'ai vu Joachim.

Dix mois et cinq jours après que j'ai quitté San José, dans une autre vie.

Il m'attendait devant la fac… Je ne me suis pas évanouie, je suis restée debout avec l'impression de m'être pris une balle en plein cœur. Il se tenait devant moi, tout en splendeur, avec sa mèche, son sourire à faire trembler Hollywood et ses yeux noir velours. J'ai marché vers lui comme une somnambule. À l'intérieur de moi, l'ancienne Violette en extase lui sautait au cou, le serrait dans ses bras, lui roulait des pelles et pleurait de joie en remerciant le ciel. Et puis à l'extérieur, il y avait la nouvelle moi : brisée en mille, recollée avec de la glace et du béton. Froide et pleine de haine. Je me suis arrêtée à cinquante centimètres de lui, incapable de faire un pas de plus. Je lui ai demandé ce qu'il faisait là. Il a tendu la main vers moi, j'ai croisé les miennes derrière mon dos. À l'intérieur, l'ancienne Violette s'était mise à trembler d'amour, prête à ramper pour qu'il la prenne dans ses bras, la plaque contre le mur, l'emmène dans sa chambre et la baise jusqu'à ce qu'elle n'en puisse plus. Il s'est avancé lentement vers moi et j'ai vu qu'il me tendait un lecteur CD. Il s'est encore approché d'un pas et a posé les écouteurs sur mes oreilles. J'ai reconnu les premières mesures de « Please Forgive Me » de Bryan Adams, « notre chanson », celle du premier baiser et du paradis perdu. Pendant un moment, je suis restée prisonnière de la musique, incapable de faire un mouvement.

It still feels like our first night together.
Feels like the first kiss
It's getting better baby
No one can better this.

Sur le trottoir en face, Anouk, Véro et les autres nous regardaient avec des yeux hallucinés, l'air de se demander s'ils devaient m'attendre ou non pour aller travailler à la bibliothèque comme prévu. Nous sommes dans la dernière ligne droite avant les examens, nous ne vivons plus. Anouk a perdu six kilos, elle est l'ombre d'elle-même, Erwan est victime d'une poussée d'acné terrifiante, j'ai les cheveux les plus gras de l'histoire du shampoing. Nous sommes des zombies en attente de revivre… après les examens. Notre année de travaux forcés s'achève, le dénouement est proche, dans moins d'une semaine se tiendra la première épreuve. J'ai ôté les écouteurs de mes oreilles et je les ai rendus à Joachim qui me regardait, suppliant. Il a murmuré :

— S'il te plaît pardonne-moi je ne peux pas arrêter de t'aimer.

Mais sa voix m'est parvenue de très loin, comme si j'étais enfermée derrière une tour de verre. Je l'ai dévisagé, avec sa belle bouche pleine de mensonges et j'ai articulé :

— Va-t'en.

— Laisse-moi m'expliquer, a-t-il murmuré.

— Je m'en fous de tes explications. Tu vas me dire que tu ne l'aimes pas et que tu ne la vois plus. Et puis l'année prochaine, il y en aura une autre.

J'avais tellement envie de pleurer et je me retenais si fort que j'en tremblais. Une partie de moi voulait tout balancer : ma fierté, mon chagrin, mes études, mon avenir, pour simplement pouvoir me coller contre lui pendant quelques instants.

— Tu te trompes. Il n'y en aura plus jamais d'autre, Il n'y a que toi, a dit Joachim.

— Je sais, et tu sais, que tu ne pourras pas être fidèle pendant trois ou quatre ans de séparation. C'est physiologiquement et psychiquement impossible pour toi. Et je ne traverserai pas ce cauchemar encore une fois.

— Hou ! Tu parles déjà comme un médecin ! Pourquoi tu dramatises tout comme ça ? Pourquoi tu ne nous fais pas confiance ? J'ai une idée, je t'invite en Espagne pour les vacances. Viens avec moi, je veux te montrer le village de mes parents. Toi qui aimes la mer, tu verras, c'est magnifique, il y a des criques où l'eau est transparente comme du cristal et plein de petits bars sympas où traîner le soir. Tu vas adorer ! Violette, donne-nous encore une chance.

J'ai respiré longuement, j'ai desserré les poings. Il m'a fait son regard de *latin lover*. J'ai fermé les yeux pour ne pas le voir.

— S'il te plaît !

Ce mec est dingue. Il me parle de vacances alors que mes examens sont dans deux semaines. Si j'échoue, je devrai me retaper l'enfer d'une autre P1. La montagne de tout ce qui me reste à réviser s'est dressée devant moi pour mieux me stresser et j'ai fait un petit signe aux autres qui m'attendaient pour leur dire d'avancer sans moi vers la bibliothèque. Chaque minute compte.

Dans treize jours, tous les P1 de Bichat se retrouveront au petit matin à la plaine Saint-Denis, juste à côté du studio où se tourne le Club Dorothée. Mais dans notre hangar l'ambiance ne sera pas à Récré A2. Nous jouerons notre vie. Sur les huit cent soixante-dix élèves du début de l'année, une centaine a lâché en cours de route. Nous serons donc environ sept cent soixante-dix en lice pour partir à l'assaut des cent vingt places disponibles l'année prochaine (cent en médecine et vingt en dentaire). Après tout ce boulot, toutes ces angoisses, ces week-ends sans sortir, ces soirées passées à faire des fiches, je ne laisserai pas Joachim Calderon me perturber et m'empêcher de réussir. Je ne lui sacrifierai pas une année d'efforts et de douleur.

— Laisse-moi tranquille. Je dois aller bosser.

— On se voit plus tard alors ? Quand ? Demain ? La semaine prochaine ?

— Mais tu comprends pas que c'est mort ? Notre histoire est morte et enterrée. C'est fini Joachim. Ça n'arrivera plus.

— C'est peut-être mort pour toi, mais moi, je n'abandonnerai jamais.

Je sais qu'après, j'ai fait demi-tour pour aller bosser avec mes potes, mais je ne me souviens absolument pas comment. Je ne sais pas si Joachim m'a couru après ou s'il est parti. J'étais anesthésiée.

Il m'a fallu une volonté surnaturelle pour lui résister et me concentrer ensuite sur mon travail. En rentrant à la maison, je me suis blottie contre mon père sans prononcer un mot. Quand il m'a parlé, je me suis rendu compte que je n'entendais plus rien. Papa était complètement paniqué. Il ne savait plus quoi faire, m'a écrit sur un papier qu'on devait aller en urgence chez un ORL ou à l'hôpital. Je lui ai répondu sur la même feuille de ne pas s'inquiéter, que ça allait passer tout seul. De toute façon je n'avais pas le temps de paniquer, ni d'aller chez le médecin. Je me suis couchée très tôt pour me réveiller à l'aube et continuer à réviser. Ce matin, l'audition est légèrement revenue. Papa n'est pas sorti pour rester avec moi. Depuis le début de mes révisions, il s'occupe de tout, me prépare tous mes repas, me force à avaler des vitamines, à prendre l'air, à me dégourdir les jambes et fait mon lit chaque matin. Selon lui, il faut travailler dans un espace ordonné pour ordonner mes pensées. Mon père ce héros, Don Juan au cœur tendre et veuf inconsolé, a pris mon chagrin et l'intendance de la maison sur ses épaules. Je ne dois m'occuper que de mes examens. « On verra plus tard », dit-il en déposant des baisers sur mon front. Je n'ai plus ma mère, mais j'ai un père qui assure pour deux.

Aurèle m'a appelée ce matin pour me dire que Joachim lui avait cassé la gueule hier dans un bar. Il espérait sans doute que je serais scandalisée et que je prendrais son parti, mais leur rivalité me passe complètement au-dessus de la tête. Je veux juste qu'ils me laissent réviser en paix. Je sais que j'ai des chances de réussir : j'ai été classée 142e en janvier, ce qui veut dire que je peux tout à fait me retrouver dans les cent premiers dans dix jours. La P1, c'est vraiment une course de fond où il ne faut jamais lâcher. Et moi je suis à fond.

J'aime toujours Joachim, mais je ne retournerai jamais avec lui. C'est impossible. Il promet encore des châteaux en Espagne, des rêves bleus. Et c'est vrai, nous pourrions vivre cet été des moments merveilleux, nous baigner dans des criques, nous étaler de l'huile solaire dans le dos et boire des cocktails dans les bars, et j'aurais à nouveau la tête à l'envers et ses lèvres sur ma peau. Puis il rentrerait à San José, à des milliers de kilomètres de Paris, et il coucherait avec d'autres filles que moi.

Assez traîné. Je retourne à ma biochimie.

27

Le corps en apesanteur dans une sorte de méditation cosmique

Violette regardait autour d'elle avec angoisse. Partout à droite, à gauche à perte de vue, s'étendait un désert de roche grise, d'oliviers tordus, de buissons poussiéreux. À l'horizon droit devant, la mer scintillait, brillante comme une lame sous le soleil. Aucune habitation en vue, pas la moindre présence humaine. Cala Tavallera lui parut soudain hostile.

— Tu es sûre que c'est bien cette crique ?

— C'est le nom qu'il m'a donné… je ne comprends pas !

— En tout cas, le spot est magnifique. Viens ! On va se baigner !

Franck était déjà en train de se débarrasser de ses baskets, son short et son tee-shirt, découvrant sa musculature spectaculaire. En un tournemain, il se retrouva en maillot de bain et se jeta à l'eau.

Démoralisée, essoufflée, Violette s'assit précautionneusement sur les galets. L'esprit vide, elle fixait la mer sans la voir vraiment. C'était tout ? La piste s'arrêtait donc là ? Son enquête n'allait quand même pas s'achever dans ce cul-de-sac… c'était impossible. Elle devait rappeler Julien pour lui demander s'il ne s'était pas trompé. Dans l'eau, elle aperçut Franck qui crawlait joyeusement, faisant naître de belles gerbes d'écume opaline. Le soleil pesait sur elle de toute sa chaleur, appuyant sur sa nuque, enserrant ses tempes. Elle se débarrassa de ses vêtements, puis se dirigea vers le rivage. La caresse fraîche de l'eau de mer sur sa peau brûlante la fit soupirer de bien-être. Ayant passé tous les étés de sa vie – sauf un – sur les rivages phosphorescents des côtes turques, Violette avait un rapport intime avec la Méditerranée. Elle coula quelques brasses puis s'allongea sur le dos pour faire la planche. Ces baignades étaient les rares moments de sa vie où elle lâchait prise et oubliait tout, le corps en apesanteur dans une sorte de méditation cosmique. En osmose parfaite avec la douceur de l'air, la lumière du ciel, la limpidité de l'eau, la caresse du soleil, elle se laissait flotter, l'esprit à la dérive.

— Tu es vraiment très jolie, Violette…

Il s'était approché sans faire de bruit et ses doigts glissaient le long des mèches éparses de sa chevelure, ondoyant autour de sa tête comme une algue soyeuse.

— On dirait une sirène.

Franck effleura doucement ses épaules, ses mains se posèrent sur ses trapèzes soudain tendus à craquer. Les jambes de Violette battirent frénétiquement, comme douées d'une vie propre. En quelques secondes, elle se propulsa à vingt mètres de lui, puis d'un mouvement souple, se mit sur le ventre et nagea rapidement, droit devant. Elle n'y arrivait pas, elle n'arrivait jamais à laisser un homme l'approcher.

— Tu comptes nager jusqu'au Maroc ?

Elle s'arrêta, essoufflée.

— J'avais besoin de faire un peu d'exercice ! Elle est tellement bonne !

— J'ai cru comprendre !

Violette s'autorisa à rire un peu. Il se trouvait à une distance suffisante pour qu'elle se détende. La mer était tellement transparente qu'elle pouvait voir chaque coquillage, chaque buisson d'algues à cinq ou six mètres de profondeur sous ses pieds. Le chant des cigales au meilleur de leur forme se répercutait contre les roches de la crique, et elles craquetaient de plus belle. Elle nagea encore un peu puis se retourna pour embrasser le paysage du regard. La fraternité des rivages méditerranéens la frappa une fois de plus. Rien ne ressemble autant à une crique espagnole qu'une crique grecque, corse, sicilienne ou tunisienne. C'est alors qu'elle la vit, sur les hauteurs de la falaise, blanche et scintillante comme un éclat de mica, à moitié dissimulée par les pins et les oliviers : une maison.

28

Jeudi 8 août 1996

J'ai réussi, je passe en P2, mais je m'en fous. Je me fous de tout.

D'abord ça a été la joie. Une joie délirante. Et puis le soulagement de me dire que le cauchemar n'allait pas recommencer, que cette putain de P1 n'était plus qu'un souvenir. Parmi mes amis, seule Anouk passe également en P2. Véronique, Clément et Erwan doivent repiquer. Ça s'est parfois joué à des centièmes de points et je suis tellement déçue pour eux. Papa lui, était quasi plus heureux que moi, c'est la première fois de ma vie que je l'ai vu pleurer de joie, avec des vraies larmes. Le soir même, il nous a invitées à dîner dans un super restau avec Amanda, et elle a bu du champagne pour la première fois. Ce jour-là, j'avais juste envie d'être avec les miens, de savourer ma victoire et de leur dire merci parce qu'ils ont été géniaux avec moi. Si j'avais raté mon année en plus de la trahison de Jo, je crois que je m'en serais voulu à vie. C'est pour ça peut-être que je me suis encore plus accrochée.

Je me suis endormie comme une bienheureuse, je me suis réveillée avec l'envie irrépressible de revoir Jo. C'est arrivé comme ça, en un clignement d'œil et ça ne me lâche plus. Tous les arguments raisonnables que je m'étais répétés, son incapacité à rester fidèle, ma rancœur, n'avaient soudain plus aucun sens. Rien n'a existé que le besoin de le voir, de lui parler, de le toucher. Je l'ai appelé, sans réponse. Je suis passée chez lui. Le restaurant de ses parents était fermé pour l'été. Personne n'a ouvert la porte de l'appartement et pourtant j'ai sonné longtemps, très longtemps. J'y suis retournée tous les jours.

J'ai réalisé qu'il n'était plus à Paris. Il avait dû partir en Espagne, comme il me l'avait proposé quelques semaines plus tôt, dans une autre vie. C'est alors que j'ai décidé d'aller le retrouver. Mais où ? J'ai appelé Medhi, qui est resté proche de Joachim, pour lui demander le nom du village familial, sauf qu'il ne s'en souvenait plus ! D'après ses informations, ça devait se trouver quelque part entre la frontière française et Cadaqués. J'ai regardé sur une carte. Il y a des milliers de villages le long de la côte et l'expression « chercher une aiguille dans une meule de foin » a pris tout son sens. Deux jours plus tard, Medhi m'a téléphoné. J'ai cru qu'il allait me donner la localité, mais c'était pour me dire que Jo n'était resté que deux semaines en Espagne. Il devait donc déjà être de retour à San José.

J'avais laissé passer la chance de nous remettre ensemble. Quand j'ai compris ça, je suis à nouveau devenue sourde, sensation d'avoir les oreilles complètement bouchées pendant trois jours. Il faut croire que je suis sévèrement sujette à la somatisation. Je ne peux toujours pas croire que j'ai tout gâché. Je me déteste. Je me suis rejoué la scène des milliers de fois. Je me vois face à lui devant la fac, j'écoute notre chanson et je me jette dans ses bras. Je dis oui, oui et re-oui : « Oui je te pardonne, oui on recommence, oui on va en Espagne. » Et puis mes yeux s'ouvrent sur le vide.

Sophie a été merveilleuse. Quand elle m'a vue sombrer au fond d'un puits de huit cents kilomètres, elle a tout organisé et a convaincu Aurèle de tous nous inviter en vacances pour me changer les idées.

Nous sommes le 8 août, il fait super chaud, les cigales se la donnent à fond dans les buissons. On est au Rayol-Canadel, dans la villa des parents d'Aurèle, au milieu d'une forêt de chênes-lièges, de bruyères et de mimosas. La maison est un adorable mas provençal aux volets vert amande, avec un toit en tuiles rondes. On est quatre, Sophie, Medhi, Aurèle et moi. Au Rayol, Aurèle est l'enfant du pays. Sa famille possède cette maison depuis des années-lumière, il connaît toutes les « vieilles familles » et traîne chaque été avec les mêmes potes qui ont la même mèche et les mêmes polos Ralph Lauren que lui. Toute la journée on glande, ou plutôt on débourre, autour de la piscine ou bien on descend au Tropicana, qui se trouve à cinq cents mètres et où nous passons notre vie. C'est *the* plage, un endroit hyper cool qui ressemble aux Antilles. On s'y baigne le jour, on y boit la nuit puisque le soir, le « Trop' », comme on l'appelle, se transforme en club. Sophie soigne mon chagrin d'amour bis de la seule manière qu'elle connaisse : en me forçant à ingurgiter un nombre incalculable de cocktails multicolores et sucrés qui me saoulent en deux gorgées. D'après elle on fait la fête, c'est-à-dire que je passe la soirée en boîte de nuit complètement bourrée, à me cogner en titubant contre des inconnus beaux et bronzés. J'ai même pécho un mec dont j'ai oublié le nom, c'est dire si je m'éclate. Sophie fricote avec un certain Paul-Louis et affirme que la richesse rend sexy. Elle m'inquiète. Medhi a pécho Marie-Odile, une blonde BCBG qui pense commettre un acte de rébellion ultime en sortant avec un reubeu. Il est comme un fou, il a l'impression de se taper Claire Chazal.

C'est l'été, c'est les vacances. Je vais boire un verre de rosé bien frais et puis me baigner.

29

L'impression qu'on lui fermait les portes du paradis

Ils avaient recommencé à grimper le long des sentiers caillouteux. La nage leur avait fait du bien et ils marchaient d'un pas plus vif. Violette surtout, qui espérait toucher au but. Elle se souvenait d'Helena Calderon, une brune fougueuse aux longs cheveux noirs, qui aimait le vin et la musique. Joachim avait hérité de ses yeux noirs, de velours et de feu. Les soirs de mélancolie, elle écoutait Julio Iglesias et son fils se moquait d'elle. Son père était d'assez petite taille et portait un bouc. Il jouait souvent de la guitare, tard la nuit, dans leur restaurant. La reconnaîtraient-ils ? Se souviendraient-ils d'elle ? Et surtout, savaient-ils où se trouvait leur fils ?

Arrivés aux abords de la maison, elle pria Franck de rester en retrait. La réaction des Calderon en la revoyant avait toutes les chances de le surprendre.

— Je suis désolée, c'est le secret médical, je ne peux pas leur révéler l'état de leur fils devant un tiers… bafouilla-t-elle, avec la sensation effrayante de s'enferrer dans le mensonge.

Devant elle se dressait un haut portail de bois blanc, surmonté de deux caméras de surveillances bien visibles. Sur le muret de droite, elle repéra un interphone et sonna. De l'arrière de la maison lui parvenaient des rires d'enfants et des bruits de plongeon. Pourquoi, dans tous ses songes, toutes ses réflexions de ces dernières semaines n'avait-elle jamais imaginé Joachim avec une femme et des enfants ? Elle se réprimanda pour sa bêtise et sa naïveté. Des petits-enfants qui s'ébattaient dans la piscine de leurs grands-parents pendant que leur père était en cavale… à moins qu'elle ne le découvre de l'autre côté du portail lui aussi.

— Sí ? demanda une voix.

Elle fit appel à tous ses souvenirs de cours d'espagnol, ceux qu'elle n'écoutait jamais, pour baragouiner une phrase où elle demandait à parler à señor y señora Calderon, puis attendit le cœur battant, une main appuyée contre le muret blanc. Il faisait à nouveau une chaleur accablante et elle n'avait pas pris de bouteille d'eau. Elle appuya une nouvelle fois sur la sonnette. Cette fois, le mécanisme se mit en branle et le haut portail s'ouvrit dans un grincement de gonds. Devant elle, cinq têtes blondes la dévisageaient avec curiosité. Ce devait être une famille, le père, un garçon et une fille âgés d'une dizaine d'années et dans les bras de la mère, le petit dernier, cinq ans environ.

« Holà », fit la femme avec une intonation germanique. Ils devaient être allemands ou bien suédois, ou norvégiens. Elle choisit de s'adresser à eux en anglais et demanda Mr and Mrs Calderon.

— Yes Kaydewon ! The owners !

Oui ! C'était bien ça, les propriétaires ! Pour un peu Violette aurait dansé le flamenco pour la tribu des Vikings. C'était la bonne maison. Olé ! La mère expliqua qu'ils avaient loué la villa pour trois semaines et que par conséquent les Calderon n'étaient pas présents. Violette demanda où ils se trouvaient. Le mari et la femme échangèrent un regard inquiet.

— Qui êtes-vous ? demandèrent-ils dans leur anglais teinté de teuton.

Échaudée par la réaction des restaurateurs à Paris, elle renonça à évoquer Joachim et répondit qu'elle était simplement une amie qui passait dans le coin. Les parents secouaient la tête en un signe de dénégation, faussement désolés, et les enfants se tortillaient, pressés de retourner à leurs jeux, à leurs vacances. Derrière eux se dressait la villa, beaucoup plus vaste et imposante que Violette ne se l'était imaginée vue d'en bas. Elle se fondait dans le paysage, mais elle était bien là. Cubique et immaculée sous le soleil, dans son écrin fleuri. La vue vers la mer devait être splendide et ils allaient lui fermer la porte au nez. Elle cria « Wait ! », l'esprit moulinant comme un mixer pour trouver un moyen de les retenir.

— Tout va bien, chérie ?

C'était Franck qui arrivait, calme, massif, rassurant. Il lui passa un bras autour des épaules et expliqua au couple dans un anglais parfait que sa femme était le médecin du fils des propriétaires et qu'elle était venue de Paris pour les informer qu'il était sur le point de perdre la vue. Il y a des mots qui font peur, et « aveugle » en fait partie. La méfiance des Vikings se transforma aussitôt en compassion et le mari révéla que les Calderon vivaient dans un appartement sur le port. Ils y avaient récupéré les clés de la villa, quinze jours plus tôt.

— Vous avez l'adresse ? demanda Violette.

— 8, Calle de Llançà. répondit la femme en précisant que l'appartement se trouvait au troisième étage.

— Thank you very much !

Le portail se referma en grinçant. Violette eut l'impression qu'on lui fermait les portes du paradis.

— Pourquoi tu ne voulais pas leur dire la vérité ? demanda Franck. Tu vois, c'était tout simple. Il faut toujours dire la vérité.

30

Samedi 1er novembre 1997

Halloween déjà. J'ai à peine vu passer ma P2, à peine savouré l'été, à peine compris la rentrée en D1.

Nous sommes retournés au Rayol-Canadel en juillet, dans la maison d'Aurèle. C'était bien cool de retrouver le mas aux volets verts, la mer, les cigales… Et le Trop' bien sûr ! Cette fois j'ai pu profiter de mes vacances sans avoir besoin de me murger toutes les nuits. J'ai nagé, j'ai dansé, j'ai bronzé et ri avec Aurèle, Sophie, Medhi et nos potes de l'été dernier. Medhi a oublié Marie-Odile, il est sorti avec Marie-Solange. C'est fou l'effet qu'il leur fait. Je ne suis sortie avec personne mais j'allais mieux. Pourtant je mentirais si je disais que je ne pense plus à Joachim. Il est là, une présence obsédante qui me prend la tête. Je me demande où il est, ce qu'il fait. Est-il resté aux États-Unis cet été ou bien est-il retourné en Espagne ? Personne n'a eu de ses nouvelles.

Je sais qu'il n'est pas venu à Paris cette année. M'a-t-il oubliée ? Pense-t-il encore à moi ? Est-ce que j'ai eu raison de l'envoyer chier l'année dernière ? Bref, il ne faut jamais que je m'aventure sur ce terrain.

À la rentrée, Sophie m'a prise à part pour me dire qu'Aurèle est toujours amoureux de moi et que je devrais enfin sortir avec lui. Elle m'a fait judicieusement remarquer qu'il n'est plus du tout ce mec un peu bouboule qu'on appelait tous Bébé au lycée. Il a grandi, il fait du sport et il a échangé ses lunettes contre des lentilles. Les filles le matent, et j'avoue que ça peut m'agacer. Je lui ai répondu que j'allais réfléchir à la question mais que je ne me sentais pas prête pour une nouvelle histoire.

Hier soir, Aurèle nous a tous invités à la soirée Halloween organisée par son école au Gibus. Comme il est au BDE, il était chargé de trouver des sponsors pour l'alcool et, comme il est très malin, il a par la même occasion dégoté un stage de trois mois chez un des partenaires. Cette année, je suis en D1, (en troisième année) et le rythme est plus cool, je peux sortir de temps en temps. Pour la soirée, j'ai choisi une tenue de Catwoman. Je voulais être sexy parce que j'ai décidé de sortir avec Aurèle.

Je connais Aurèle par cœur. C'est mon meilleur ami depuis la troisième. Je sais qu'il est généreux et prévenant. C'est le genre de mec qui, dans l'ancien temps, aurait étalé sa cape par terre devant sa bien-aimée pour qu'elle ne se mouille pas les pieds. Jamais je n'oublierai ce qu'il a fait pour moi, la patience qu'il a eue pendant ma P1. Il a toujours été disponible pour m'écouter, me soutenir et me dire de tenir bon. Je ne peux pas compter le nombre de fois où il est venu me chercher pour me changer les idées avec un cinéma, un verre ou un restau. Je sais aussi qu'il est rancunier, susceptible et parfois manipulateur. Il a manigancé pour me faire rompre avec Joachim, mais après tout c'est de bonne guerre, car Joachim m'avait trahie. Il n'oublie jamais un affront. C'est le mec le plus accrocheur que j'aie jamais vu, à part moi. Il ne lâche jamais rien. Il a un côté fils à papa arrogant qui m'agace parfois, mais ce n'est pas de sa faute, il a été élevé comme ça.

Et puis, quelque part, au fond de mon cœur, je veux me venger, or je sais qu'en sortant avec Aurèle, je ferai du mal à Joachim. Je veux qu'il souffre, je veux qu'il se roule par terre de chagrin et de jalousie, je veux qu'il ait envie de mourir en m'imaginant dans ses bras.

Aurèle m'aime depuis toujours et moi, j'ai envie d'être aimée. J'en ai marre d'être seule, j'en ai marre d'être triste. Je veux profiter de ma jeunesse parce qu'elle passe très vite et on peut très bien mourir d'une crise cardiaque à trente-neuf ans ou même avant. C'est pourquoi il faut que j'avance et j'ai choisi d'avancer avec Aurèle Fontaine.

Alors hier soir, en plein milieu de la soirée, je me suis approchée de lui, je l'ai tiré par sa cape de comte Dracula et je l'ai embrassé.

31

Équipé d'une très sérieuse moustache grise

Le 8 calle de Llançà était un immeuble de trois étages à la façade blanche comme il en existe des dizaines sur le port. Au dernier étage, deux portes se faisaient face sur le palier. Une carte de visite scotchée au-dessus de la sonnette indiquait que le señor Barras-Suarez vivait dans l'appartement de droite. Violette sonna à la porte gauche et essuya ses mains moites sur son short en jean. À ses côtés, beaucoup plus détendu, Franck pianotait sur son smartphone. Comme personne ne répondait, elle sonna à nouveau.

— Te fatigue pas, il n'y a personne, dit Franck.

— Comment tu sais ?

— J'ai remarqué d'en bas que les volets et les fenêtres du troisième gauche étaient fermés.

Violette sonna à droite. Un vieux monsieur au visage buriné équipé d'une très sérieuse moustache grise entrouvrit la porte et les dévisagea avec suspicion. Violette réactiva son espagnol hésitant pour lui dire qu'elle était à la recherche de ses voisins. Elle avait eu le temps de se rendre compte que chaque fois qu'elle prononçait le nom des Calderon, ses interlocuteurs se crispaient. Une sourde méfiance se peignait sur leur visage et elle devinait que chacun n'avait qu'une hâte, de débarrasser du sujet au plus vite. Le señor Barras n'échappa pas à la règle. Elle fut obligée de coincer son pied dans la porte, comme le pire voyou de série B, pour que celle-ci ne lui claque pas au nez.

— Je suis le médecin de leur fils, baragouina-t-elle en espagnol.

Le vieux sursauta. Preuve qu'elle avait dû s'exprimer correctement.

— Joaquin ?

Le cœur de Violette se mit à battre avec l'exaltation d'un chasseur pointant sa proie. Ça y était ! Le vieux avait prononcé son nom et soudain, il cessait d'être un mirage. Elle était sur sa piste.

— Sí !

— Ils ont quitté la ville il y a dix jours. Je ne sais pas où ils sont, répondit le vieux.

C'est du moins ce qu'elle crut comprendre, car tout à son émotion, il s'était exprimé en catalan alors qu'elle avait déjà toutes les peines du monde à capter le castillan. Violette faillit crier de frustration. Ils étaient partis ! Où ? En France ? Aux États-Unis ? À Tombouctou ? Elle devait vraiment avoir l'air désespéré car il lui posa amicalement la main sur l'épaule et lui conseilla de demander au frère d'Helena qui tenait un bar en ville : le Dalí.

— Muchas gracias señor Barras.

Dans la rue, Violette exultait. Le frère d'Helena ! Ça ne pouvait qu'être Miguel, et il allait la mener droit à Joachim !

— Il ne reste plus qu'à trouver ce bar ! Je vais demander à l'hôtel s'ils connaissent…

— Putain mais on n'aura pas cinq minutes de tranquillité ?! Tu vas te laisser balader longtemps comme ça ! explosa Franck. Qu'est-ce que tu en as à foutre de ce mec ? Au fait, c'est Georges ou c'est Joaquin ?

— Il se fait appeler Georges en France, improvisa-t-elle, mais je suppose que c'est Joaquin en espagnol…

— M'en fous ! Ce soir c'est sans moi ! Je prends la voiture et je me casse à Figueras faire la fête avec mon pote.

Et comme elle restait plantée, abasourdie, quelques pas derrière lui, il se retourna et hurla :

— Seul !

32

Vendredi 1er janvier 1999

C'est le jour des bonnes résolutions !

Première résolution : je ne serai pas cardiologue. En effet, cette année, en D2, on est en stage tous les matins. Je viens de passer un semestre dans le service cardiologie de Bichat. J'ai vu des gens mourir : des personnes stressées par le boulot, boursoufflées de cholestérol et de triglycérides, des cardiaques de naissance avec un souffle au cœur, des drogués, des alcooliques. Je m'y étais préparée. Mais j'ai aussi vu des jeunes femmes claquer de spasmes coronaires. Un matin elles se lèvent comme tous les autres matins et le soir elles ne sont plus là. Arrachées à leurs enfants, à leurs rêves, à leur amour. Ça arrive souvent après des chocs affectifs, des événements dramatiques et brutaux. Une contraction soudaine des artères qui entraîne des arythmies, des infarctus et des morts subites. Dans ces cas-là, j'ai eu l'impression de voir mourir ma mère sans pouvoir rien faire. Je me demande ce qui lui est arrivé. A-t-elle subi un choc, était-elle malheureuse ? Est-ce que mon père l'a trompée ? J'ai posé la question à Papa, il m'a répondu d'un air triste qu'ils formaient un jeune couple heureux et sans histoire, puis le rideau était tombé.

Ce qui m'amène directement à ma deuxième résolution : cette année je vais enfin prendre rendez-vous et passer une batterie de tests. Cela fait des siècles que Papa me tanne pour que je me fasse suivre, car ma mère souffrait peut-être d'une malformation cardiaque jamais décelée. Je n'ai jamais pris le temps de le faire, mais en 1999 promis, je m'en occupe. Même si du coup, je crève de trouille !

Troisième résolution : je vais accepter la proposition d'Aurèle et m'installer chez lui. Ça fait plus d'un an que nous sommes ensemble, on s'entend bien, c'est fluide, je dors très souvent chez lui. Depuis la rentrée, il habite dans un deux-pièces qui appartient à ses parents rue Lecourbe. L'autre jour, il m'a offert un bouquet de brosses à dents et m'a demandé de vivre avec lui. C'était trop mignon. J'adore son humour un peu absurde.

Quatrième résolution : je ne laisserai jamais tomber Papa. Il va vivre seul désormais, mais je l'appellerai tous les jours, j'irai le voir chaque semaine et on ira toujours dîner tous les trois avec Amanda le mardi soir. Au moment de quitter le nid, je me rends compte qu'il a été un bon père, même si notre tête-à-tête n'a pas toujours été très joyeux. Il m'a soutenue dans mes choix, m'a écoutée, conseillée, câlinée, consolée. Je sais qu'il a souvent été dépassé face au volcan que je suis. Il n'a pas toujours compris mon mutisme, mes contradictions et mon mauvais caractère, mais il les a supportés avec tendresse et vaillance. Je lui souhaite d'ailleurs beaucoup de courage avec Amanda qui menace d'être bien plus intenable que moi, car à treize ans à peine, mademoiselle l'ado devient une vraie fêtarde, déjà par monts et par vaux, sans compter qu'elle est une future bombe atomique.

Bonne année 1999 à moi-même !

33

Elle commanda un mojito et se sentit vieille

La lune avait surgi derrière les montagnes qui encerclaient la ville et se reflétait à présent sur l'eau noire du port. Les vacanciers se répandaient le long de la jetée et des ruelles montantes, des grappes d'humanité en short qui mangeaient des glaces ou buvaient des bières. C'était à la fois joyeux et désolant, tous ces gens qui ne pouvaient envisager de passer du bon temps sans consommer des trucs nuisibles à leur santé ni parsemer la ville de papiers gras et de canettes. Munie des indications fournies par le jeune homme de l'hôtel, Violette marchait droit vers la façade blanche du Dalí. Une guirlande d'ampoules éclairait la terrasse animée du bar de nuit où elle espérait retrouver Miguel, l'oncle par lequel tout était arrivé. C'était sans doute l'établissement le plus branché du coin. Une foule de jeunes en jeans slim à revers et chemises boutonnées jusqu'au cou sirotait des cocktails au son chaloupé d'un tube hip-hop. Violette se fraya un passage jusqu'au bar en se demandant si elle serait capable de reconnaître Miguel vingt ans plus tard. Elle se souvenait d'un type très brun au look de gangsta rappeur, en jean baggy et tee-shirt oversize, typique des années 1990. À l'époque elle le voyait comme un vieux, mais elle réalisa qu'il avait à peine trente ans ! Un gamin. Elle commanda un mojito et se sentit vieille. Le barman, à peine plus âgé que son propre fils, l'appela señora, elle demanda à parler au patron et hésita avant d'ajouter… Miguel. Le jeune homme secoua la tête sans dire un mot, elle se demanda s'il avait compris, si Miguel n'était pas présent, ou s'il n'existait pas, s'il n'était qu'un mirage de plus. C'est le moment que choisit Cheyenne pour l'appeler. Elle décrocha et tenta de lui expliquer qu'elle était un peu occupée. Mais sa fille avait un énorme problème : les perruches étaient agitées. Elles piaillaient et voletaient dans leur petite cage, ce qui fendait le cœur de Cheyenne. Aurèle avait promis de faire installer une grande volière, mais elle se demandait si elle n'allait pas les laisser s'envoler et retrouver leur liberté. Elle pressa sa mère de lui dire ce qu'elle en pensait. Ron et Hermione seraient-ils capables de survivre dans la nature ou se feraient-ils dévorer dès leur première excursion ? Violette soupira en jetant un œil méfiant à l'homme qui venait de s'installer sur le tabouret voisin du sien. Corpulent, deux fois plus âgé que la plupart des clients du bar, il portait une chemise sombre à l'intérieur de laquelle brillaient les maillons épais d'une chaîne en or et puait le mec en mission.

— Maman, tu m'écoutes ?

Sentant sa fille déchirée par le dilemme, Violette se força à faire abstraction de tout le reste pour se concentrer sur le problème des perruches. À la délicate question de la libération des animaux domestiques, elle n'avait pas de réponse. Elle proposa à Cheyenne de leur attacher un long fil à la patte et de leur ouvrir la porte plusieurs jours de suite, pour les habituer à revenir systématiquement dans la sécurité de leur cage. Sa fille approuva sa proposition, elle allait essayer dès le lendemain. Violette raccrocha et aspira lentement une gorgée de mojito en observant autour d'elle. Quand elle eut terminé, elle en commanda un autre et demanda à nouveau si le patron s'appelait bien Miguel. L'homme assis à côté d'elle se retourna et la dévisagea avec curiosité.

— Voilà la femme qui pose beaucoup de questions, prononça-t-il dans un français épicé d'accent espagnol.

Violette croqua un glaçon au goût de menthe.

— Qui êtes-vous ? demanda-t-elle

— Encore une question ! Je suis quelqu'un qui peut, peut-être, vous aider…

Elle se força à le fixer dans les yeux pour masquer son appréhension. Tout était tellement compliqué et tendu qu'elle était certaine de se trouver au bord du danger.

— Mais encore ?

— À mon tour de poser des questions : trois questions. Si vous me donnez trois bonnes réponses, je vous conduirai à celui que vous cherchez ici.

— Je ne savais pas que je participais à un jeu télévisé.

— Première question : le nom du chien de la personne que vous cherchez.

C'était à la fois complètement ridicule et dangereusement angoissant, parce qu'elle ne s'en souvenait absolument pas. Violette ferma les yeux. Son esprit vagabondait à la recherche d'un passé qu'elle avait volontairement scellé sous un couvercle hermétique, essayant de trouver une piste à remonter. Elle s'encourageait à rester réfléchir tranquillement…

Soudain elle revécut son arrivée à San José, l'année du grand voyage. Elle se revit, le premier jour, à l'aéroport, avec Joachim, Miguel et son chien, un labrador encombrant qui remuait joyeusement la queue. Elle revit la voiture, la maison dans la banlieue de San José, le salon, un dîner mexicain, Joachim qu'elle dévorait des yeux, la femme de Miguel et sa chevelure lisse comme de l'eau, le chien assis qui réclamait à manger en gémissant…

— Vous ne savez pas.

— Si vous pouviez me laisser me concentrer !

Violette referma les yeux pour remonter le fil de ses souvenirs… Le chien jappe d'impatience. Sa maîtresse lui tend un morceau de viande du bout de ses ongles manucurés. Le chien gobe le poulet. Mercy rit. Joachim caresse le chien et dit « Good boy »…

— Scarface ! Il s'appelle Scarface ! s'écria Violette.

Elle se sentait absurdement heureuse. Scarface le labrador jaune qui remuait toujours la queue.

— S'appelait. Il est mort depuis longtemps, dit l'homme. Deuxième question : le plat préféré de cet homme.

— Si au moins vous ne me posiez pas des questions aussi débiles… grinça Violette en se creusant les méninges.

Elle avait mangé plusieurs fois chez Miguel et Mercy. Comme de nombreux Américains, ils ne cuisinaient pas. Ils téléphonaient et commandaient, toujours la même chose, des…

— Tacos au poulet !

— Bonne réponse. Troisième et dernière question : quelle est sa devise ?

Ça, elle s'en souvenait. C'était même devenu un gimmick entre Joachim et elle. Une petite leçon de vie qu'aujourd'hui elle répétait à ses enfants : « Ne pleure pas avant d'avoir mal. »

— *Don't cry before you get hurt !*

L'homme fronça les sourcils et prononça gravement :

— C'est votre dernier mot, Violette ?

Elle leva les yeux au ciel.

— Je vais vous demander de laisser votre téléphone au barman et de me suivre. Nous allons le retrouver.

34

Lundi 3 mai 1999

Je viens d'avoir vingt-deux ans. La semaine dernière, suivant enfin les conseils de mon père, je suis allée passer tout le panel d'explorations du cœur auprès du professeur Feldman du service de cardiologie de Bichat : électrocardiogramme simple et d'effort, écho-cardiographie, doppler. J'appréhendais terriblement ce moment. Tout s'est bien passé. Mon cœur est vaillant et bat fidèlement dans ma poitrine. Aucun trouble du rythme ou des maladies coronaires, pas de risque d'infarctus, pas d'anomalie silencieuse au repos, pas d'angine de poitrine, pas d'infection, de maladie de valve, ni de caillot. Le sang circule bien dans les cavités cardiaques et les gros vaisseaux (aorte, veines caves, artères et veines pulmonaires). Pas de risque d'accident à court ou même moyen terme. Le professeur Feldman n'a pas jugé utile de me faire porter un holter. Il a souri quand je lui ai posé la question et m'a dit qu'il serait temps pour moi de me laisser un peu tranquille sur le sujet. Ces résultats ont eu un effet libératoire extraordinaire, comme si je retirais la pierre qui pèse sur mon cœur depuis si longtemps que je n'y prêtais plus attention. J'ai des années de bonne santé devant moi.

Ce soir-là, je suis rentrée à l'appartement en marchant, presque en dansant. C'est sur le trajet du retour à travers Paris au crépuscule, que l'idée a commencé à germer. Elle a poussé, grandi, et mûri en moi, jusqu'à devenir une évidence. Il faut dire que ça fait des années que ça clignote dans un coin de ma tête, comme un petit soleil, un rayon d'espoir. Quand Aurèle est rentré de Londres samedi (il est là-bas pour un stage de six mois), je me suis jetée à l'eau. Nous étions allongés dans le lit, dans le noir, ma tête posée sur sa poitrine, sa main caressant mes cheveux. J'entendais son cœur, tranquille et régulier, battre sous sa peau blanche. Je lui ai demandé ce qu'il ressentirait si je tombais enceinte. Il est resté silencieux. J'ai levé mes yeux vers son visage et j'ai vu qu'il souriait. Il a répondu qu'il en serait heureux. Puis il m'a serrée contre lui. J'avais tellement peur qu'il me dise que nous sommes trop jeunes, ou qu'on n'a pas encore de boulot. On s'est endormis collés l'un contre l'autre. Je n'ai jamais aussi bien dormi de ma vie.

J'ai tellement envie d'être mère ! Et depuis si longtemps ! Je ne connais pas cette situation qui me paraît être à la fois la plus normale et la plus mystérieuse de la terre : quelqu'un qui m'appelle Maman. Je rêve qu'un jour, un être à qui j'ai donné la vie dise : « il faut que j'appelle ma mère », « je vais le dire à ma mère », « ma mère c'est la plus belle »… en parlant de moi. J'ai envie qu'un enfant prononce ces mots que je n'ai jamais utilisés.

La fin de l'année approche. Je suis en train de réviser mes examens. Je pense que je n'aurai pas de problème pour passer en D3. Ce n'est pas un concours, il suffit d'avoir la moyenne. Les deux ans qui viennent seront des années de préparation à l'internat. Il faudra beaucoup bosser, mais le rythme sera plus tranquille. Je travaillerai à l'hôpital le matin et j'aurai cours l'après-midi… sauf que personne ne va en cours. Je ferai comme tout le monde, j'étudierai chez moi, dans les livres. L'hôpital me paie déjà un tout petit peu. J'ai aussi un peu d'argent d'une assurance-vie de ma mère que je touche depuis mes vingt et un ans. Aurèle sera diplômé et commencera sans doute à travailler. Nous pourrons subvenir aux besoins du bébé.

Oui, c'est le bon moment. Dès que mes règles se terminent, j'arrête la pilule. Quand Aurèle reviendra, dans quinze jours pour la fête des mères, je serai peut-être même déjà opérationnelle ! Si tout se passe bien, dans les mois qui viennent, je pourrai tomber enceinte, devenir maman, découvrir le grand mystère.

35

Une berline noire à la peinture mate comme un avion furtif

Violette hésitait. Dans son cerveau les lettres du mot D.A.N.G.E.R. hurlaient comme une alarme à incendie. Franck avait vraiment choisi le mauvais moment pour la planter, c'était le soir ou jamais pour avoir un garde du corps.

— Où allons-nous ?

— Vous le saurez très vite…

Elle prit le temps de détailler son interlocuteur de la tête aux pieds. Malgré sa calvitie, sa chaîne en or et sa stature de lutteur bedonnant, il avait un visage rond et un regard fatigué d'hypermétrope qui le rendait assez sympathique. Il ne paraissait pas menaçant, pas vraiment… Elle pianota un texto à l'attention de Franck : *Je quitte le bar el Dalí. Si tu n'as pas de mes nouvelles avant minuit, pars à ma recherche.* Elle vida son mojito, verrouilla son portable et le lui tendit avec un sourire forcé.

— Je suis prête.

C'était étrange de se dire que tous les gens qu'ils croisaient dans les ruelles joyeusement animées du village étaient simplement en train de profiter de leurs vacances. Violette, elle, avait basculé dans une autre dimension. Elle le suivit, l'œil aux aguets, en se demandant devant laquelle de ces maisons blanches ils s'arrêteraient. Quelle porte close s'entrouvrirait sur la nouvelle vie de l'oncle Miguel ? Le chauve stoppa devant une porte de parking et actionna une télécommande. Le portail s'ouvrit en grinçant, révélant une berline noire à la peinture mate comme un avion furtif.

— Montez.

Violette s'installa à la place du mort en se traitant de mère indigne. Quelque part, à quelques centaines de kilomètres plus loin sur cette côte, ses enfants vivaient l'été de leurs quinze ans dans un bar de nuit, totalement ignorants de l'inconscience de sa conduite. Une autre femme aurait pu refuser de monter dans cette voiture inconnue et rentrer à l'hôtel en déclarant forfait. Mais elle avait entrepris un long voyage et aucune force au monde n'aurait pu l'empêcher de suivre la piste jusqu'au bout. Elle ne posa pas de questions mais attacha sa ceinture, dans un dérisoire réflexe de sécurité. La voiture slaloma entre les maisons blanches avant d'atteindre la sortie du village. Phares éteints, ils s'engagèrent silencieusement sur une route étroite bordée de cactus et d'oliviers qui semblait vouloir se perdre tout au fond de la vallée déserte du Cap de Creus, entre ses hautes collines noires, menaçantes comme des monstres endormis. Elle se dit que si elle disparaissait cette nuit, personne ne pourrait jamais la retrouver. Si on lui faisait du mal, personne ne l'entendrait crier. À cette pensée, son cuir chevelu se mit à cuire et une goutte de sueur surchauffée glissa le long de sa tempe. Vingt minutes plus tard, la berline quitta la route goudronnée pour emprunter une piste de terre chaotique. La main moite à force d'être crispée sur la portière, Violette se décida à demander au conducteur où ils allaient.

— À la Vall de la Santa Creu.

— Quand est-ce qu'on arrive ?

— On est arrivé.

En effet, ils venaient d'atteindre un village, dont elle n'avait même pas perçu l'existence tant il était perdu dans la nuit. On distinguait les contours de quelques maisons médiévales aux murs de pierre nues. Son conducteur gara la voiture et elle se précipita au-dehors, aspirant l'air frais à pleines bouffées. La Vall de la Santa Creu dormait dans un silence de mort, simplement rompu par le souffle puissant de la tramontane qui s'insinuait dans ses ruelles désolées. Violette se sentait mal, le lieu semblait tout droit sorti de l'époque cauchemardesque de l'inquisition qui forçait ses ancêtres, juifs sépharades, à choisir entre la conversion ou le bûcher. Au-dessus d'eux, sur la colline qui surplombait le village, planait l'ombre menaçante du monastère de Santa Creu. Le conducteur était également sorti de la voiture et semblait attendre. Au bout d'un moment il se pencha dans l'habitacle, elle imagina qu'il était en train de se saisir d'une arme et vit sa dernière heure venue. Ce serait le comble d'être tuée par une balle, ici dans ce lieu hanté. Elle qui avait toujours eu peur de mourir dans son lit, emportée par une crise cardiaque. Mais l'homme se contenta de faire des appels de phare, un signal. Soudain, une silhouette massive se détacha d'un mur de pierres. Elle distingua des cheveux courts, un tee-shirt noir et au bout du bras, un éclat d'acier qui étincela dans la nuit.

36

Lundi 17 mai 1999

Aujourd'hui, après notre matinée à l'hôpital, on avait décidé d'aller déjeuner au café avec Anouk avant de rentrer bosser. J'étais tranquillement en train de manger un steak-frites quand soudain, j'ai cru avoir une hallucination. Juste devant moi, au comptoir, se tenait Joachim. Mes yeux sont sortis de leurs orbites, avant de se fixer sur sa silhouette : oui, c'était bien lui ! Je me suis demandé ce qu'il foutait là, tout près de l'hosto, si c'était un hasard et s'il n'était pas malade. Sous le choc, j'en ai avalé tout rond un morceau de viande qui s'est coincé dans ma gorge, tandis que mon cerveau envoyait des signaux d'urgence au reste du corps : Alerte rouge ! Tous les sens en Position Latérale de Sécurité ! J'ai tenté frénétiquement de déglutir, mais cette affreuse barbaque a refusé de descendre et j'ai commencé à paniquer.

Anouk m'a tendu un verre d'eau que j'ai repoussé d'un geste fébrile, ayant trop peur de m'étouffer avec. Je percevais vaguement Jo qui m'observait, toujours planté au comptoir, tout en ayant la très nette sensation que le morceau était en train de grossir dans mon œsophage, au même rythme que ma panique. Finalement, toute honte bue, j'ai attrapé une serviette en papier et lamentablement crachoté la viande. Quand j'ai relevé la tête, humiliée, Joachim était à côté de moi, les sourcils froncés. Anouk me parlait, mais je n'entendais plus rien, mes oreilles bourdonnant comme une ruche en été. Je n'ai pas pu m'empêcher de détailler Jo de bas en haut et de haut en bas. J'ai noté qu'il portait des baskets super branchées, un jean brut et un tee-shirt jaune soleil. Tout à coup c'était l'été. L'audition m'est vaguement revenue et j'ai entendu Anouk dire qu'elle nous laissait.

Ça fait trois ans presque jour pour jour que nous ne nous sommes pas vu, ni parlé. Trois ans, c'est long comme une vie. On a le temps de tourner la page… pourtant la seule chose qui me vient à l'esprit c'est de me demander s'il a une meuf, preuve flagrante que ma page a dû rester collée sur le chapitre du passé. Je me demande aussi s'il sait que je vis avec Aurèle. Mon cerveau mouline ses interrogations, mais je les garde pour moi.

On se donne des nouvelles neutres. Mon père, Amanda, ses parents, Miguel et Mercy. Il voit mon Nokia posé sur la table, et l'air de rien, me demande mon numéro. L'air de rien je le lui donne. On parle de nos études. Et il m'annonce qu'il a son MBA en Computer Engineering c'est-à-dire ingénierie informatique. Je pense à tous les efforts qu'il avait fournis pour intégrer l'université de San José, je le félicite. Je lui annonce que je passe mes examens la semaine prochaine. Si tout va bien, en septembre je serai en D3, c'est-à-dire en cinquième année et j'ai encore un très long cursus devant moi. Il m'écoute attentivement, puis me demande de lui faire visiter l'hôpital. Je suis curieuse de voir ce qu'il a en tête. J'ai prévu de réviser mais je peux aussi travailler le lendemain. Il fait beau et chaud ; et puis on n'a pas encore abordé les vrais sujets. Alors j'accepte.

On marche côte à côte sans se toucher mais je sens sa présence avec une acuité hallucinante, la peau mate de son cou, le rythme souple de ses pas, la ligne de ses bras. Je lui montre mon univers, nos amphis tout droit sortis des années 1970, la grande tour du secteur Bichat, l'accueil, les urgences, les bâtiments anciens du secteur Claude-Bernard, la maternité, le service ORL, la psychiatrie, la crèche du personnel, la virologie où l'on soigne les maladies tropicales, la cardiologie… Il est concentré, je sens qu'il m'écoute avec une grande attention. De temps en temps, son sourire traverse son visage comme un éclair. Il me dit que je suis « passionnée et passionnante », je suis vraiment faite pour ça. Il est « impressionné et fier ». Je parle beaucoup parce que je suis complètement bouleversée. Il est là et mon monde vacille. Sa présence est si prégnante qu'elle semble renvoyer le reste de mon univers au loin, dans le flou. Que fait-il là ? Pourquoi est-il venu ? Pourquoi maintenant ?!

On sort de l'hôpital, on marche au hasard des rues, puis on se pose sur un banc du square Marcel-Sembat. Je sens qu'il veut parler, j'ai peur des mots qu'il pourrait prononcer, un séisme qui viendrait bouleverser le fragile équilibre que je me suis construit. Je le sens. Extérieurement je suis neutre, un peu distante. À l'intérieur, c'est la tempête. Le cœur en tachycardie.

Alors je lui annonce que je vis avec Aurèle.

Il l'apprend de ma bouche. Il ne savait pas ! Je le contemple encaisser toute la douleur que je rêvais de lui infliger. Sa punition. C'est incroyable ! Il souffre. Il se décompose sous mes yeux, jusqu'à en perdre son foutu bronzage californien. Puis il essaie de minimiser : « Tu *sors* avec lui ou tu *vis* avec lui ? Depuis combien de temps ? Tu es heureuse ? » et je vois avec stupeur que chacune de mes réponses le met aussi sûrement KO qu'un uppercut de Mike Tyson.

« Tu as fait exprès ! » me lance-t-il accusateur. Je réponds : « Bien sûr que non ! Ça fait trois ans, Joachim ! » Comme si c'était une éternité, comme si j'avais tout oublié.

Il a tellement mal qu'il ne peut retenir ses larmes. Ça me fait de la peine mais, quelque part au fond de moi, il y a une Violette qui se réjouit. Oui c'est vrai, il s'effondre et je jubile.

En même temps je suis surprise. Après ces années sans nouvelles, j'étais persuadée qu'il n'avait plus de sentiments pour moi. Soudain je comprends que ce n'est pas moi, Violette, le problème. C'est Aurèle. Leur putain de rivalité. Je me lève d'un bond, lui demande d'arrêter son film et je cours vers la sortie.

Il crie mon nom. Tout le square nous regarde, un petit roquet se met à aboyer. En trois bonds, il me rattrape, me prend par les bras. Il murmure « Violette ». Je me dégage violemment.

Et puis je lui demande ce que ça lui fait d'avoir tout gâché entre nous, s'il est content de lui. Si ça lui a fait du bien de pourrir notre relation et tout le bel avenir qu'on s'était inventé. Il me regarde, complètement scotché, puis murmure : « Mais enfin Violette, c'était juste un coup. Ce n'est rien, ça ne compte pas. C'est TOI qui as décidé de tout détruire. Et maintenant ? Tu vis avec

Aurèle ! C'est de la folie furieuse ! » Je lui ai demandé : « Tu ne vas quand même pas me le reprocher ? » et je voyais bien que si, il m'en voulait à mort, ce qui est quand même incroyable ! Il était où pendant trois ans ?

Je me suis mordu les lèvres en pensant à Aurèle si confiant. À notre petit appartement. Ce week-end, il était à Paris, c'était vraiment bien. Samedi soir, on a bu un verre à La Poste rue de Douai avec Sophie et Medhi. Hier matin, au réveil on a fait l'amour, c'était très tendre et très doux. Ensuite on a déjeuné chez ses parents pour la fête des mères. Il a repris l'Eurostar en fin d'après-midi. J'ai honte en pensant qu'hier matin encore, je couchais avec lui… J'ai dit à Joachim que je ferais mieux de rentrer et je me suis enfuie, j'ai dévalé les escaliers de la première station de métro venue. Arrivée dans l'appart, je me suis précipitée sur mon journal.

37

Parce qu'on est une armée de femmes sur ses traces !

Ce qu'elle avait, dans sa panique, pris pour une arme était une montre à cadran chronographe king size qui scintillait comme une lame. Il approchait d'un pas lourd, en prenant son temps. C'était bien lui, Miguel. Vingt ans qu'elle ne l'avait pas revu et voilà qu'il se matérialisait devant elle, dans ce village fantôme, entre deux maisons hors d'âge aux murs biscornus. Elle marcha vers lui, méfiante et souriante aussi, tant il lui rappelait les jours lointains, le bonheur passé. Miguel, c'était la Californie, la Chevrolet rouge, San José… Il devait aujourd'hui avoir près de cinquante ans et avait troqué le look gangsta rappeur pour un style plus sobre : jean et tee-shirt près du corps. Dans ses cheveux noirs coupés court brillaient quelques fils d'argent.

— Bravo ! On peut dire que tu nous as bien mis dans la merde !

Elle s'arrêta net à quelques pas de lui. Apparemment l'heure n'était pas à la nostalgie.

— Pourquoi cette mise en scène de malade mental ? répliqua-t-elle.

— Toujours aussi mauvais caractère !

— J'ai eu la peur de ma vie ! M'emmener dans ce trou paumé, avec un inconnu, en pleine nuit !

— Je savais que tu avais les *cojones* pour le faire ! Il fallait être sûr que tu ne serais pas suivie.

Le conducteur avait scruté les rues adjacentes avant de revenir vers eux.

— Et toutes ces questions ! Et le « c'est votre dernier mot, Violette » ridicule ?

L'homme ébaucha un demi-sourire :

— J'ai toujours rêvé de dire ça.

— Je voulais être certain que c'était bien toi, déclara Miguel.

— Ah ! Parce qu'on est une armée de femmes sur ses traces !

Miguel laissa échapper un rire bref comme un aboiement.

— *Violette you're such a hurricane !* Tu exploses toujours comme un volcan.

Il la regardait, sévère et vaguement admiratif.

— Non, tu es la seule. Mais tu fais du bruit pour dix. C'est pourquoi j'ai fait appel à Felipe. C'est un ami discret et sûr. Il est avec nous.

— Qui ça « nous » ?

— Nous, la famille, Joachim.

Son cœur s'emballa.

— Où est-il ?

— À l'heure actuelle, je ne sais pas.

— Putain, mais c'est pas vrai !

Elle avait toujours été en colère contre Joachim. On pouvait dire que certaines choses ne s'arrangeaient pas avec le temps. Certes, il avait un don pour la rendre dingue, mais là, on atteignait des sommets.

— Mais je vais le chercher combien de temps ? Pourquoi il fuit et se cache ? C'est un trafiquant de drogue c'est ça ?

— Non, pas du tout ! Mais il a de gros ennuis.

— Évidemment, je ne suis pas débile ! Dis-moi ce qui se passe. J'en ai marre de ne rien comprendre.

L'oncle la dévisagea longuement, les yeux plissés, il semblait peser le pour et le contre.

— Je suppose que ça ne changera pas grand-chose si tu es au courant, déclara-t-il finalement. Joachim est un hacker.

— Un hacker ? Tu veux dire un pirate informatique ? Un de ces mecs qui installent des virus malfaisants ou des faux emails pour rançonner les gens ?

— Pas ce genre non. C'est plutôt une sorte d'espion business. Il est tombé sur quelque chose qu'il n'aurait jamais dû voir.

L'espace d'un instant, elle visualisa le champ infini de ses possibles ennuis.

— Dans quel merdier il est allé se fourrer !

— Je ne te le fais pas dire.

— De toute façon, dès que Joachim débarque, c'est le bordel dans ma vie. Mais pourquoi, pourquoi, est-ce que je lui ai ouvert ma porte ?!

— Et pourquoi il est allé te voir ? Je lui avais dit que c'était une mauvaise idée mais il n'a pas voulu m'écouter !

— Pour une fois, il aurait dû !

C'était un cri du cœur. Elle s'abstint d'ajouter qu'il était même une malédiction. Parce que quand même, elle lui devait les heures les plus noires de son existence. Miguel soupira, comme s'il avait de la peine pour elle ou comme s'il regrettait un énorme gâchis, ce qui revenait au même.

— Je suis désolé que les choses aient mal tourné pour vous deux. Vous étiez faits pour être ensemble.

— De toute évidence, il ne partageait pas ton point de vue.

Il tendit les mains devant lui en un geste d'apaisement.

— Mon neveu est toujours un bon gars. C'est lui qui m'a offert mon bar. Quand il a proposé de nous prendre une affaire au pays, on a sauté sur l'occasion et on est rentrés en Europe. La Silicon Valley, c'est de la merde maintenant. Ils étaient tous persuadés de construire un monde meilleur alors qu'ils ont créé le diable et ne savent pas comment l'arrêter. Je ne voulais pas que ma fille grandisse là-bas. Et Mercy en avait marre aussi.

— Tu aurais pu y penser plus tôt au lieu d'entraîner Jo dans cette galère. S'il était resté en France, je suis sûre qu'on n'en serait pas là, dit-elle amèrement.

Il la regarda comme s'il comprenait enfin une énigme insoluble.

— C'est pour ça que tu as toujours été tellement *bitch* avec moi !

Elle préféra changer de sujet.

— Tu as une fille ! Comment elle s'appelle ?

— Eva. Elle a douze ans. C'est une personne extraordinaire.

Il éclatait de fierté. Elle demanda, un peu plus vivement qu'elle n'aurait voulu :

— Et Joachim, il a des enfants ? Une femme ?

— Non, soupira Miguel. Ce n'est pas un homme très heureux. Il s'est mis dans une situation compliquée.

— Quelle situation ?

— Je ne peux rien te dire. Pour ta propre sécurité.

Elle explosa :

— Pourquoi tu m'as fait venir jusqu'à ce village lugubre alors ? Juste pour me donner des nouvelles de ta famille ?

— Je voulais te prévenir. L'homme qui te suit partout, celui qui est venu ici avec toi, c'est un flic. Et il traque Joachim.

38

Lundi 17 mai 1999 (suite)

Joachim vient de m'appeler. Il a proposé qu'on dîne ensemble ce soir. Il veut me parler. J'ai dit non. Il a pris sa voix grave et odieusement sexy :

— Violette, j'ai passé à peine deux heures avec toi, et pourtant ces cent vingt petites minutes m'ont paru plus intenses que les trois dernières années. Il faut vraiment que je te parle.

Il a lâché ces mots dans mon oreille, ils ont explosé comme une bombe. C'est exactement ce que je ressens. Je sais déjà qu'il vient foutre le bordel dans ma vie.

J'ai dit oui. Je me déteste.

39

Ne donne plus aucune information. Même sous la torture

C'était comme le *bucket challenge.* Un seau d'eau glacé sur la tête.

— Franck ?? Mais il est barman ! bégaya-t-elle.

— Je ne le connais pas sous ce nom, mais oui, le barman qui travaille en bas de chez toi est bien un flic. Il s'est fait embaucher dans ce bar quand il a repéré que Joachim était en France. On l'a compris trop tard.

Violette réfléchissait à toute vitesse, pour raccorder ces nouveaux éléments aux informations dont elle disposait.

— Alors c'est à cause de Franck que Joachim n'est pas revenu me voir comme promis ?

— Oui. Il m'a dit qu'il t'avait envoyé un message codé… mais apparemment tu n'as rien capté !

— Quel message ?

— Une invitation à une convention fictive « comment sortir de sa zone de confort » avec des références à San José et des *private jokes* pour que tu comprennes… Il pensait que tu viendrais le retrouver à l'extérieur.

— Ah ! Merde ! C'est clair, je n'ai rien compris.

Joachim avait donc tenté de l'avertir ! Elle frissonna de peur rétrospective.

— Si ce que tu dis est vrai, j'aurais pu livrer Jo à Franck sur un plateau !

— Tu as fait mieux que ça… Tu as révélé la véritable identité de Joachim à la police.

— Moi ?! Mais comment ?

— Disons que tu n'es pas très discrète. Tu es allée à la villa puis à l'appartement en demandant partout les Calderon ! Jusqu'à présent les flics ne connaissaient que son pseudo de hacker.

— Oh mon Dieu !

Miguel la regardait avec l'air d'un type qui se demande comment se débarrasser de cet aimant à emmerdes.

— Tu vas retourner à l'hôtel. Ne donne plus aucune information. Même sous la torture.

— Quoi ?!!

— Je plaisante ! Je ne pense pas qu'il ira jusque-là.

Avant qu'elle ne remonte dans la berline fantomatique, Miguel posa ses mains sur ses épaules et plongea durement le regard dans le sien :

— Écoute bien : vous allez d'abord passer par le bar pour que tu récupères ton iPhone.

— Au fait, pourquoi avoir kidnappé mon téléphone ?

— Pour empêcher ton ami barman de te localiser. Il est sur nos traces comme un chien de chasse. Il faut absolument que la piste s'arrête net, compris ? S'il te pose des questions, tu nies tout en bloc. Tu ne connais ni pirate, ni Joachim Calderon. Alors tu rentres à l'hôtel comme si tu avais passé une bonne soirée dans un bar branché. Tu ne parles à personne de ce qui s'est passé ici. Ensuite, tu prends l'avion, tu rentres chez toi et tu cesses tout contact avec lui. Finies, les conneries.

40

Vendredi 28 mai 1999

Joachim m'avait donné rendez-vous sur le pont des Arts, côté rive gauche. On était le 17 mai, les jours avaient sérieusement commencé à rallonger. L'air était encore doux, le soleil se couchait dans un flamboiement indécent de mauve et d'or qui faisait miroiter l'eau du fleuve comme du mercure en fusion. J'ai compris qu'il n'y avait pas grand-chose de plus beau que la Seine au crépuscule. Jo m'attendait au milieu de la foule parisienne, un grand panier au bras et un petit sourire aux lèvres. Il avait troqué son tee-shirt jaune contre un léger pull ras du cou noir qui faisait ressortir son bronzage. Pour la première fois depuis des années-lumière, j'avais mis une jupe et des sandales à talons. Il souriait en me regardant marcher vers lui. Quand je me suis retrouvée tout près, il a passé les doigts dans mes cheveux et a dit que la frange m'allait encore mieux qu'avant.

J'étais curieuse de venir sur le pont Neuf parce que je n'avais pas encore eu l'occasion de voir l'exposition à ciel ouvert des sculptures d'Ousmane Sow qui font courir les Parisiens depuis deux mois. Elles étaient encore plus spectaculaires que je me l'étais imaginé, surtout dans l'éclairage cinématographique de la fin du jour. On aurait dit qu'elles sortaient de l'ombre pour se mettre en mouvement. J'ai remercié Joachim de m'avoir permis de les contempler. Tout Paris en parlait, mais prise dans mes révisions, ma routine, je n'avais jamais pensé à venir les voir.

Joachim m'a pris la main, on a traversé le pont au ralenti en admirant un à un ces colosses silencieux, saisis pour la plupart en position de combat. Il y avait des guerriers Masaï du Kenya, des lutteurs Nouba du Soudan du Sud, des villageois Peuls, et surtout, ce qui nous a évidemment beaucoup impressionnés, des Indiens d'Amérique, immortalisés en pleine action, scène de scalp comprise, pendant la fameuse bataille de Little Big Horn, la seule grande victoire des nations natives sur les envahisseurs américains. On a longuement tourné autour des grands chefs sioux Sitting Bull et Crazy Horse. C'était tellement émouvant de les voir, dans leur gloire de vainqueurs ; je comprenais Sow d'avoir voulu rappeler aux gens qu'ils s'étaient battus jusqu'au bout pour préserver leurs terres. Le sort des tribus natives, complètement décimées au fil des siècles, nous avait bouleversés lors de notre road trip en Californie et en Arizona, et nous savions Jo et moi que les États-Unis essayaient toujours de grignoter le peu de terres qu'on leur avait laissées.

Le soleil a fini par disparaître complètement, emportant avec lui la plupart des curieux et des touristes. Jo m'a demandé si j'avais faim. J'ai toujours faim et encore plus quand je suis tendue, j'ai répondu oui. Il a brandi son panier en disant qu'il nous avait préparé un pique-nique. On s'est assis sous un réverbère, face à nos Peaux-Rouges, le dos appuyé contre le grillage du pont. Joachim a sorti de son panier un paréo sur lequel il a posé des verres, une bouteille de vin et des sandwichs enveloppés dans du papier alu. Comment dire que ça m'a fait fondre… même quand on s'est rendu compte qu'il avait oublié de mettre des ingrédients dans ses sandwichs ! J'ai déballé un papier pour découvrir qu'il ne contenait rien d'autre qu'un morceau de baguette coupé en deux. Jo les a fébrilement ouverts les uns après les autres, ils étaient tous vides ! En imaginant toute la bouffe oubliée sur le comptoir de la cuisine, je n'ai pas pu m'en empêcher, j'ai explosé de rire. Joachim s'est décomposé. Mortifié par son étourderie, il répétait en boucle qu'il avait tout gâché alors qu'il voulait faire de cette soirée un moment parfait. C'est la première fois que je le voyais aussi perdu, Pour le rassurer, je lui ai juré que j'adorais la baguette et j'ai commencé à en mastiquer un morceau. Quand il a précisé, déconfit, que ce sandwich-là était censé contenir du saumon fumé, j'ai déclaré tout en mâchant que le saumon était absolument délicieux. Jo a retrouvé son sourire, et a mordu dans un autre morceau de pain en décrétant que le fromage était divin. J'ai pris le sandwich suivant en prétendant que le poulet froid mayonnaise était fameux. On s'est mis à remplir nos sandwichs d'ingrédients virtuels de plus en plus délirants. À la fin, on était carrément en train de se taper de la langouste, du foie gras et du caviar. Quant au vin, il s'était transformé en saint-émilion grand cru et en champagne. On était tellement plongés en pleine magie que j'avais vraiment l'impression de m'être tapé le meilleur gueuleton de ma vie et je me sentais parfaitement repue. Après une bouteille de vin, toutes nos inhibitions s'étaient envolées. Oubliées la dispute de l'après-midi, les rancunes, les rancœurs, oubliés le passé, le présent… On se bouffait des yeux, on se frôlait les mains, on riait bêtement. Joachim avait heureusement pensé à apporter des cookies au chocolat qu'on a vraiment mangés pour ce qu'ils étaient, parce que les cookies c'est trop bon. On est restés longtemps, épaule contre épaule, les jambes étendues devant nous, le dos contre la rambarde, à regarder les bateaux-mouches glisser sur le fleuve en éclairant les quais sur leur passage.

Vers minuit, nous avons assisté à une scène étrange. De gros camions se sont postés de chaque côté du pont, une armée de mecs en casque et combinaison en sont descendus. Très organisés, ils ont commencé à dérouler des câbles et des harnais, comme dans la pub Manpower. Un homme s'est approché pour nous prier de remballer notre pique-nique et de lever le camp : ils venaient déboulonner les statues. Dans l'état d'ébriété dans lequel je me trouvais, l'idée de ne plus jamais les revoir m'a parue terrible et je lui ai dit qu'ils n'avaient pas le droit de faire ça. Le Manpower m'a conseillé d'aller me plaindre à Jean Tibéri, le maire de Paris, et a balancé une longue corde autour de Crazy Horse. C'était affreux, j'avais l'impression qu'il le capturait au lasso. Joachim a rangé vite fait les papiers, la bouteille et les verres vides dans le panier puis m'a entraînée devant le panneau de présentation de l'exposition. « Regarde, ça parle de nous », a-t-il murmuré en pointant du doigt une citation d'Ousmane Sow mise en exergue dans le texte : « *On lutte pour conquérir la femme qu'on aime, on lutte pour conquérir l'espace, la lutte est une façon d'exister et de reconnaître l'autre*. » Un Manpower a posé une main gantée sur chacune de nos épaules et nous a indiqué la sortie. On s'est envolés comme des moineaux.

Nous avons longé la Seine, suivant la ligne vert sombre des échoppes des bouquinistes closes comme des boîtes à trésor. Le vent de mai se baladait sur la cime des platanes, faisant frémir leurs feuilles sous sa caresse fraîche. J'ai frissonné, Joachim m'a passé son pull noir, que j'ai enfilé avec délice, comme un refuge chaud et parfumé. Nos yeux se sont accrochés. Je contemplais ses prunelles noir velours avec l'envie de m'y perdre et la peau de son cou avec l'envie d'y enfouir mon nez, de coller mes lèvres contre cette douceur mate et de mourir là. Je ne bougeais pas. Joachim a lentement glissé une main derrière ma nuque. Ça m'a fait frissonner de la racine des cheveux jusqu'au creux du ventre. Affolée, j'ai balbutié « je ne peux pas faire ça, c'est mal », sans y croire une seule minute, car le truc qui me paraissait vraiment mauvais et absurde à ce moment-là, c'était de lui résister. J'ai fermé les yeux et j'ai senti sa bouche se poser sur la mienne. Un long, très long soupir de soulagement s'est échappé de mes lèvres. On s'est embrassés comme des damnés sur le trottoir du quai Malaquais. Des damnés qui avaient erré pendant trois ans en enfer et qui retrouvaient le paradis. À partir de là, c'est le désir qui a pris le contrôle de la situation. Joachim m'a demandé si je voulais bien venir chez lui. J'ai dit non. Il m'a embrassée encore. J'ai pris feu comme une torche et j'ai dit oui. Il n'était soudain plus question de marcher pendant des heures à travers Paris. Nous avons pris un taxi en direction de la rue Cambronne. Le chauffeur nous a déposés devant le restaurant des parents de Joachim d'où s'échappaient les accords d'une guitare andalouse. Parfois, quand il est en forme, son père aime jouer des airs de flamenco. Ils avaient l'air de faire une fête à tout casser là-dedans et on s'est dit qu'on aurait un bon moment de tranquillité devant nous. Dans l'appart, nous avons trouvé le grand-père de Jo attablé dans la cuisine, en train de se régaler de saumon fumé, de poulet froid, de fromage, de salade et de tomates finement tranchées. Il nous a souri et a complimenté Joachim sur l'extraordinaire qualité du repas qu'il lui avait préparé. Puis il lui a demandé si par hasard il ne restait pas un morceau de baguette.

La chambre de Joachim, où nous avions passé tant d'après-midi collés l'un contre l'autre, n'avait pas changé. Les mêmes posters, le même bureau, le même skateboard, les mêmes photos de nous deux punaisées au mur. Les mêmes préservatifs sur la table de nuit. Sauf le lit, qui est double. Et nous sommes tombés dessus. Très vite, j'ai perdu conscience de tout ce qui n'était pas lui. Je le dévorais des yeux, des mains, des lèvres, comme une gamine affamée dévore un éclair au chocolat. Jo était dans le même état. Je sentais sa faim de moi, son envie. Je délirais de désir, transformée en femme fontaine sous la caresse de ses doigts. Pourquoi me trouble-t-il autant ? Pourquoi lui, ce connard sublime, ce salaud adoré ? Ma seule consolation est la certitude renouvelée que je lui fais exactement le même effet. Pas un seul centimètre carré de ma peau ne lui a échappé. Il m'a embrassée, léchée, mordue, il m'a tournée, retournée, m'a ouverte, m'a fermée et a recommencé jusqu'à ce qu'on n'en puisse plus. Combien de fois j'ai joui, combien de fois on l'a fait, je ne peux pas le dire, mais bon, on voyait qu'on avait du retard à rattraper. Je crois qu'on a continué à s'aimer même en dormant, épuisés mais incapables de se défaire l'un de l'autre. Joachim chuchotait « ne me quitte plus jamais, je t'en supplie » et j'ai réalisé avec terreur que je n'en avais absolument aucune intention.

J'ai émergé de cette nuit prodigieuse vers midi avec le sentiment qu'il n'y aurait pas de retour en arrière possible. D'ailleurs quand j'ai fait mine de me lever, il m'a retenue d'un bras jaloux en me disant qu'il avait besoin de me parler. Et j'ai eu droit à la proposition d'amour de Joachim : tout d'abord, il ne m'a jamais oubliée. Il a pensé à moi tous les jours pendant trois ans. Je suis la seule, l'unique femme de son cœur, il faut absolument que j'en sois sûre. Et puis il a exposé son plan pour nous deux. Maintenant qu'il a terminé ses études, il est venu me chercher. Il veut que nous vivions nos rêves, que nous tenions nos promesses. Il est prêt à m'aider à organiser mon transfert en Californie, il m'encourage à postuler à Stanford ou à San José pour poursuivre mes études. Il me dit que la Silicon Valley est en plein boum, il pleut des jobs super bien payés, toutes les start-up embauchent à des salaires mirobolants. Internet est la nouvelle terre promise des investisseurs. Joachim m'assure qu'il aura les moyens de financer toutes mes études. Il me propose aussi de rester avec moi à Paris si je préfère poursuivre mon cursus ici. Il accepte toutes mes conditions, du moment que nous nous remettons ensemble.

Allongée entre ses draps, les yeux plongés dans ses yeux, je n'ose croire ce que j'entends. Ces mots que j'ai attendus si longtemps, enfin il les prononce ! Cette scène vécue tant de fois en rêve, voilà qu'il me la joue dans la réalité. Inutile de dire que je bois du petit-lait, et même du nectar des dieux et oui, je veux vivre notre rêve, je veux être avec Jo, ce matin-là et tous les autres matins de notre vie. Sauf qu'aujourd'hui, je vis avec Aurèle. Aurèle qui a confiance en moi ; qui a toujours été là pour moi. Et c'est là où le rêve se complique. Malheureusement, je dois bien avouer qu'Aurèle était parti loin, très loin de mes pensées qui n'en avaient que pour Joachim. Il m'a demandé si j'étais prête à quitter Aurèle. J'ai répondu oui. Dès qu'il sera à Paris, je lui dirai la vérité. Alors Jo m'a prise dans ses bras et on a recommencé à s'embrasser éperdument.

Voilà, ça fait onze jours. Onze jours de bonheur délirant. J'ai révisé tous les jours. J'ai dormi avec Joachim toutes les nuits. J'ai la tête à l'envers. Je ne marche plus, je cours, je ne souris plus, j'éclate de rire ; pour rien, tout le temps. Qu'y puis-je ? Dès que Jo est dans ma vie, je suis follement heureuse.

Ce soir, Aurèle revient de Londres. Je ne sais pas comment je vais lui annoncer. Mais il faut que je le fasse. Lundi, c'est le début des épreuves pour passer en D3. Je dois encore réviser tout le week-end. Je ne peux pas échouer.

41

Elle avait paniqué par erreur

Il était près de minuit quand elle rentra enfin à l'hôtel. Sur les conseils de Miguel, elle avait envoyé un message à Franck dès qu'elle avait récupéré son portable au bar, pour lui assurer que tout allait bien et qu'elle avait paniqué par erreur.

Le couloir était désert. Violette toqua à la porte de Franck sans obtenir de réponse, puis glissa sa carte dans la serrure magnétique pour entrer dans sa chambre. Elle actionna la lumière et scruta la pièce, le cœur battant. Tout semblait à sa place. Elle ouvrit la porte-fenêtre pour s'aventurer sur leur balcon commun. La chambre du barman était plongée dans le noir. Elle supposait qu'il était toujours à Figueras avec son pote… si celui-ci existait ! À l'idée que Franck puisse être tapi quelque part dans le noir, en train de la guetter, elle eut des sueurs froides et regagna sa chambre dans un état d'agitation extrême. Les détails de la soirée lui revenaient par flashs et elle avait l'impression d'émerger d'un sombre thriller. Et si l'objectif de Miguel était, une fois de plus, de l'éloigner définitivement de Joachim ? S'il avait monté toute cette mise en scène sinistre pour l'impressionner et la manipuler ? Irritée, nerveuse, Violette arpentait la pièce d'un mur à l'autre, incapable de se poser. Plus elle y pensait, plus elle se disait que c'était impossible : Franck ne pouvait pas être un flic. Elle le revoyait servir des bières au Broadway Boulevard, avec cette nonchalance qui n'appartient qu'aux vrais barmen, aux professionnels, à ceux du métier. Et cette façon maîtrisée de préparer des cocktails… Jamais un policier n'aurait eu ce savoir-faire derrière un bar. Et surtout, se disait-elle, pourquoi se serait-il approché d'elle pour coincer Joachim Calderon ? C'était parfaitement ridicule, ils n'étaient plus en contact depuis tant d'années. D'un autre côté, elle repensait à sa façon – qu'elle avait trouvée tellement charmante – de poser beaucoup de questions et d'écouter très attentivement les réponses. C'était bien le genre des condés (dans ses romans policiers, ils entendaient même ce qu'on ne leur disait pas).

Qui mentait ? Qui disait la vérité ? Devait-elle faire confiance à Miguel ? Franck était-il flic ou barman ? Si Violette s'était fait rouler dans la farine depuis le début, elle devait en avoir le cœur net. Dans l'état d'agitation où elle se trouvait, seule l'action était la solution : en fouillant la chambre de Franck, elle découvrirait qui il était vraiment. Trente secondes plus tard, elle était dans le lobby désert. Ses yeux localisèrent une jeune femme en blazer qui fumait devant l'entrée de l'hôtel, l'oreille collée à un téléphone portable dans lequel elle déversait un torrent de mots espagnols qui s'entrechoquaient comme des cailloux. Le bout de sa cigarette tournoyait dans la nuit au rythme de ses grands gestes. Violette ressentit pour elle une antipathie violente sortie de nulle part, hormis du fait qu'elle n'aimait ni la fumée, ni les cheveux gras, ni le rouge à lèvres bordeaux. Faisant fi de ces considérations subjectives, elle lui fit un signe de la main en se forçant à sourire d'un air aimable. La fille plissa les yeux pour discerner qui l'interpellait, écrasa sa cigarette d'un escarpin énergique et revint se poster derrière le comptoir de l'accueil avec un sourire au moins aussi crispé que celui de Violette. Ayant identifié qu'elle avait affaire à une authentique myope sans lunettes, Violette sentit s'évaporer son animosité, car elle avait une tendresse particulière pour ces grandes bigleuses qui vivaient perpétuellement dans le flou. Les myopes voyant mal de loin mais bien de près, elle se rapprocha pour capter le regard papillonnant de la jeune femme, et puisa dans toutes ses réserves de complicité féminine pour lui demander de déverrouiller la porte de la chambre de Franck. Elle voulait faire une surprise à son compagnon et l'attendre… allongée sur son lit, expliqua-t-elle en accompagnant sa demande d'un air entendu qui eut le mérite de convaincre la réceptionniste. Après quelques secondes d'hésitation, celle-ci lui tendit la clé du délit en répondant par un clin d'œil encore plus salace.

Le cœur battant, Violette pénétra dans la chambre plongée dans la pénombre.

42

Vendredi 11 juin 1999

Je n'ai rien dit à Aurèle. Je ne me voyais pas aller passer mes épreuves en sachant que je viens de lui briser le cœur. J'ai déjà tellement de remords. Alors je me suis dit que lui annoncer la nouvelle quelques jours plus tard ne changerait rien à l'affaire. Oui, j'avoue, il y a une forme de lâcheté dans ma décision. Mais quand je me suis retrouvée face à lui, je n'ai tout simplement pas eu le courage de parler. D'autant plus qu'il m'aurait été impossible de réviser une fois la bombe lâchée. Nous nous serions engagés dans des discussions sans fin et la rivalité envers Joachim serait évidemment revenue sur le tapis.

À ma décharge, j'ai un souvenir tellement atroce du concours de fin de P1, traumatisée par ma rupture avec Jo, que je n'ai pas voulu plonger dans un nouveau psychodrame à J-1. Pour ce qui concerne les examens, j'ai eu raison. Je pense m'en être très bien sortie. Pour le reste…

Quand j'ai annoncé à Joachim qu'Aurèle était reparti à Londres sans rien savoir pour nous deux, il n'a pas compris. Il m'a accusé d'avoir encore des sentiments pour lui. Mais bien sûr que j'en ai ! On vit ensemble depuis un an. Il est mon meilleur ami depuis dix ans ! Il connaît mes pires défauts, il m'a vue dans mes pires états, il m'a ramassée à la petite cuillère quand j'allais mal, il a toujours été là pour moi et m'a choyée comme rarement une petite amie l'a été. Ça me brise le cœur de le quitter. Il sera malheureux et je ne pourrai pas le consoler, car c'est moi qui lui aurai fait du mal. Oui, ça sera un moment horriblement difficile pour moi. Je n'ai rien à reprocher à Aurèle, à part qu'il n'est pas Joachim.

Si j'écoutais Jo, je devrais larguer Aurèle immédiatement par téléphone, ou même par texto. Impossible. Je veux lui dire la vérité en face. J'ai proposé à Jo d'aller moi-même à Londres le week-end prochain. Mais il a prévu de m'emmener à Trouville. Alors nous nous sommes mis d'accord sur le fait que j'attende le prochain séjour d'Aurèle à Paris et j'ai mis mes remords entre parenthèses. Même si je pense à lui quand je suis seule, je l'oublie dès que je suis avec Jo. Avec Jo, j'oublie tout.

La vie est tellement belle avec lui. Même le petit déj a plus de goût, la baguette est plus croustillante et le lait est plus chocolaté. Il a suffi d'une nuit pour que tout redevienne exactement comme avant, même intimité, même complicité, même évidence. Depuis la fin des exams, je ne vois plus que lui. Oubliés les potes de la fac ! De son côté, il n'a prévenu personne de son retour et surtout pas la bande du lycée. On vit en douce, collés H24. On se balade dans les rues de Paris pendant des heures en se racontant les trois années écoulées. Je ne sais pas pourquoi ses souvenirs me semblent plus ensoleillés que les miens. Sans doute parce qu'il vit en Californie. J'aime l'entendre parler de sa vie à San José. Il me jure qu'il n'est jamais retourné à San Francisco parce qu'il attend d'aller y vivre avec moi. Il me donne des nouvelles de Miguel et de Mercy, de leur chien Scarface, toujours fan de bouffe mexicaine. Il me parle de ses études auxquelles je ne comprends rien, mais force est de constater qu'il avait raison, aujourd'hui tout le monde utilise des emails et il prétend que demain, le Web sera de plus en plus présent dans nos vies. J'aime l'entendre me raconter le futur, avec des téléphones qui auront des écrans en couleur et des jeux vidéo aussi beaux que des films de cinéma. Je lui parle de mes études, de mon père et ses copines, d'Amanda qui a tellement grandi et même d'Aurèle. On tchatche comme des pies voleuses, on va au ciné, on écoute de la musique, surtout la nouvelle vague des rappeurs français du Secteur A comme Passi, Stomy Bugsy ou Doc Gyneco qu'on adore, on se pose à une terrasse de café, puis on finit toujours par rentrer chez lui et se jeter sur son lit !

Évidemment le séjour à Trouville a été génial. Nous sommes descendus à l'hôtel Flaubert, Jo avait réservé une chambre avec une vue sur la plage et un petit balcon d'où nous pouvions contempler la mer, la jetée, les bateaux qui vont et viennent, suivant le flux de Madame la Marée. On a fait ce que font les touristes, se promener sur les planches, dîner aux Vapeurs, jouer au casino et puis nous aimer. Notre attirance l'un pour l'autre a toujours été dingue, mais j'ai l'impression que depuis son retour, on est au summum de l'addiction. Depuis qu'on a recouché ensemble, on s'est mutuellement marqués au fer rouge. On s'est incrustés l'un dans l'autre, dans les plus infimes de nos pores. Jo me fait faire n'importe quoi. Un matin, il traînait sur le lit de l'hôtel en jouant sur sa Playstation. J'étais déjà douchée, habillée avec ma petite robe d'été, assise devant le bureau, j'écrivais une carte postale à Amanda. Tout à coup, il s'est glissé sous la table et m'a enlevé mon slip. Il m'a dit : écarte les jambes et caresse-toi. Je l'ai traité de taré, d'obsédé, mais je l'ai fait ! J'ai commencé à me toucher et il m'encourageait. Ça m'a tellement excitée que j'ai joui en moins d'une minute.

Au retour, je nageais donc en plein bonheur, une espèce d'euphorie douce, quand je me suis réveillée un matin avec un affreux mal au cœur. Je me suis demandé quel truc chelou j'avais mangé la veille, mais le lendemain matin, rebelote ! J'ai dû courir aux toilettes pour aller vomir ! Joachim dormait. Il ne s'est rendu compte de rien. Je me suis habillée en vitesse et j'ai quitté l'appartement de ses parents. Je me suis retrouvée dans la rue, le cœur à l'envers, j'ai marché dix mètres en me forçant à respirer profondément. Je venais de me rendre à l'évidence : j'avais du retard. J'étais censée avoir mes règles vers le 1er juin, elles ne sont pas venues. Comme je viens d'arrêter la pilule, je m'étais vaguement dit que mon cycle devait être perturbé. Mais nous sommes le déjà le 11, ce qui fait un retard de dix jours. J'ai voulu en avoir le cœur net, j'ai acheté un test à la pharmacie. Et puis hier, je l'ai fait.

Il est positif. Je suis enceinte.

En regardant la croix qui s'affichait clairement dans le petit hublot Clearblue, j'ai ressenti une joie violente. Ça a été ma première réaction, une espèce de bonheur dingue, délirant. J'avais envie de crier « tu l'as fait, tu as réussi » ! Et puis j'ai réalisé que je ne l'avais évidemment pas fait toute seule et ma bulle de bonheur a explosé. Car je suis enceinte d'Aurèle. C'est une certitude. On a dû le faire le dimanche matin de la fête des mères. Je n'ai pas recouché avec lui depuis. Avec Joachim on utilise toujours des préservatifs.

Et c'est là que tout devient compliqué. Ce soir, je vois Joachim, je vais lui annoncer la nouvelle. Il est capable de repartir aux États-Unis à la nage.

Demain, Aurèle revient à Paris. J'avais prévu de lui dire que c'est terminé entre nous. Et maintenant, que vais-je lui annoncer en premier : que je suis enceinte de lui ou que je le quitte ?

43

Le coffre-fort la narguait, vilain et gris comme une murène endormie

Violette hésita à allumer, mais y renonça de peur que Franck repère son intrusion de l'extérieur. Elle activa la lampe torche de son smartphone et crut s'être trompée d'endroit : la chambre ne semblait pas occupée. Le lit était tiré à quatre épingles, rien ne traînait, ni sur la commode, ni sur la table de nuit. Elle ouvrit le placard et découvrit les affaires de Franck, méticuleusement rangées. Une pile de tee-shirts noirs pliés au carré côtoyait une série de boxers Le slip français et de shorts beiges bien coupés. Sur le sol luisaient deux paires de Nike Air Max quasi neuves. Franck semblait être encore plus maniaque qu'elle, ce qui était assez inquiétant. Sur l'étagère du bas, le coffre-fort la narguait, vilain et gris comme une murène endormie. Le faisceau de la lampe torche balaya la porte de la salle de bains. Violette découvrit les produits de beauté de Franck sagement alignés : déodorant, mousse à raser ainsi qu'un flacon à moitié entamé d'Eau Sauvage qu'elle vaporisa sur son poignet avant d'en inspirer les effluves frais. De retour dans la chambre, elle inspecta à nouveau les recoins avant d'aviser la table de nuit munie d'un tiroir qu'elle ouvrit fébrilement pour y découvrir un ordinateur portable.

Elle souleva le capot et appuya sur le bouton *on.* L'écran diffusa une lumière bleutée, le signal tournoya avant de demander un mot de passe. « Merde ! » chuchota Violette. L'ordinateur émit un « ping ! » sonore et la photo de fond d'écran s'afficha, dévoilant un Franck rajeuni et souriant, enlaçant une jeune femme métisse d'une beauté spectaculaire qui tenait un garçonnet d'environ deux ans dans ses bras.

C'est alors qu'elle entendit le cliquètement d'une clé magnétique. En plein cauchemar éveillé, Violette vit Franck pénétrer dans la pièce et allumer. Elle resta tétanisée, muette, les yeux écarquillés comme un lapin pris dans la lumière des phares.

44

Vendredi 25 juin 1999

Où est passée ma vie d'étudiante studieuse ? Où est passé mon avenir tranquille avec Aurèle ? Où sont passées mes certitudes ? On dirait vraiment que Joachim est l'élément perturbateur de ma vie. Dès qu'il paraît, c'est une suite ininterrompue de montagnes russes émotionnelles.

Hier soir, quand je lui ai annoncé ma grossesse, il m'a révélé que j'étais peut-être enceinte de lui. Au cours de notre première nuit, cette nuit de fous furieux que nous avons passée ensemble, après trois années de séparation, on a fait l'amour plusieurs fois de suite. Et je peux dire que seul le sommeil nous a interrompus parce qu'on était vraiment déchaînés. Et ça ne se calme pas.

J'ai envie de lui, tout le temps. Chaque jour, j'attends la nuit. C'est une addiction, une dépendance. Est-ce je l'avais autant dans la peau autrefois ? En ce moment même, je pense à lui et j'ai envie qu'il soit là, de le sentir, de le toucher, de l'embrasser…

Stop ! Stop ! Violette, redescends sur terre, reviens à la réalité.

La réalité telle que Joachim me l'a dite hier : la dernière fois, de ces trois ou quatre ou dix fois de cette nuit-là, il n'y avait plus de préservatif sur la table de chevet, et on l'a fait quand même. Sans capote ! La réalité, c'est que je suis enceinte et que je ne sais pas lequel de ces deux mecs est le père.

C'est à la fois une calamité et un grand bonheur. J'aimerais tellement que ce futur bébé soit de Jo !

Il aimerait tellement que je ne sois pas enceinte ! Devenir papa ne fait clairement pas partie de ses plans.

Le choc passé, nous avons délibéré, nous nous sommes embrouillés et engueulés, pour finalement conclure qu'on se prenait la tête pour rien : avant tout, il faut savoir qui est le père de cet enfant. Nous avons finalement décidé de demander un test de paternité. Je crois que ça existe. On prélève du sang du fœtus et on compare avec l'ADN du géniteur potentiel.

J'ai demandé à ma copine Anouk, qui effectue son stage dans le service gynécologie-obstétrique, de me brancher avec son boss le Dr Dupuy pour voir s'il pouvait m'aider. J'ai rencontré Anouk en P1. Nous sommes les seules de notre bande à être passées en P2 du premier coup et nous sommes restées très proches. C'est une vraie bête de travail, hyper douée et très humaine. Elle a fait comprendre à Dupuy que j'étais dans une situation d'urgence et il a accepté de me recevoir ce matin en consultation, entre deux rendez-vous. J'avais apporté des cheveux, des ongles et de la salive de Joachim pour le test.

Dupuy a catégoriquement refusé de m'aider. Selon lui, il est interdit de faire un prélèvement sur un fœtus (que ce soit sang ombilical, amniocentèse ou choriocentèse) sans une indication médicale, et on ne le pratique jamais, au grand jamais, pour un test de paternité. D'ailleurs une « action en établissement de filiation » comme il dit, ne peut se faire que sur un enfant vivant ; or, un fœtus n'est pas considéré comme vivant au sens juridique. Pour couronner le tout, la recherche de paternité par ADN sans l'aval d'un juge est un délit puni par la loi. En résumé, il faut attendre la naissance de l'enfant pour saisir la justice et découvrir qui est son père. J'ai détesté entendre les mots « délit », « juge », « établissement de filiation » ; ils me donnent l'impression d'être une criminelle et de me retrouver dans une situation absolument dramatique.

Quand il m'a vue effondrée, complètement déconfite, Dupuy a semblé me prendre en pitié. Il m'a demandé si j'étais absolument sûre d'être enceinte. J'ai répondu que le test Clearblue était formel et il m'a proposé de me faire une échographie pour vérifier. Il a étalé le gel et passé le capteur sur mon ventre. C'était froid et glissant. Puis il a contemplé l'écran en silence pendant un long moment. Je lui ai demandé si tout allait bien. « Effectivement, vous êtes bien enceinte », m'a-t-il dit. Puis il a ajouté : « De jumeaux. »

La première chose à laquelle j'ai pensé, c'est à ma mère et sa sœur jumelle. Je ne sais pas si ce sont les hormones qui me travaillent ou quoi, mais je me suis mise à pleurer dans le bureau de Dupuy, qui ne savait plus quoi faire pour me calmer. Il a promis que si je le souhaitais, il pourrait me suivre le long de ma grossesse et j'ai compris que c'était sa manière de me mettre à la porte.

Je suis sortie de là toujours en larmes. Anouk m'attendait un peu inquiète. Elle m'a entraînée à la cafète et a insisté pour que je lui raconte toute l'histoire. J'avais vraiment besoin de parler et après lui avoir demandé de respecter le secret médical, je lui ai exposé la situation dans les grandes lignes. Elle m'a demandé si Joachim était ce mec trop beau qui était venu m'attendre à la sortie des cours en première année. J'étais sur le cul qu'elle s'en souvienne mais du coup, elle semblait très concernée par mon dilemme. Quand elle a compris à quel point j'étais traumatisée par la réaction de Dupuy et par ces histoires de juge et de justice, Anouk m'a révélé qu'il existe des laboratoires en Suisse ou en Belgique qui effectuent des tests discrets et fiables sans alerter la terre entière. Je l'ai littéralement suppliée de m'aider après la naissance des enfants. Je lui ai remis le sachet stérile contenant des cheveux et des ongles de Jo. Elle m'a promis de s'en occuper.

Ensuite, j'ai appelé Joachim. Il m'a écoutée très calmement, puis il a dit que la meilleure solution était que je me fasse avorter.

45

Tu peux me parler de la face cachée de la lune

Durant quelques fractions de secondes, Violette songea à s'allonger lascivement sur le lit et balancer une réplique du genre « j'ai failli attendre ! » – mais l'ordinateur ouvert sur ses genoux était trop compromettant. Elle préféra la tactique de l'attaque.

— Alors comme ça, tu es marié !?

— Jalouse ?

Il s'avança tranquillement vers elle, lui ôta l'ordinateur des mains, rabattit le capot et le remit à sa place dans le tiroir qu'il referma d'un claquement sec. Elle étendit ses bras derrière elle sur le lit. Pour lui montrer qu'elle était parfaitement à l'aise et détendue.

— Divorcé. Depuis bientôt deux ans.

— Et tu gardes toujours sa photo en fond d'écran ?

— Il y en a bien qui traquent leur ex pendant quinze ans.

— Je ne vois pas de quoi tu parles

— De toi. Et de Joachim Calderon.

— Qui ça ?

Franck se cala au fond de l'unique fauteuil de la chambre, juste en face du lit, et lui rit au nez.

— Laisse-moi te rafraîchir la mémoire, je viens de recevoir sa fiche : Joachim Calderon, né le 28 février 1977 à Paris XIVe. Scolarité au lycée Buffon toujours à Paris, où il fait la connaissance de Violette Abravanel en 1993. Après son bac, il part étudier l'ingénierie informatique en Californie à San José State University et en sort diplômé d'un MBA en 1999. Il rentre ensuite à Paris où il retrouve Violette Abravanel, alors étudiante en médecine à l'hôpital Bichat… et fiancée à Aurèle Fontaine, également un ancien du lycée Buffon. Calderon est embauché dans une compagnie de sécurité informatique en 2000, il est licencié en 2003 et là, il disparaît des radars. Exactement au moment où Blackbeard commence à sévir ! Ça colle parfaitement ! Tu veux que je continue ou bien la mémoire te revient ?

Elle s'adossa confortablement contre la tête de lit en bois clair et étendit ses jambes devant elle. S'ils devaient jouer au chat et à la souris, autant lui montrer qu'elle ne tremblait pas devant lui.

— J'ai effectivement été scolarisée au lycée Buffon et oui, c'est là que j'ai rencontré le père de mes enfants, Aurèle Fontaine. Je ne me souviens pas d'un Joachim Machinchose. Mais… je ne comprends pas bien : pourquoi un barman, officiant prétendument au Broadway Boulevard a des renseignements privés me concernant ? Tu es de la police… Franck ?

— Disons que je suis barman… comme toi tu recherches les parents d'un patient aveugle. Tu ne sais toujours pas qui est Calderon ?

— Effectivement, je ne connais pas.

Franck croisa ses longues jambes sombres, nonchalant au possible. Ils avaient l'air de deux potes au summum de la décontraction, se tapant une petite bavette en pleine nuit. Sauf que non.

— Tu as entendu parler du Darknet ?

— Non, répondit-elle le cœur battant.

— C'est la face cachée d'Internet, le continent noir du Web. Une zone totalement anonymisée, où sévissent ceux qui ne veulent pas être repérés ni identifiés : un espace secret, impossible d'accès pour le commun des internautes. C'est le haut-lieu de tous les trafics illicites et nauséabonds : armes, drogues, hacking, terrorisme, prostitution, pornographie, pédophilie. Mais c'est aussi un espace d'expression protégé, où l'on trouve des dissidents politiques, des résistants, des lanceurs d'alerte. Le Darknet est le terrain de jeu de Joachim Calderon.

Les oreilles de Violette bourdonnaient tandis qu'elle se forçait à l'impassibilité. Elle réussit à afficher le plus large des sourires pour demander à Franck en quoi cela la concernait.

— Je te donne simplement des nouvelles de ton ami. Calderon est un cybercriminel. C'est un pirate informatique connu sous le pseudonyme évocateur de Blackbeard. Au passage, merci de m'avoir permis de découvrir sa véritable identité. Il pratique l'espionnage industriel et est capable de forcer les barrières de sécurité des sites les mieux protégés. Il travaille secrètement pour les plus grands acteurs du Web, et se fait payer des fortunes pour découvrir les secrets de leurs concurrents.

— Blackbeard… répéta pensivement Violette. Pourquoi le recherches-tu ?

— Il a espionné le plus grand fournisseur français d'accès à Internet. Or cette compagnie appartient en partie à l'État. Ce qui revient à pirater la France et à livrer nos secrets industriels à l'ennemi. Enfin, à la concurrence étrangère.

— Tu parles de cette entreprise bien connue pour son très fort taux de suicide ? demanda innocemment Violette.

Franck lui lança un regard noir.

— Tu le défends ! Tu ne peux pas t'en empêcher, mais il est indéfendable. Déjà que toutes les données personnelles des Français sont aux mains des compagnies américaines ! Et elles nous envoient des pirates comme Blackbeard pour nous piller encore plus.

— C'était juste une question. Je ne connais pas ce mec.

— Arrête ! Je sais que tu le cherches encore, parfois, la nuit, quand tout le monde dort. Il suffit de regarder l'historique de ton ordinateur !

— Je vois que tu utilises les mêmes sales méthodes que les méchants pirates que tu combats ! siffla-t-elle, en se reprochant rétrospectivement de lui avoir demandé de l'aide quand son PC avait planté.

— C'est vrai. Et c'est même comme ça que j'ai repéré Blackbeard : il ne s'aventure jamais sur les réseaux sociaux à une exception près : il s'est créé un faux profil Facebook juste pour suivre ce que tu publies. Mais je suis un idiot. Je n'avais pas fait le rapprochement entre l'homme qui t'espionnait et celui que tu cherchais. Merci de m'avoir mis sur la voie. Je sais maintenant qu'il ne lâchera pas. Un jour ou l'autre, il te contactera. Et ce jour-là, je le saurai. C'est lui qui m'a mené à toi, et c'est toi qui me mèneras à lui.

— Enfoiré de flic !

— Commandant Vincent Bellerose de la Sous-direction de la lutte contre la cybercriminalité. Enchanté.

Vincent Bellerose ! Elle se leva d'un bond parce qu'elle se sentait tellement roulée dans la farine qu'elle ne supportait pas de rester une minute de plus dans la même pièce que lui.

— Tu peux me parler de la face cachée de la lune ou du Web, tu peux parler des pirates qui se cachent derrière un pseudo, mais pour moi tu ne vaux pas mieux : un menteur et un tricheur.

Il la laissa partir. Elle n'irait nulle part cette nuit.

46

Mardi 29 juin 1999

Quand Joachim a prononcé le mot « avortement », j'ai eu envie de rugir et de l'assommer d'un coup de patte furieux, comme une lionne qui défendrait ses petits. Je n'avais plus de faculté humaine de raisonnement, tout en moi n'était qu'instinct animal et colère. J'ai raccroché. J'ai marché dix mètres avec de la fumée qui me sortait par le nez et les oreilles, puis je l'ai rappelé et je lui ai donné rendez-vous au Champ-de-Mars. Il m'attendait à la sortie du métro La Motte-Picquet, avec ses lunettes noires et son sourire blanc, toujours cool. J'étais détruite d'angoisse et il souriait. J'ai eu à la fois envie de le cogner et de me réfugier dans ses bras pour l'entendre dire que tout irait bien, qu'il assumerait, quoi qu'il arrive. Mais ce n'est pas ce qu'il a dit. On a discuté pendant des heures, à tourner en rond dans le parc, sans trouver de solution.

En gros, Joachim m'aime, mais pas au point de sacrifier sa jeunesse à élever des enfants qui sont probablement d'un autre. Évidemment, il ne l'a pas exprimé aussi brutalement : il m'aime, je suis la seule et unique femme de sa vie, il ne peut pas vivre sans moi et tout va s'arranger, MAIS…

Je n'ai pas envie qu'il y ait un « mais » dans son amour pour moi ! Avant aussi, il m'aimait, « mais » pas assez pour me rester fidèle ! Aujourd'hui, il m'aime, mais il n'a que vingt-trois ans et aucune envie de se voir imposer une famille qui n'est pas la sienne. Ce n'est pas son rêve, ce n'est pas pour cela qu'il est revenu me chercher. Il préfère que nous soyons libres de construire notre vie comme nous l'entendons, sans « chiards à nos basques ». Il dit que je n'ai pas le droit de lui demander ça. Je comprends, mais j'espère quand même. Oui j'espère follement, contre toute logique, qu'il inclura mes enfants dans notre avenir, qu'ils soient de lui ou pas. J'ai envie de passer le reste de ma vie avec lui, en plein soleil, de partager des jours et des années éblouissantes de bonheur, d'amour et de rire… avec mes bébés !

Face à ce qu'il appelle ma folie, Joachim me propose une solution qu'il juge raisonnable et équitable : un avortement. Je sais que d'une certaine manière il a raison. C'est l'option la plus pragmatique pour clarifier notre situation, me séparer proprement d'Aurèle et commencer officiellement notre vie au grand jour.

Seulement voilà, je n'y arrive pas. J'éprouve un besoin viscéral de garder ces bébés. À l'idée d'interrompre ma grossesse, j'ai l'impression de me faire hara-kiri. Pourtant, je suis une féministe acharnée, je bénis sainte Simone Veil et toutes nos aînées pour avoir mené le combat de l'avortement ; c'est un droit inaliénable des femmes de décider de donner la vie, ou pas. Mais je ne peux pas. Est-ce mon histoire familiale ? Le fait d'attendre des jumeaux – et peut-être même des jumelles, comme ma mère et ma tante, comme mes cousines – me bouleverse. Quel magnifique cadeau de la vie ! De manière totalement irrationnelle, je ressens qu'une IVG reviendrait à faire mourir ma mère une seconde fois.

En gros, moi aussi j'aime passionnément Joachim, MAIS... pas au point de lui sacrifier mes jumelles (ou mes jumeaux).

Joachim conçoit mon point de vue, mais il ne peut pas ressentir ce que j'éprouve dans ma chair. Si encore il était assuré d'être le père, il accepterait qu'on les garde, pour me faire plaisir. Mais élever des jumeaux, sans être certains qu'ils soient de lui, ça ressemble exactement à son idée de l'enfer.

Pourquoi a-t-il mis aussi longtemps à me retrouver ? Pourquoi n'est-il pas revenu l'année dernière ? Tout aurait été tellement plus simple ! Bien sûr, je connais la réponse. Il a attendu d'avoir terminé ses études et d'avoir un avenir à m'offrir. Et aussi que ma rancune soit calmée. Mais il déboule dans ma vie après trois ans de silence et semble oublier que j'ai eu une vie pendant ce temps, que j'ai conçu d'autres projets, dont celui d'avoir un enfant avec Aurèle. Aurèle a dit oui. Et j'ai arrêté la pilule. Comment pourrais-je décider d'avorter sans même lui demander son avis ?

Pour me convaincre d'aller dans son sens, Joachim me promet que nous ferons autant d'enfants que je veux d'ici deux ou trois ans, quand je serai interne à l'hôpital de San Francisco. Quand il parle comme ça, je vois bien qu'il est dans le rêve et pas dans la réalité. Parce que je me suis renseignée sur la possibilité de poursuivre mes études en Californie et c'est archi compliqué, pour ne pas dire impossible (là-bas, les études de médecine à proprement parler démarrent après un Bachelor général de 3 ans, ensuite il faut compter un an de procédure, une année de classe préparatoire, un examen appelé le MCAT à passer, des dossiers à remplir… pour seulement 20 % de chances d'être admise ! Sans oublier le prix de l'université environ 35 000 $ par an, alors qu'en France c'est gratuit… ou presque !). Je pense que la meilleure solution pour moi est donc de poursuivre mes études en France. Mais c'est un autre débat.

On a dû faire dix fois le tour du Champ-de-Mars, sans arriver à se mettre d'accord, ni à se séparer. Vers 21 heures, il m'a accompagnée jusqu'à la gare du Nord, où je devais aller chercher Aurèle qui arrivait par le dernier Eurostar. Devant la gare, il m'a serrée contre lui et m'a dit de ne pas m'inquiéter, que tout allait s'arranger. Il a ajouté : « Sois gentille avec toi-même ce soir, repose-toi, tu as eu une dure journée. » Puis il a disparu dans la foule, et il a commencé à me manquer. Ensuite je suis allée attendre Aurèle.

Je n'aurais jamais cru qu'un jour ma vie serait si compliquée.

Et ça ne semble pas près de s'arranger. Le lendemain, je me suis encore réveillée avec des nausées. Je me suis levée pour aller vomir dans les toilettes. J'étais encore penchée sur la lunette qu'Aurèle me demandait si j'étais enceinte. Si j'imaginais vaguement qu'il en serait heureux, je me trompais. Il n'est pas ravi du tout. Je suis tombée des nues. Lui au moins, je ne le prends pas par surprise, il m'avait donné son accord. Je me suis sentie terriblement mal, seule et rejetée comme une pauvre fille mère. J'ai commencé à pleurer en lui avouant que c'étaient des jumeaux. Je me sentais si fragile, si à bout que s'il m'avait demandé gentiment « Pourquoi tu pleures ? » je lui aurais balancé toute la vérité avec joie.

Mais il a dit « Des jumeaux ! Tu es sûre ? », l'air défait. Alors je me suis tue et le moment de vérité est passé. Je me suis mouchée, j'ai brossé mes dents et mes cheveux, je me suis passé de l'eau fraîche sur le visage, puis je suis allée chercher l'échographie et je l'ai montrée à Aurèle. Il a regardé les deux petits points blancs qui se baladent dans mon utérus, mes bébés, puis il a dit « On est un peu jeunes quand même pour des jumeaux… tu ne crois pas ? ». J'ai répondu « Non, je trouve que c'est un âge parfait » et puis j'ai recommencé à pleurer. Il m'a vaguement tapoté le dos, puis il est allé prendre son petit déjeuner. Je hais les mecs, et je hais mes hormones qui me transforment en chialeuse professionnelle.

Je me sens tellement perdue. Et je n'ose en parler à personne, ni Papa, ni Amanda, ni Sophie et je n'arrive même plus à regarder Anouk en face. J'ai peur d'être jugée aussi mal que je me juge moi-même. Je ne me confie qu'à ce vieux journal aux pages froissées qui me suit depuis mes quatorze ans.

Samedi soir, Aurèle est sorti faire la fête avec ses potes, je ne l'ai pas suivi. Pas envie de respirer la fumée de cigarette ni de boire d'alcool. Et puis j'avoue, j'avais besoin d'appeler Jo. On a discuté au téléphone une partie de la nuit et je crois que c'est une des conversations les plus tristes que nous ayons jamais eues.

Joachim a enfin admis, avec beaucoup de douleur et de difficultés, que je ne changerais pas d'avis à propos de l'avortement. Il n'en revient toujours pas, jamais il n'aurait imaginé que je prendrais une décision qui aille à l'encontre de notre amour. Selon lui, j'avais un choix à faire, lui ou mes futurs bébés, et il n'arrive pas à croire et ni à accepter que je ne l'aie pas choisi, lui. Ça le tue de chagrin. Il dit que je ne l'aime pas, que je suis en train de le quitter, en sabotant notre dernière chance d'être ensemble. Il paraissait à la fois complètement abasourdi et totalement dévasté. S'il y a bien quelque chose qu'il m'est impossible de supporter, ce sont les larmes de mon Joachim. Ça m'a tellement brisé le cœur que j'ai failli changer d'avis... mais à chaque fois que je m'imagine perdre mes bébés, j'ai l'impression de mourir aussi. Si je me fais avorter, je suis sûre que je lui en voudrai toute ma vie de m'avoir imposé ce deuil. Finalement, à bout d'argument, Joachim m'a dit qu'il avait pris une décision lui aussi : il n'élèvera pas les enfants d'Aurèle. Et là, c'est mon espoir à moi qui s'est brisé comme un miroir, me promettant une vie de malheur. Cela veut dire que si mes bébés ne sont pas de lui... il me quittera. Évidemment, quand il m'a annoncé cela, mes oreilles se sont mises à bourdonner, comme si je ne voulais pas l'entendre. Je me disais que j'étais en train de foutre en l'air mon bonheur et mon avenir avec lui. Je lui ai dit que s'il m'aimait vraiment, il devrait accepter mes enfants. Il n'est pas d'accord avec ce point de vue qu'il juge abusif.

On était pathétiques et complètement désespérés face à ce dilemme insoluble, tendus l'un vers l'autre et incapables de nous rejoindre. Notre dernière chance est que les enfants soient de lui. Si c'est le cas, tout cela n'aura été qu'un long cauchemar. Malheureusement, il faut encore attendre huit mois interminables pour connaître la réponse. Nous avons continué à parler, effarés pas la cruauté de notre destin. Joachim m'a annoncé qu'il ne resterait pas en France, à voir mon ventre s'arrondir. Il a ajouté qu'il valait mieux ne pas mettre ma relation avec Aurèle en péril, puisque le cas échéant, il sera le père de mes enfants. Il m'a fait jurer que je lui resterais fidèle le temps de ma grossesse. J'ai juré, tout en ayant l'impression de me comporter de manière ignoble avec Aurèle, comme avec Jo. Nous avons finalement décidé que Joachim passerait le mois de juillet avec moi à Paris jusqu'à la fin du stage d'Aurèle et son retour définitif en France. Ensuite, il se rendra en Espagne pour passer le mois d'août avec sa famille, puis en Californie où il restera jusqu'à la naissance des bébés. À ce moment-là, avec l'aide d'Anouk, nous demanderons un test de paternité. Notre futur à tous dépendra du résultat. J'ai du mal à croire que ce sont peut-être les derniers moments que je passe avec Joachim. Je vais profiter de chaque minute du mois qui vient, en essayant de ne pas penser plus loin que le moment présent.

Aurèle est rentré très tard. Quand il s'est réveillé, vers midi, il semblait avoir digéré ma double grossesse. Il était plus serein et s'est excusé pour sa réaction. Je l'ai laissé repartir à Londres sans lui parler de Jo.

47

Le policier dormait du sommeil du juste et elle marinait dans l'inquiétude

Allongée sur son lit, bras écartés, le regard au plafond, Violette enrageait de se sentir si bête. Quelle abominable partie de poker menteur ! Elle avait cru tromper Franck – ou devrait-elle dire Vincent – alors que c'était lui qui la manipulait depuis le début. Se faire embaucher dans le bar en bas de chez elle pour mieux l'espionner, feindre l'intérêt pour ses enfants, son métier et même son parquet, tout n'était que manœuvre de policier traquant son gibier ! Et que ce gibier soit Joachim la rendait encore plus malade !

Dire qu'elle s'était imaginé qu'il la draguait ! À cette idée, elle se recroquevilla de honte sur son lit. Étrangement, cette atteinte à sa vanité la perturbait plus encore que la révélation de Joachim devenu le pirate Blackbeard. Elle avait craint tellement pire scénario – Joachim tueur à gages, trafiquant de drogues, marchand d'armes – que le hacking lui paraissait un moindre mal. Par quelle transmutation étrange l'ancien étudiant idéaliste et passionné, le jeune pionnier informatique qui rêvait de construire un monde meilleur grâce à Internet, avait-il basculé dans ce que le Web produisait de pire ? En un flash nostalgique, elle revit le jeune homme solaire qu'elle avait aimé, son sourire irrésistible et sa confiance folle en la vie, qu'elle prenait pour de l'arrogance. Tant de talent et d'enthousiasme gâchés ! C'était cela aussi Joachim Calderon : un homme qui avait tous les as dans son jeu et qui se débrouillait quand même pour perdre la partie. Il était désormais un pirate trafiquant ses méfaits dans l'ombre, pillant des informations à des compagnies très riches pour les revendre à d'autres encore plus riches, un hors-la-loi contraint de fuir et de se cacher, la police française à ses trousses.

Elle se demanda comment il pourrait reprendre contact avec elle en sachant qu'elle était pistée par Franck/Vincent. Peut-être ne reviendrait-il jamais ? Il la planterait là, avec ses billets dans le placard, ses questions sans réponses et ce secret qu'elle n'avait jamais pu lui dire en face.

Violette colla l'oreille contre la cloison pour tenter d'identifier ce que faisait Franck. Préparait-il encore quelque noir projet ? Elle crut déceler un léger ronflement. Le policier dormait du sommeil du juste et elle marinait dans l'inquiétude. Au même instant, son téléphone vibra, la sueur coula le long de sa colonne vertébrale en un frisson glacé. Mais heureusement, c'était Cheyenne qui l'appelait en FaceTime. Sa fille avait la peau dorée par le soleil et son sourire lui sembla encore plus lumineux, ses cheveux encore plus brillants, le blanc de ses grands yeux encore plus éclatant. Cheyenne était tellement belle qu'elle en eut le souffle coupé. Elle caressa le visage aimé du bout des doigts sur l'écran et lui demanda si elle avait ouvert la cage à ses oiseaux. Cheyenne hésitait encore, elle avait listé les pour et les contre et s'inquiétait maintenant à cause du chat : allait-il se jeter sur les perruches si elle les libérait ? Violette se demanda comment faisait sa fille pour se poser autant de questions et eut envie de la serrer contre son cœur pour la rassurer. Elle aurait voulu être là pour tenir le chat, surveiller les perruches, conseiller Ulysse. Ses jumeaux lui parurent soudain vivre dans un monde parallèle, si loin d'elle… En échangeant des mots d'amour avec Cheyenne, Violette réalisa que les deux hommes, le flic et le voyou, étaient peut-être en train de les espionner. À travers l'écran, ils surveillaient ses moindres faits et gestes. Elle se sentit traquée, piégée entre le gendarme et le hacker, dans un jeu dont elle ignorait les règles.

48

Lundi 10 janvier 2000

Je suis mère depuis six jours. Mes jumeaux sont nés le 4 janvier 2000 à 13 heures, et depuis, ils ne se lâchent pas la main. Si on ne les laisse pas dans le même berceau, ils hurlent à l'injustice de toute la force de leurs petits poumons et ne se calment que quand ils sont à nouveau réunis. Alors leurs doigts minuscules et parfaits se cherchent et se rejoignent. Agrippés l'un à l'autre, ils peuvent s'endormir paisiblement. Je suis mère et, en serrant ces deux merveilles absolues contre moi, je sais que je suis enfin arrivée à bon port. Cheyenne et Ulysse. J'ai vu leurs prénoms dans mes rêves, mes bébés de l'an 2000.

Pour moi désormais, tout part d'eux, tout revient à eux. Ils sont mon début et ma fin, mes jours et mes nuits, mon soleil et ma lune. Ils sont toute ma vie. Ulysse est rond et rose, avec un minuscule duvet blond pâle et de grands yeux marine qui me fixent avec un immense sérieux. Il ressemble comme deux gouttes d'eau à Aurèle, avec exactement la même forme de visage et le même petit menton pointu. Cheyenne est née avec une grosse masse de cheveux comme une princesse indienne. Elle est aussi brune que moi et sa petite bouche en cœur me fait fondre d'amour. Je pense qu'elle aura mes yeux noisette. Papa dit qu'elle est une mini Violette, il m'a ressorti une photo de ma naissance et c'est vrai qu'elle a la même bouille que moi ! Ils sont différents et pourtant personne ne peut nier, en les voyant, qu'ils sont frère et sœur. En tout cas, pas besoin de test de paternité pour savoir qu'ils sont d'Aurèle… Et même Joachim s'en est rendu compte.

Il est arrivé à la maternité le lendemain de la naissance, caché derrière un énorme bouquet de fleurs. Comme toujours, et même allongée sur mon lit d'accouchée, en chemise de nuit sur mon corps explosé, j'ai ressenti les habituels frissons et *bang-bang* au cœur en sa présence. Cela faisait cinq mois que je ne l'avais pas vu. Il m'avait annoncé son retour à Paris, mais je n'y croyais pas trop. J'avais une sorte de pressentiment affreux qu'il allait disparaître comme la dernière fois et que je n'aurais plus de ses nouvelles pendant trois ans ! Mais il est venu, et en le voyant au centre la pièce, solaire et solitaire au milieu d'Aurèle, d'Amanda et des parents d'Aurèle, j'ai pensé qu'il m'offrait la plus belle des preuves d'amour.

J'avais Ulysse dans les bras. Il s'est penché et s'est débrouillé pour m'embrasser sur les lèvres, planqué derrière les fleurs. Puis il a contemplé le bébé et il a déclaré qu'Aurèle avait fait du beau boulot. Nos regards se sont croisés et je sais qu'on a pensé à la même chose, comme si notre avenir commun venait de se briser en mille morceaux sur le lino de la chambre d'hôpital. Il y avait tant de tristesse dans ses yeux que j'ai ressenti une angoisse terrible. Aurèle, qui tenait Cheyenne contre lui, l'a remercié avec enthousiasme et lui a proposé d'aller boire un verre tranquillement entre potes un de ces jours. C'était terrifiant. Joachim est ressorti de la chambre sans répondre en prétendant qu'il allait confier les fleurs à une infirmière. Évidemment, il n'est pas revenu !

Depuis, il m'a appelée plusieurs fois, mais ce n'était jamais le bon moment. Ma vie en ce moment c'est couches, bains, tétées, rot, dodo, on recommence, et on multiplie le tout par deux ! C'est un travail à la chaîne qui dure jour et nuit. Aurèle m'aide comme il peut, Amanda vient tous les jours après les cours et j'avoue qu'elle m'est d'un immense soutien. Dupuy, qui comme promis m'a suivie pendant toute ma grossesse, m'avait prévenue : il appelle les mères de jumeaux les « super mamans » car elles se débrouillent pour avoir quatre bras alors qu'elles n'en ont que deux. Pour les tétées, j'en ai un à chaque sein. Pour l'instant ça va, ils sont tout légers (2 kg 700 et 48 cm pour Cheyenne, pour 2 kg 300 et 46 cm pour Ulysse), mais après je pense qu'il faudra prendre une nounou. Surtout si je veux réussir mon année. Je rappellerai Jo dès que j'aurais pris ma douche. J'ai besoin de me sentir un peu fraîche…

Raté ! J'entends un petit vagissement qui va rapidement se transformer en sirène d'alarme si je n'interviens pas rapidement. Salut !

49

Ce n'est pas le seul idéaliste à basculer du côté obscur de la force

— Alors ! Que t'a raconté Miguel Cardoza ? demanda Franck quand ils furent installés dans l'avion qui les ramenait à Paris.

Violette avait ruminé ses énervements et ses angoisses toute la nuit et s'était finalement endormie à l'heure où le soleil se levait. Elle espérait que son bronzage dû à leur balade à Cala Tavallera pourrait camoufler sa mine de zombie. Le commandant Vincent Bellerose affichait quant à lui un teint frais et un sourire engageant quand elle l'avait retrouvé à l'accueil, mais n'avait pas eu envie de lui rendre la pareille. La proie sourit-elle au chat qui se lèche les babines ? Il l'avait laissée somnoler tranquille pendant le trajet en voiture et elle avait naïvement cru que ça durerait jusqu'à Paris.

— Qui ça ? demanda-t-elle, en attachant sa ceinture, en une imitation réussie de la désinvolture.

Après tout, c'était Franck qui lui rappelait le nom de famille de Miguel. Il retint un soupir d'exaspération.

— Je suppose que tu as retrouvé le tonton que tu recherchais. Il t'a donné des infos concernant Blackbeard ? Il sait où il est ?

— Non. En fait je n'ai pas trouvé l'oncle de Georges.

— Et le message que tu m'as laissé, pour me dire de partir à ta recherche si tu ne revenais pas avant minuit ?

— Je me suis fait brancher par un gros lourd qui m'a fait flipper, mais j'ai réussi à m'en débarrasser.

Celui qu'elle continuait à appeler Franck plaqua ses mains jointes sur sa bouche comme pour se calmer. Elle se rendit compte qu'elle avait peur de lui.

— Je sais que tu es montée dans une voiture noire de type berline pour aller le retrouver. Tu sais que c'est une chose de mentir à Franck ton pote barman et une autre de dissimuler la vérité à un commandant de la SDLC ?

— Pourquoi tu me poses la question si tu m'as suivie ?

Il grimaça.

— J'avoue que vous m'avez largué. J'ai perdu votre trace.

Elle en éprouva un immense sentiment de satisfaction qu'elle s'efforça de dissimuler en regardant par le hublot. Le soleil s'amusait à cogner sur l'aile étincelante de l'avion, la faisant cligner des yeux. Il tendit le bras, abaissa le store d'un claquement sec.

Le soleil avait foncé sa peau à tel point qu'on ne distinguait presque plus ses tatouages.

— Écoute, on va jouer à un petit jeu. Je te donne une information, et tu m'en donnes une en échange. OK ?

— Ce sont des vrais tes tatouages ? demanda-t-elle à brûle-pourpoint.

Il sursauta.

— Bien sûr ! Pourquoi tu me demandes ça ?

— Je pensais que ça faisait partie de ton déguisement de barman.

— T'es complètement folle ! Ou alors tu imagines que tu vas détourner mon attention avec tes conneries ?

Il y avait peut-être un peu de ça, mais pour Violette, la disparition des symboles bleus coïncidait avec celle du barman bienveillant. Elle n'aimait décidément pas le flic aux manières brutales qui l'avait remplacé.

— Blackbeard a quitté les États-Unis et il est en France, reprit-il. À ton tour.

— J'aimerais bien t'aider, mais je ne connais personne du nom de Blackbeard.

Il secoua la tête.

— Bon… je vais faire semblant de croire que c'est un début de collaboration et t'en apprendre un peu plus sur ce pseudonyme. Calderon se fait appeler Blackbeard parce qu'il porte une longue barbe noire qu'il ne rase jamais. On raconte qu'il vit seul, comme un ermite, enfermé dans un sous-sol plein d'ordinateurs que personne n'a réussi à localiser.

Violette réfléchit longuement à ce qu'il venait de dire. Pour gagner du temps, elle appela l'hôtesse de l'air pour lui demander un verre d'eau fraîche et attendit qu'elle revienne sans prononcer un mot.

— Je ne pense pas que nous recherchions la même personne, déclara-t-elle enfin. L'homme que je connais est incapable de vivre comme tu le décris. C'est impossible. Je crois que tu te trompes depuis le début.

— Parle-moi de l'homme que tu connais, demanda-t-il doucement.

— C'est quelqu'un de très joyeux qui aime passionnément la vie et tout ce qu'elle peut offrir. Il aime discuter, danser, boire, conduire vite, faire du surf. C'est un idéaliste qui déteste l'injustice et qui veut changer le monde pour le rendre meilleur, un garçon adorable qui prend soin de ceux qu'il aime…

Sa gorge se serra et elle toussa pour reprendre contenance.

— Tu vois, on ne parle pas de la même personne, déclara-t-elle d'une voix plus ferme.

Une onde d'exaspération traversa le regard du commandant et son sourire se désintégra.

— Tu as raison. L'homme que tu as connu n'existe plus. Le jeune et rêveur Calderon est mort. Il a laissé la place à Blackbeard, un pirate sans autre morale que celle de l'argent. Après tout, ce n'est pas le seul idéaliste à avoir basculé du côté obscur de la force. Et je vais l'arrêter. À toi de me donner une info.

— Je n'ai plus envie de jouer.

Il n'y avait plus aucune trace de leur complicité ancienne dans l'attitude de l'ex Franck. Violette devait admettre que c'était déstabilisant, et même plutôt vexant. Elle rabattit sa tablette et la frotta lentement avec la lingette rafraîchissante parfumée au citron que l'hôtesse lui avait apportée avec son verre d'eau. Puis elle se tourna vers Vincent Bellerose.

— Si c'est un interrogatoire, c'est illégal. Je ne suis pas obligée de répondre à tes questions. Je ne comprends rien à ce que tu me racontes, je n'ai rien à voir avec les pirates, les hackers… je suis ophtalmologue. Si tu as des problèmes de vue, je consulte tous les jours aux Quinze-Vingts. Sinon fous-moi la paix.

Elle ferma les yeux, certaine qu'il allait s'énerver et lui passer les menottes devant tous les passagers. Mais il n'en fit rien. À la place, il serra si fort les mâchoires qu'elle entendit grincer ses dents.

— Je vais te donner une dernière info : Calderon a un tueur à gages au cul. Je ne sais pas où il est allé fourrer son nez mais ça doit être suffisamment dérangeant pour qu'on veuille le faire disparaître. C'est pour ça qu'il a fui la Californie. Malheureusement pour lui, le tueur l'a suivi en France et il ne le lâchera pas. Alors tu devrais vraiment réfléchir au lieu de persister à refuser de collaborer. Parce qu'il risque moins sa peau avec la police française que face à un sniper.

50

Mercredi 26 janvier 2000

Depuis plusieurs jours, Anouk me noie sous les textos pour me dire que nous devons absolument nous voir. Elle a tellement insisté que j'ai fini par lui répondre et je l'ai retrouvée aujourd'hui au Cristal, le café qui se trouve juste en bas de l'appart. J'avais demandé à Amanda de garder les jumeaux une petite heure en sortant des cours vers 17 heures. Elle est en troisième dans ce cher lycée Buffon donc elle n'a que le boulevard Pasteur à descendre pour arriver chez moi. Je stressais un peu de laisser les bébés seuls avec elle. Mais elle assure comme une petite maman, malgré ses quatorze ans.

Quand je suis descendue, Anouk était déjà attablée à l'intérieur, elle m'a vue à travers la vitre et m'a adressé un sourire figé qui n'annonçait rien de bon. Je l'ai rejointe et j'ai commandé un chocolat chaud. Anouk a posé devant moi une grande enveloppe en papier kraft en disant qu'elle avait longuement hésité à me la remettre, mais que j'avais « le droit de connaître la vérité ». C'était les résultats du test ADN. Je ne lui en avais pas reparlé puisque la paternité d'Aurèle ne fait aucun doute pour moi, mais Anouk n'avait pas oublié la promesse qu'elle m'avait faite il y a sept mois. Elle a fait des prélèvements de salive dans la bouche de chacun de mes bébés et les a envoyés à un labo suisse avec les cheveux et les ongles de Joachim.

J'ai ouvert l'enveloppe, j'ai consulté les résultats et je n'ai rien capté. « Superfécondation hétéro-parentale » a prononcé Anouk. J'ai cru que c'était une formule magique à la Mary Poppins, genre « superfecondibus » ! Un truc pour me dire « Bravo, c'est super fécond d'avoir des jumeaux », et j'ai bu une gorgée de chocolat chaud, avec de la crème chantilly. C'est une très bonne boisson réconfortante. Je la conseille.

Anouk a pris une voix très douce pour m'expliquer qu'une femme pouvait ovuler plusieurs fois au cours du même cycle. Quand elle produit deux ovules, ils peuvent être fécondés par des spermatozoïdes différents. Elle a marqué une pause et a bu son coca light d'un trait. Je lui ai dit que jusque-là j'arrivais à suivre, je savais quand même comment se fabriquaient les jumeaux. « Ce n'est pas toujours aussi simple », a-t-elle articulé. Je lui ai dit « alors accouche ! », ce qui m'a semblé être la formule de circonstance.

« Parfois, les spermatozoïdes fécondants peuvent provenir de relations sexuelles différentes, qui ont eu lieu dans un laps de temps très rapproché, moins de 48 heures. Par exemple quand des partenaires ont des relations deux soirs de suite. Les biologistes parlent alors de "superfécondation". » J'ai pris une nouvelle gorgée de chocolat pour empêcher mes oreilles de bourdonner et je me suis forcée à poser toute mon attention sur la voix toujours plus douce d'Anouk. « Il arrive aussi, mais c'est assez rare, a-t-elle continué, que les spermatozoïdes fécondants appartiennent à deux partenaires différents… On dit alors qu'il s'agit d'une superfécondation hétéro-parentale. » Et elle s'est tue, comme si tout était clair. Je n'avais rien compris. Malgré mes efforts, la fin de son discours s'était perdue dans le brouillard. J'ai remarqué que je développe ce phénomène dans les moments de grand stress. Une brume de sécurité. J'ai les oreilles qui bourdonnent, comme ça je n'entends plus. Je dois me brancher sur une fréquence qui brouille mes ondes de compréhension. Les choses, les voix me parviennent de très loin, je comprends à peine ce qui se passe.

J'ai bu la fin de mon chocolat, plus si réconfortant que ça finalement, ça m'a aidée à revenir à moi. J'ai demandé à Anouk de me traduire son charabia en français. Pour la première fois, je comprenais combien les patients pouvaient se sentir exaspérés et démunis en nous écoutant pontifier dans notre jargon médical. Anouk m'a donc expliqué que ce mois-là, j'avais produit deux œufs qui avaient été fécondés par deux hommes et c'est pourquoi mes jumeaux avaient deux pères différents. L'ADN de Cheyenne révélait quelle était la fille de Joachim, alors que celui de Ulysse ne lui correspondait pas.

Cette fois, j'avais entendu. Mais je ne comprenais toujours pas très bien ce qui m'arrivait. J'avais impression qu'une avalanche m'était tombée dessus et j'étais gelée. Je me suis raclé la gorge et j'ai demandé en grelottant si le labo où elle avait effectué le test était sérieux. J'ai senti qu'elle était un peu vexée que je mette en doute son professionnalisme et elle m'a vanté la qualité suisse de l'institut.

« Alors ? Qu'est-ce que tu vas faire maintenant ? » a demandé Anouk.

Je l'ai regardée de travers et je me suis demandé ce qui avait bien pu passer par la tête de cette fille pour qu'elle ose aller farfouiller dans la bouche de mes bébés et prélever leur salive sans ma permission. Elle m'a caressé la main, comme pour me réconforter : « Tu accepterais que j'en parle à Dupuy ? C'est un cas d'école ! Je suis sûre qu'il serait super intéressé ! »

Elle avait les joues rouges et le regard brillant, comme si elle était sexuellement excitée. Quand elle m'a demandé, l'air illuminé, à combien d'heures… ou de minutes d'intervalle, j'avais couché avec les deux hommes… j'ai compris que cette histoire l'avait fait basculer de l'autre côté de la raison. Je me suis levée sans ajouter un mot, j'ai pris l'enveloppe et je suis rentrée chez moi.

51

Un chasseur à l'affût, avec le fusil braqué sur sa proie

Comme chaque fois qu'elle rentrait de voyage, Violette s'assit avec soulagement sur ses toilettes. En bonne maniaque des microbes, elle détestait poser son derrière sur une lunette inconnue et, par conséquent, urinait à moitié debout dès qu'elle était hors de chez elle. Il faisait presque nuit et l'appartement sentait encore le parquet verni ; elle ouvrit en grand les fenêtres, faisant aussitôt entrer dans son salon le vacarme familier des soirs d'été sur les grands boulevards. En bas, la terrasse du Broadway affichait fièrement sa guirlande de lampions et ses palmiers maigrichons. Une vague odeur de chicha lui caressa les narines. Demain, elle ne verrait pas Franck, calme, souriant et musclé, derrière le bar. Franck n'existait pas et elle en était bêtement attristée, comme d'avoir perdu un ami. L'homme qui savait l'écouter et préparer des cocktails comme personne était un personnage de fiction, inventé de toutes pièces pour la mettre en confiance. Celui qui avait joué son rôle, le policier, lui avait confié qu'il était désormais libéré de cette corvée. Derrière le masque sympathique du barman, se cachait Vincent Bellerose, un homme froid et dépourvu de sentiments ; un chasseur à l'affût, avec le fusil braqué sur sa proie. Il y avait quelque chose de terrifiant à réaliser à quel point il l'avait leurrée.

Elle traversa l'appartement pour se servir à boire dans la cuisine, balayant les pièces vides d'un regard suspicieux. Il y avait une vibration dans l'air, comme une présence. Quelqu'un était là et l'épiait, tapi derrière une porte, elle en était certaine. Violette ouvrit brusquement le placard à balais. Dieu merci, il n'y avait personne dedans. Sentant poindre un début de panique, elle alluma toutes les lumières, histoire de chasser les démons et entreprit de fouiller l'appartement, inspectant les recoins sombres, l'armoire de l'entrée et celles des chambres de ses enfants. Elle pénétra dans sa chambre le cœur battant, s'arma de courage et ouvrit la porte du dressing pour y trouver ses vêtements pendus sur leurs cintres et les caisses en cartons de Joachim qui dormaient toujours derrière les boîtes à chaussures. Violette s'allongea sur le tapis pour s'assurer que personne ne se cachait sous son lit. Elle devait se rendre à l'évidence : son petit voyage l'avait rendue paranoïaque, tendance productrice de scénarios lugubres. Elle aurait donné sa collection de souliers avec joie pour entendre Cheyenne s'extasier devant des vidéos d'animaux, Ulysse hurler des insanités, pour voir le chat se rouler en boule sur son lit et les perruches se balancer dans leur volière. Elle voulait qu'on lui rende sa vie. Mais ses ados étaient loin. Ce soir, Aurèle les emmenait dîner à Saint-Tropez et il avait même promis de les faire entrer au VIP Room. Elle avait une envie de les voir à s'en faire péter le cœur. Elle tenta de les joindre mais ils devaient être très occupés à vivre leur nuit tropézienne, les téléphones sonnèrent dans le vide. Alors elle appela Amanda.

Sa sœur détestait rester chez elle le dimanche soir. Elle décrocha dans un brouhaha de rires, de musique, de tintements de verres et Violette n'eut pas le cœur de lui demander de passer.

— Alors ! Qu'est-ce que ça a donné avec ton beau gosse ?

Une dizaine de réponses lui vinrent à l'esprit, mais curieusement aucune qu'elle aurait pu donner à sa sœur. Violette se racla longuement la gorge, cherchant les mots qui pourraient lui donner une information plausible sans l'inquiéter.

— Qu'est-ce qui s'est passé ? Tu as eu des problèmes ? demanda Amanda, ses antennes de détection à emmerdes déployées au maximum.

Violette hésita. Ayant volontairement décidé de ne rien dire à sa sœur, tant pour la protéger que pour respecter la parole donnée à Joachim, elle prit la décision de continuer à se taire. Pourtant, elle aurait eu grandement besoin de l'esprit d'analyse et du soutien de sa sœur.

— Rien de particulier. Ça m'a fait bizarre d'aller en Espagne, c'est tout. Tu sais qu'il y allait tous les étés…

— J'y crois pas ! Ne me dis pas que tu penses encore à cette vieille histoire ! Tu viens nous rejoindre ? Ça te changera les idées !

Une boîte de nuit était l'avant-dernier endroit où elle avait envie d'aller, le dernier étant son propre appartement. C'est ainsi que Violette se retrouva propulsée entre les murs dorés du Silencio, le club préféré d'Amanda, les tympans assourdis par le beat compulsif d'une musique électronique, un cocktail nommé Woody Allen à la main. Compressée entre deux copines d'Amanda aux lèvres rouge cerise prénommées Bettina et Doria, elle tentait de répondre aux questions d'un trentenaire barbu persuadé de souffrir d'un soudain cancer de l'œil droit. Tout ce qu'elle détecta chez lui fut un léger strabisme divergent et une tendance certaine à l'hypocondrie. Il hocha la tête en se demandant s'il pouvait réellement se sentir rassuré par son diagnostic. Elle rentra chez elle vers 3 heures du matin, ses terreurs devenues floues grâce au talent de son nouvel ami Woody, et s'enfonça dans un sommeil éthylique sans avoir eu le temps de se déshabiller.

Quelques minutes plus tard, une bombe explosa devant sa porte. Du moins, c'est l'impression qu'elle en eut lorsqu'elle tomba de son lit, le cœur en tachycardie et les cheveux dynamités. Sur la table de nuit, son téléphone indiquait 6 heures du matin. Violette se traîna jusqu'à la porte d'entrée derrière laquelle quelqu'un frappait à coups massifs et répétés.

— Police ! Ouvrez ! Nous avons un mandat de perquisition.

52

Jeudi 27 janvier 2000

Je termine vite fait ce que j'étais en train de raconter hier. Je ne sais pas comment j'ai réussi à rentrer à l'appart après avoir quitté Anouk. Par un prodige incompréhensible les bébés dormaient profondément et Amanda faisait ses devoirs. Ma sœurette m'a regardée avec inquiétude parce que, selon elle, j'étais blême comme un Actimel. Elle m'a préparé un thé et m'a forcée à m'étendre un instant. J'aimerais bien me raconter que j'étais aussi responsable qu'Amanda au même âge, mais je ne crois pas. Ma petite sœur appréhende les choses avec une maturité que je n'ai jamais eue. Je crois me souvenir qu'à quatorze ans, je passais mon temps à faire la gueule et à tout trouver nul. Amanda s'intéresse à ma vie et maintenant à celle de mes enfants avec une implication qui me tire les larmes. Tout ça pour dire que je me suis allongée sur le canapé et je lui ai tout déballé, y compris le dégoût de moi-même qui m'a saisi en quittant Anouk. En marchant vers l'appartement, j'avais l'impression d'avoir subi une sorte de punition cosmique en réponse à mon comportement injuste envers ces deux hommes. En conséquence de quoi j'étais devenue un cas médical, un monstre de foire, une anomalie de la nature. À ma décharge, j'étais sous le choc et j'avais vraiment besoin de partager cette nouvelle hallucinante. Toute de suite après, en contemplant son visage innocent devenir tout pâle et ses yeux se remplir de larmes, je m'en suis voulu. Mais ce petit bout de bonne femme à peine pubère m'a pris contre elle et m'a serrée dans ses bras en me priant d'arrêter de dire des conneries aussi cosmiquement débiles, et ça m'a puissamment réconforté. J'ai senti tout son amour et sa solidité dans ce seul câlin. Ma petite sœur est une femme forte.

— Tu vas leur dire la vérité ? m'a-t-elle demandé.

Et j'ai répondu qu'effectivement, à ce stade ça me paraissait être la seule option possible. Même si je n'avais pas encore le quart du début d'une idée de la manière dont j'allais le faire. Tout à coup, les bébés se sont réveillés en pleurant avec leur synchronisme habituel et rien n'a été plus important que les calmer, les nourrir et tout et tout. Quand ils ont été repus, débarbouillés et changés, Amanda m'en a calé un dans chaque bras, j'ai contemplé mes deux amours et j'ai vécu un moment de grâce absolue. « On dirait une déesse de la maternité » a dit Amanda. Elle a ajouté qu'elle m'interdisait de m'angoisser et me lamenter, parce que ce qui m'arrivait était merveilleux. J'étais bénie par la vie et j'avais accompli un miracle. Un miracle de l'amour. Évidemment c'était à peu près aussi cosmiquement débile que ce que j'avais dit tout à l'heure, mais je préfère considérer les choses sous l'angle du miracle plutôt que celui de l'anomalie. La vie est une question de point de vue finalement.

J'ai admiré le visage rond, le petit menton volontaire de Ulysse, puis je me suis émerveillée devant le teint doré, les cheveux sombres et la bouche gourmande de ma petite poupée et il m'a semblé y découvrir le sourire de Joachim. Mon cœur s'est gonflé d'une joie surréelle, jusqu'à éclater et la situation m'est apparue dans toute sa clarté. Cheyenne est la fille de Joachim, ce qui veut dire que désormais tout est possible pour nous. Quand Aurèle est rentré du boulot, je me suis entendue lui annoncer que j'inviterais Joachim à dîner vendredi, il a trouvé que c'était une bonne idée.

J'ai appelé Jo aujourd'hui pour lui dire de venir dîner à l'appart demain à 20 h 30. Il a répondu OK et j'ai dû raccrocher car Ulysse avait régurgité son lait sur son pyjama propre.

53

La photo tomba sur le sol dans un tournoiement de plumes

Devant la porte se tenait Vincent Bellerose, le visage fermé. Elle remarqua qu'il était armé sous son blouson de toile. Un officier de police subalterne brandit un document administratif sous ses yeux. Elle s'en empara, encore légèrement titubante, et l'examina avec l'espoir d'y découvrir une supercherie. Mais il s'agissait bien d'un mandat de perquisition en bonne et due forme. Violette, défaite, le rendit au policier. Bellerose pénétra dans l'appartement d'un pas conquérant.

— Fouillez-moi tout ça ! Retournez l'appart s'il le faut mais je ne repartirai pas d'ici sans une piste qui nous mène à Blackbeard !

À ce signal, deux policiers piétinèrent son entrée au pas de course. Il y en avait donc un qui était resté caché derrière la porte. Combien d'autres encore ? Y en avait-il dans les escaliers ? Dans la cour ? Et qu'allaient penser les voisins ? Terrorisée, Violette tenta de les retenir.

— Attention au parquet ! Je viens juste de le vernir, ça va vous coller aux rangers ! Vous ne voulez pas repasser la semaine prochaine ?

— T'inquiète pas pour ton vernis, il est sec. En revanche, je me demande si tu n'as pas un problème avec l'alcool… t'as une de ces haleines ! balança le commandant.

Elle recula, horrifiée d'entendre la bouche de son ami Franck proférer de telles méchancetés.

— En fait, elle a raison, laissez tomber le salon pour l'instant. Commencez directement par sa chambre.

Violette les suivit, en pleine crise de panique.

— Attendez ! Je n'ai pas fait mon lit ! Ça ne se fait pas de débarquer chez les gens en pleine nuit. Je vais appeler mon avocat, il vous mettra en prison. C'est de l'abus de pouvoir, du viol d'intimité !

Elle disait n'importe quoi, tout ce qui lui passait par la tête pour freiner leur avancée, n'osant imaginer ce qui risquait de lui arriver quand il découvrirait les cinq millions d'euros dans les cartons. Pourrait-elle dire qu'ils lui appartenaient ? Comment justifier posséder une telle fortune chez elle ?

— Je connais des gens très haut placés je vous préviens ! Je vais alerter le ministre de la Santé ! Vous allez vous en mordre les doigts ! cria-t-elle alors qu'un des policiers vidait le contenu de sa table de nuit sur le sol.

L'autre soulevait son matelas d'une main, faisant valser sans précaution la couette et les oreillers sur lesquels elle dormait encore douillettement dix minutes plus tôt. Vincent Bellerose contemplait la scène sans bouger, bras croisés, jambes légèrement écartées.

— Regardez partout, sous le lit, sous les draps.

Elle vit avec horreur un homme éventrer sa couette d'un coup de couteau. Aussitôt des milliers de plumettes se mirent à voler dans la pièce, provoquant une tempête blanche et duveteuse. Violette se félicita *in petto* de l'absence de Cheyenne. Sa fille aurait vraisemblablement été atterrée en constatant qu'elle dormait sous le duvet de dizaines d'oies et de canards martyrisés alors qu'une couette synthétique tenait tout aussi chaud. C'est un signe pour que j'en change, se dit-elle absurdement. Elle se demanda comment elle pouvait penser à sa literie alors qu'elle risquait de passer les années qui venaient en prison pour recel d'argent sale, voire de complicité avec un traître à la patrie.

— Rien à signaler par ici, commandant, déclara le policier en éternuant abondamment.

— Videz la commode, ordonna Bellerose.

— Je peux au moins m'habiller ? Porter une tenue décente ? demanda Violette.

Son plan le plus immédiat consistait à s'enfermer dans son dressing et soutenir le siège le plus longtemps possible.

— Non. Tu ne bouges surtout pas. Tu ne touches à rien, tu ne déplaces rien et tu nous laisses faire.

Elle les regarda, impuissante, vider les tiroirs de sa commode en se demandant ce qu'il y avait de plus humiliant que de voir des hommes en armes fourrager dans ses soutiens-gorge, ses petites culottes et ses pyjamas. Bellerose décrocha le portrait géant de ses enfants à l'âge de six ans qui ornait le mur au-dessus de son lit et déclipsa le cadre pour vérifier si un document quelconque n'était pas caché derrière. Elle serra les dents pour ne pas se mettre à pleurer lorsque la photo tomba sur le sol dans un tournoiement de plumes.

— N'oubliez pas de démonter les tiroirs. Il peut y avoir des doubles fonds.

— Je vous préviens que vous devrez tout me rembourser ! Tout ! Vous entendez ! Jusqu'au moindre centime. Vous n'avez pas le droit de saccager la vie des gens comme ça. Vous me le paierez !

— Ne t'inquiète pas pour ça... On est très généreux avec les malfaiteurs. On leur laisse leurs yeux pour pleurer. Tiens qu'est-ce que c'est que cette porte ? demanda-t-il en se dirigeant vers le fond de la pièce. Ooooh, un dressing !

Violette était déjà en train d'organiser la vie des jumeaux quand elle serait en prison, incapable de veiller sur eux et de subvenir à leurs besoins, ayant lamentablement échoué à tenir son rôle de mère. Ils iraient vivre chez Aurèle dans le VIIe, mais seraient sans doute contraints de changer de lycée. Elle chargerait Amanda de veiller sur eux. Sa sœur devrait les voir chaque semaine et la tenir au rapport minute par minute. Pauvre Amanda qui avait bien d'autres choses à faire que de prendre ses neveux en charge, en particulier songer à faire ses propres enfants. Peut-être demanderait-elle à son père de rentrer à Paris. Violette imagina Cheyenne, son âme sensible, son écorchée vive, perdue loin d'elle. Et Ulysse, son petit bonhomme, sa machine à câlins, cachant son cœur pur et ses complexes sous des litanies de gros mots. Aurèle saurait-il les guider, suivre leurs études et leurs devoirs, surveiller discrètement l'alimentation de Ulysse, empêcher Cheyenne de passer trop de temps à regarder ses vidéos traumatisantes ? Elle se demanda ce qui lui avait pris, quelle folie lui était passée par la tête, quand elle avait ouvert sa porte à Joachim, faisant entrer le malheur et la désolation dans sa maison et dans sa vie. Pourquoi avait-elle accepté de garder ses cartons ? Elle devait être complètement perturbée pour ne pas avoir pensé à la sécurité de ses enfants. Ses expériences passées ne lui avaient donc pas servi de leçon ?

— Rien dans les tiroirs, chef !

— Venez plutôt par ici les gars…

Bellerose ressemblait à un chien de chasse à l'affût. Le corps en tension, les pupilles dilatées, les narines humant la proie toute proche. Un peu plus et il se mettait à japper. Il se dirigea directement vers les boîtes à chaussures bien alignées et se mit à les ouvrir une par une.

— Aidez-moi !

Les deux balèzes rappliquèrent ventre à terre. Bientôt, ils ne prirent même plus la peine de soulever les couvercles, mais firent valdinguer les boîtes à coups de pied et de poing.

— Putain, mais qu'est-ce qu'elle a comme pompes !

— Y a d'autres cartons derrière, chef !

— Ouvrez-les bordel !

Bellerose trépignait, Violette défaillait. Elle, qui avait farouchement tourné le dos à Dieu depuis la mort de sa mère, se mit à faire ses prières, et même en hébreu. Le policier souleva un des cartons de Joachim aussi facilement que s'il était rempli de duvet.

— Encore des boîtes à chaussures, chef.

— Défonce-moi ces putains de boîtes.

— Il n'y a encore que des godasses, chef. Des putains de paires de godasses !

— À mon avis c'est une fétichiste de la grolle, chef, conclut finement le second sbire.

Violette ne pouvait croire à ce qu'elle voyait. Les gars déballaient les cartons qui avaient contenu les billets et en retiraient des chaussures. Il y avait des merveilles. Des escarpins à semelles rouges, des sandales délicates, des salomés, des bottines plates, des boots à talons, des bottes de motard, des baskets… « On dirait que tu aimes toujours les pompes », avait dit Joachim. Il lui en avait acheté par dizaines. Il avait pénétré dans son appartement par effraction pour reprendre les billets. Quand ? Comment ? En tout cas, il lui avait évité la prison. Très lentement, pas à pas, Violette recula pour s'appuyer contre le mur. Elle n'avait jamais eu aussi peur de sa vie. Quand elle avait vu surgir les chaussures, elle avait manqué s'évanouir de soulagement. Au même moment, Bellerose se tourna vers elle et lui jeta un long regard méfiant.

— C'est louche, elles sont toutes neuves. Tu ne les as jamais portées ?

— Je suis collectionneuse. C'est interdit ?

— Tu as gardé les tickets de caisse ?

— Non.

Le commandant était à l'arrêt. Quelque chose ne collait pas dans cette histoire, il était prêt à le parier. Violette pouvait presque l'entendre penser. Le chien de chasse n'était pas content. Il grognait.

— Louboutin, Jimmy Choo, Patricia Blanchet, Saint-Laurent… Il y en a pour une fortune, docteur Abravanel.

— Je fais ce que je veux de mon argent.

— Fouillez le reste de la maison ! hurla Vincent Bellerose.

Il donna une série de coups de pied furieux dans les boîtes.

— Putain de bordel de merde ! J'y étais presque ! Je sens qu'on y était presque.

En tout cas, deux heures plus tard, ils y étaient encore. Dans l'intervalle, Violette s'était tellement détendue qu'elle s'était autorisée à aller dans sa salle de bains pour se laver les mains, se démaquiller, se recoiffer, se brosser les dents, en regardant tranquillement les policiers mettre sa salle de bains à sac. Certes c'était affligeant, et dégueulasse, et injuste. Mais plus rien ne paraissait grave après la gigantesque trouille qu'elle avait eue. À peine si elle leur demanda de faire attention aux affaires dans les chambres de ses enfants. Apparemment le cœur des casseurs n'y était plus et les dégâts furent assez minimes. Ensuite elle alla même se faire un thé dans la cuisine.

— Faites attention à vous, madame Abravanel, quand je vais vous convoquer pour un interrogatoire, vous serez obligée de parler. Refus de collaborer, obstruction à l'enquête en cours, vous risquez de gros ennuis. Je ne sais pas si vos enfants seront ravis d'avoir une mère derrière les barreaux.

— Parlez toujours, commandant, je ne comprends pas un mot à ce que vous me dites. C'est vous qui commettez une grossière erreur. Je n'ai rien à voir avec votre affaire.

À la fin de la matinée, vaincu, le commandant Bellerose ordonna le retrait de ses troupes. Pour tout butin, ils emportaient l'ordinateur et le smartphone de Violette, dans lesquels ils ne trouveraient rien. Elle y avait veillé.

54

Samedi 29 janvier 2000

Sur le moment, j'ai vraiment pensé qu'organiser ce dîner, hier soir, à la maison était la chose à faire. D'un point de vue pratique, où pouvais-je réunir Aurèle et Joachim sans abandonner les bébés pour la soirée ? Ils ont quinze jours à peine et je ne peux pas les laisser pour toute une soirée, même à Amanda. Et puis, avec le recul : je rêvais de voir Joachim pleurer de joie, Cheyenne dans ses bras.

Pour la première fois depuis quinze jours, je me suis coiffée et maquillée, j'ai mis une minijupe d'avant ma grossesse… Dans laquelle je suis rentrée (même si je la porte un petit peu au-dessous du ventre et que j'ai un besoin urgent de faire des abdos). J'ai acheté un poulet rôti, des chips, une salade verte et du vin. Et Aurèle le dessert… mais encore aurait-il fallu tenir jusque-là ! J'étais nerveuse, je me demandais si la soirée n'allait pas virer à la baston et j'ai même envisagé un instant de tout annuler. Puis je me suis souvenue de Françoise Dolto qui dit que les secrets de famille font des névrosés et qu'un enfant a toujours l'intuition de son histoire. Et j'ai pensé à la Bible et à la malédiction des fils qui portent la faute de leurs pères pendant sept générations… et je me suis préparée à parler.

Joachim est arrivé en retard, comme s'il avait hésité à venir. Il avait apporté une bouteille de champagne et la tenait à la main avec l'air de ne pas savoir qu'en faire. Il se tenait planté sur le seuil de la porte. J'ai dû insister pour qu'il entre ; si je ne l'avais pas pris par la main, je pense qu'il était prêt à passer la soirée sur le palier. Il a fait un pas à l'intérieur. Il a pilé net en découvrant Aurèle assis dans le salon. J'ai réalisé qu'il ne s'attendait sans doute pas à sa présence. Ses doigts ont tremblé dans les miens et j'ai vu ce qu'il voyait : l'appartement d'un jeune couple avec ses deux bébés, dans leur quotidien. Mais quelle conne ! Quelle énorme erreur. Quelle douleur pour lui. Et pour moi. Mon cœur saignait en le regardant, mais je devais absolument aller jusqu'au bout. Sans lui lâcher la main, je l'ai doucement attiré vers le salon. Aurèle était assis au fond du canapé, avec le sourire heureux du jeune père fier de sa petite famille. Dans quelques minutes, ce sourire allait se désintégrer. J'ai failli perdre courage, mais j'ai respiré un grand coup, j'ai pris la bouteille des mains de Joachim et j'ai balbutié que ça tombait bien qu'il ait apporté du champagne parce que j'avais quelque chose d'important à annoncer. « Non ! Moi d'abord ! » a braillé Jo. Aurèle lui a demandé de baisser d'un ton, car on avait eu du mal à endormir les bébés. J'ai proposé à Jo d'enlever sa veste et de s'asseoir, mais il m'a repoussée avec un grand moulinet du bras. C'est peu dire que les choses ne se déroulaient pas comme prévu. Je tremblais d'amour et de panique.

Je voulais lui hurler que Cheyenne était sa fille et qu'on s'en aille, qu'on parte vite, n'importe où, du moment que je sois avec lui. J'avais envie de capter son regard, de le serrer contre moi. Mais ses yeux fuyaient les miens et tout son corps émettait des ondes négatives qui me repoussaient loin de lui, ce qui était exactement l'inverse de ce qui se passait habituellement entre nous. Quand nous sommes ensemble, on dirait que nos peaux sont attirées l'une vers l'autre avec la puissance d'un aimant. Ce soir les forces magnétiques s'étaient inversées et je sentais que Jo me rejetait aussi violemment qu'il m'avait désirée. Dans ma tête, je m'engueulais et m'encourageais à la fois, je me donnais l'ordre de parler, de déballer la vérité. Aurèle avait déjà débouché le champagne et l'avait versé dans des flûtes. Il est très doué pour recevoir, ouvrir le vin, servir le champagne, bavarder avec légèreté, mettre ses invités en valeur… l'hôte parfait. On dirait qu'il est né pour ça. « Je crois que Jo tient à parler le premier », a-t-il prononcé d'une voix apaisante qui m'a hérissé le poil. Mes mots n'ont pas eu le temps de sortir. Joachim a levé son verre : « Je viens d'être embauché dans la première start-up spécialisée dans la sécurité informatique. La boîte vient de lever un million de dollars pour se développer. C'est le rêve de ma vie qui se réalise. Nous serons des pionniers. Je suis donc venu te dire que je m'en vais. Je prends l'avion demain matin et je commence lundi. » Jo a vidé sa coupe d'un trait et s'en est servi une autre dans la foulée. Mes oreilles s'étaient remises à bourdonner et mes tempes à brûler comme le jour où Amanda a quitté la maison, comme celui où Aurèle m'a appris que Jo m'avait trompée, comme quand Anouk m'a annoncé que mes jumeaux avaient deux pères différents. J'ai vu Aurèle serrer Jo dans ses bras pour le féliciter. Il affichait un sourire chaleureux, mais je lisais dans ses yeux qu'il était soulagé de voir Jo foutre le camp en Amérique et dégager de nos vies à jamais. J'ai réuni toutes mes forces pour crier que c'était à moi de parler. Joachim a violemment jeté sa flûte par terre. Elle s'est brisée en mille morceaux dans un fracas d'apocalypse. « J'en ai rien à foutre de ce que tu as à dire. Tu ne comprends pas que c'est trop tard, que tout est foutu ? D'ailleurs je me casse ! J'ai plein de choses à faire avant demain matin. » Aurèle a hurlé : « Mais tu es complètement dingue de lui parler comme ça ! » Et les bébés se sont réveillés en braillant. J'ai couru derrière Joachim comme une folle, avec le sentiment que quelque chose d'abominable était en train de se produire. Les larmes dégoulinaient sur mes joues. J'ai entendu la porte claquer, je l'ai rouverte, j'ai dévalé les escaliers pendant que Joachim était dans l'ascenseur. Je criais « Attends-moi ! » sans m'inquiéter de ce que les voisins pourraient penser. À cet instant précis, j'avoue que je me foutais de tout, même de mes jumeaux qui pleuraient, c'était la fin du monde. J'étais au premier étage quand j'ai entendu la porte de l'ascenseur s'ouvrir et Jo se précipiter au-dehors, j'ai capté le bruit de sa course vers la porte, le zip de la sonnette. La porte d'entrée s'est ouverte, j'y suis arrivée à bout de souffle quelques secondes après lui, et je me suis précipitée à l'extérieur, mais il n'y avait déjà plus personne sur le trottoir et je ne savais pas s'il était parti vers la droite ou vers la gauche. J'ai hurlé son nom en courant en direction du métro Sèvres-Lecourbe et du lycée Buffon. Joachim avait disparu, désintégré dans l'atmosphère. Alors j'ai pensé à mes bébés qui pleuraient et je suis remontée en courant vers la maison.

Aurèle était furieux, il ne comprenait pas pourquoi j'avais galopé comme une folle derrière ce type qu'on n'avait pas vu depuis des années. Il portait Cheyenne hurlante et rouge dans les bras. Ulysse chouinait dans son berceau. J'ai pris mon fils contre moi en tremblant comme une feuille. Nous les avons calmés avec difficulté, puis j'ai dû les nourrir et les changer. Ils se sont enfin rendormis à bout de fatigue. J'ai ramassé le verre brisé en ravalant les sanglots qui me bloquaient la gorge. Nous avons finalement dîné du bout des lèvres vers 23 heures. Aurèle répétait qu'il ne comprenait pas pourquoi je me mettais dans un état pareil pour ce taré et se scandalisait de la manière dont il m'avait parlé. Il a allumé la télé, j'ai débarrassé la table. Entre-temps, planquée dans la cuisine, j'avais dû passer une dizaine de coups de fil à Jo, mais je tombais invariablement sur son répondeur. Aurèle est finalement allé se coucher, j'ai dit que les jumeaux n'allaient pas tarder à se réveiller et que je préférais attendre. Puis j'ai pris mon journal et je me suis mise à écrire pour canaliser ma peur, retenir mon désespoir. Mon téléphone était posé à côté de moi et j'ai continué à bombarder Joachim d'appels et de textos.

Il est maintenant 2 heures du matin. Aurèle dort depuis longtemps, les jumeaux aussi. Je ne veux surtout pas me coucher. Je dois parler à Jo. Impérativement. Absolument. Je ne lâcherai pas ce téléphone avant d'avoir réussi à le joindre. Je veux croire que tout n'est pas perdu. Je veux qu'il sache qu'il est papa. Je veux lui dire que je l'aime et que je veux vivre toute ma vie auprès de lui. Je ne veux pas le perdre. Je n'abandonnerai que quand il m'aura dit en face qu'il ne veut pas de moi, ni d'elle. Mais ça n'arrivera pas.

3 heures du matin. Je viens de laisser un très long message à Joachim où je lui explique tout. Quand il l'écoutera, il saura que Cheyenne est sa fille. Même s'il ne veut pas me voir, au moins, j'espère qu'il m'entendra.

En dernier recours, j'ai décidé d'appeler chez ses parents dès que le jour se lèvera.

Nous sommes samedi. Je me suis endormie assise, vers 4 heures, après avoir allaité et changé les jumeaux. Mon sixième sens m'a réveillée en sursaut au petit jour et j'ai appelé à l'appartement de la rue Cambronne. Quand j'ai entendu qu'on décrochait, j'ai vraiment cru y être arrivée, j'ai même remercié le ciel d'avoir répondu à mes prières, mais c'est le grand-père de Joachim qui a répondu pour me dire qu'ils étaient tous partis très tôt pour l'aéroport, car l'avion de Jo décollait à 7 h 10. J'ai regardé ma montre, il était 7 heures pile. L'avion devait encore se trouver sur le tarmac, c'était un signe, j'étais sûre que Joachim allait enfin décrocher et me répondre. Je voulais vraiment y croire. J'ai laissé sonner dans le vide jusqu'à 7 h 15 et puis la batterie de mon téléphone a lâché. Cet appel était ma dernière chance de le joindre avant son départ. Je ne sais pas ce qu'il avait dans la tête hier soir, je ne comprends pas son attitude, j'aimerais qu'il m'explique. Ce n'est pas possible, ça ne peut pas se terminer comme ça. Je ne peux pas vivre avec cette incertitude. Il faut que je lui parle. Demain, quand Joachim sera arrivé à San José, quand il aura dessaoulé et sera revenu à lui, il écoutera mon message. Et alors, il me rappellera. Jo appelle-moi, parle-moi s'il te plaît, ne me laisse pas comme ça.

55

Elle eut l'intuition très nette qu'ils allaient pourrir là, oubliés à jamais

Le vendredi suivant, Vincent Bellerose convoqua Violette à la Sous-direction de la lutte contre la cybercriminalité, familièrement appelée SDLC, dans le VIIIe arrondissement. Elle avait prévenu l'hôpital qu'elle avait une urgence administrative et avait pris un taxi. En le découvrant derrière son bureau, le visage sévère, les tatouages dissimulés par une chemise bien repassée, des petites lunettes cerclées de fer sur le nez, elle se demanda comment elle avait pu le prendre pour un barman crédible.

Il se leva pour l'accueillir puis lui demanda de prendre place en face de lui. Violette regarda autour d'elle, curieuse. Elle s'attendait à voir des portraits de Joachim et d'autres collègues cybercriminels placardés au mur, comme dans *Usual Suspects,* mais il n'en était rien. La cloison n'abritait que la photo du président de la République.

— J'ai le plaisir de vous confirmer que nous n'avons rien trouvé dans vos différents appareils électroniques vous reliant directement à Joachim Calderon, dit Blackbeard. Ils vous seront donc restitués ce jour.

— Dans ce cas, je vous ai apporté la facture correspondant au montant des dégâts consécutifs à la mise à sac de mon appartement.

Elle posa sur le bureau la liste des objets détruits ou endommagés avec le montant correspondant accompagné des factures d'achats qu'elle avait heureusement conservées. En se remémorant l'état de son appartement après le départ des policiers, elle frissonna de haine. Amanda était venue l'aider à tout remettre en place. Heureusement, à part la couette éventrée et la commode démontée, le reste des meubles avait tenu le choc. En quelques heures l'appartement avait retrouvé son aspect initial. Cependant, devant l'incompréhension indignée de sa sœur, Violette avait dû lui avouer que la perquisition avait un lien avec le retour de Joachim en France, ce qui avait mis Amanda en rage, tellement toute cette histoire abracadabrante portait la signature Calderon. Tout en rangeant la montagne de chaussures neuves dans le placard, Amanda avait avoué s'être doutée que quelque chose de cet ordre-là se tramait dans la vie de sa sœur. Elle était simplement hallucinée qu'il ait mis tant de temps à réapparaître. En fait deux choses tracassaient véritablement Amanda dans cette histoire : la protection de sa nièce Cheyenne et le regret immense de ne pas chausser la même pointure que Violette !

— Je vais voir ce que je peux faire, répondit Bellerose en s'emparant de la liste, l'État n'est pas très riche.

— Moi non plus !

Il fourra les papiers dans un tiroir et elle eut l'intuition qu'ils allaient pourrir là, oubliés à jamais.

— Mon avocat vous contactera ! bluffa-t-elle.

Il se mit à rire.

— Ça a été un plaisir de vous connaître. Je dois dire que vous m'avez souvent beaucoup amusé, madame Abravanel.

— La réciproque n'est pas vraie.

— Je comprends.

Elle se leva parce qu'elle avait hâte de quitter ce bureau et son occupant.

— Attendez, je voulais vous tenir au courant de l'avancée de notre enquête… si ça vous intéresse.

Elle hésita, ne prononça ni oui, ni non, mais se rassit.

— Malgré toute l'implication de nos équipes, il semblerait que nous ayons complètement perdu sa trace. Blackbeard s'est volatilisé.

Il l'observait attentivement. Son regard la transperçait, dans une tentative policière de lui sonder le cerveau et le cœur.

— Je sais ce que vous pensez. Mais à votre place, je ne me réjouirais pas trop vite. La disparition de Blackbeard nous laisse deux possibilités : soit il est retourné aux États-Unis, ce qui me paraît très difficile, même pour lui. Soit il a été abattu…

Bellerose se pencha vers elle, scrutant sa réaction. Elle se força à rester impassible. Le policier recula pour s'appuyer sur le dossier en skaï de son fauteuil, et noua ses mains derrière sa nuque.

— … et je ne vous cache pas que c'est l'option qui me paraît la plus probable.

56

Samedi 4 janvier 2003

Je reprends ce journal aujourd'hui après trois années sans écrire. Trois ans passés à travailler et m'occuper des jumeaux. Je viens de relire les derniers mots que j'avais griffonnés ce jour-là. À leur lecture, je ressens encore la douleur du moment. L'horreur. Joachim ne m'a jamais rappelée, jamais contactée. Si la peine s'est atténuée, l'incompréhension demeure. Encore et toujours. Pourquoi est-il parti ? Pourquoi m'a-t-il abandonnée ? J'ai longtemps continué à attendre. Et même aujourd'hui, quand le téléphone sonne, je mentirais en disant que je ne me demande pas si c'est lui. Un jour, peu de temps après son départ, alors que je me torturais à essayer de le comprendre, et que j'avais encore l'espoir qu'on se retrouve, j'ai appelé chez ses parents pour leur demander comment le joindre. Sa mère m'a répondu que si Jo ne me donnait pas de nouvelles par lui-même, ce n'était pas la peine d'insister. Ça a été une claque. À force de gamberger, je pense avoir finalement compris son silence. Premièrement, ce soir-là, il pensait être seul avec moi et ne s'attendait pas à voir Aurèle tranquillement installé dans son fauteuil. Ça l'a blessé, mis en colère, il s'est enfui. Ensuite, quand il a entendu mon message, je crois qu'il a été choqué, voire dégoûté, à l'idée que j'aie porté dans mon ventre son enfant en même temps que celui d'Aurèle. Je suis devenue un monstre à ses yeux. Il n'a plus jamais voulu me revoir. C'est difficile quand un homme, qui a prétendu vous aimer passionnément, ne vous juge même plus assez humaine pour vous passer un coup de fil de rupture. Quand vous le dégoûtez tellement qu'il préfère aller vivre de l'autre côté de la terre pour ne pas vous croiser. J'ai dû apprendre à vivre avec ça. Bien sûr, ce ne sont que des suppositions. Mais comme je n'aurai sans doute jamais la réponse de la bouche de Joachim, je dois m'en contenter.

Heureusement, pour me rendre le sourire, j'ai la plus merveilleuse source naturelle de bonheur : Cheyenne et Ulysse. Joachim appartient désormais à mon passé. Ils sont mon avenir, la lumière de mon cœur. Depuis leur naissance, plus rien ne m'atteint de la même manière. Tout tracas devient relatif. Un tout petit rien d'eux me met en extase. Il me suffit de plier leurs mini vêtements qui sentent bon la lessive, de plonger dans leurs regards pleins de confiance et d'innocence pour fondre de bonheur. Quand l'un d'eux pleure, je me précipite pour le prendre dans mes bras. Je voudrais qu'ils n'aient jamais peur, ou mal ou faim. Mais surtout, je veux qu'ils ressentent au plus profond d'eux que quoi qu'il arrive, je suis là.

Ce qui m'amène à l'événement joyeux de cette journée : mes amours ont eu trois ans ! Nous avons organisé une petite fête d'anniversaire à la maison. Ils ont soufflé leurs bougies en présence d'Aurèle, d'Amanda, de Papa et des parents d'Aurèle. Amanda les a filmés avec son caméscope. Ils ont tellement grandi et changé. Dire qu'ils vont déjà à l'école, c'est complètement fou ! Comme ils sont nés en janvier, la directrice de l'école a accepté de me les prendre dès cette année. Ça lui fera déjà deux enfants du baby-boum de 2000 en moins à caser l'an prochain. Elle m'a proposé de les mettre dans des classes séparées pour que chacun puisse se sociabiliser et se créer son propre univers, mais j'ai préféré les laisser ensemble pour affronter cette première année si importante.

Ça a été une journée magnifique, durant laquelle pour une fois, je n'ai pas travaillé. Le reste du temps, je suis à l'hôpital car ça y est, je suis enfin interne… avec un an de retard ! J'ai repiqué ma D3 l'année de la naissance des jumeaux, ayant accouché pile pendant la session d'examens de janvier ! J'en ai profité pour me consacrer à eux pendant huit mois, jusqu'à la rentrée suivante, les chouchouter, les voir changer. La première année est tellement extraordinaire. Ils passent du stade de nouveau-né à celui d'enfant capable de marcher !

Ça a été une journée de rêve. Suivie d'une nuit de cauchemar.

57

Il suffit de quelques secondes pour basculer de la vie à la mort

Ils étaient rentrés, ils étaient tous là, Cheyenne, Ulysse, Aurèle et Scott le chat. Seules les perruches manquaient à l'appel. Ron et Hermione avaient pris leur liberté. Cheyenne avait cru apercevoir leur plumage gris et jaune par-dessus la cime du grand pin du jardin, mais Ulysse était sûr qu'elle avait rêvé. Quoi qu'il en soit, la porte de leur cage était restée ouverte, leur laissant la possibilité de s'y nourrir et s'y abriter s'ils le souhaitaient. Violette était follement heureuse de les revoir, ils n'étaient partis que trois semaines, mais elle avait l'impression, après la succession de chocs des vingt derniers jours, qu'il s'était passé une vie. Ulysse et Cheyenne étaient bronzés, agités et apparemment la tête pleine de souvenirs heureux. Aurèle les avait accompagnés et promenait sa haute silhouette à travers les différentes pièces de l'appartement.

— Très sympa cet appart finalement, décréta-t-il. Avec une chambre chacun vous allez être au calme pour bien travailler en première. N'oubliez pas que vous avez le bac français à la fin de l'année. J'attends une moisson de bonnes notes si vous voulez partir en vacances à Noël.

— Papa !!! Nous parle pas déjà de boulot, c'est encore les vacances !

— Pas pour tout le monde ! Ça fait déjà trois semaines que je bosse je vous signale ! s'exclama Violette.

— Oh putain, la *lose* !

— Ulysse !!

— Vous avez faim ? Vous voulez goûter ?

Violette avait passé son samedi matin à préparer un gâteau au chocolat, qui était sorti du four avec une carapace brun foncé, craquelée comme un vieux dinosaure. Elle avait toujours eu ce fantasme de la mère parfaite qui fait des gâteaux, mais elle était plutôt du genre mère débordée qui fait des câlins. Ils s'attablèrent joyeusement dans la cuisine. Cheyenne lui demanda si elle avait bien utilisé du lait d'amande ou de soja dans sa recette, suite à quoi Ulysse mima le geste de se faire vomir.

— Non, mais c'est du lait bio, obtenu dans le respect du bien-être animal.

— On lui a quand même arraché son petit ! C'est lui qui devrait boire ce lait, pas nous !

— Elle a été chieuse à plein temps comme ça tout l'été ! soupira Aurèle.

— Ma fille n'est pas une chieuse !

— C'est la mienne aussi je te signale.

Ulysse mordit un morceau du gâteau, on entendit la pâte craquer comme une vielle noix.

— T'as fait des cailloux au chocolat c'est ça ?

Ils explosèrent de rire et c'était tellement bon de se replonger dans leur quotidien qu'elle rit avec eux.

— Tiens Cheyenne, je t'ai acheté des biscuits vegan.

— Au fait, il y a un message pour toi Maman, dit l'adolescente.

Le visage d'Aurèle se ferma.

— Je pensais qu'on était d'accord pour ne pas en parler.

— TU étais d'accord pour ne pas en parler. Je n'ai rien promis.

— De quoi s'agit-il ?

— C'est de la part d'un fugitif.

— Un revenant, plutôt ! grinça Aurèle. Joachim Calderon a débarqué chez moi en pleine nuit, au Rayol.

Violette s'était figée, un demi-biscuit coincé entre les dents. Comme toujours en cas de stress, ses oreilles s'étaient mises à bourdonner.

— Quand ? demanda-t-elle.

— Le 15 août ! Je le sais parce qu'il y avait une soirée spéciale au Tropical, avec un DJ génial.

Ainsi, alors qu'elle était à sa recherche en Espagne, Joachim était allé trouver Aurèle dans le Midi ! Il était donc encore vivant le 15 août. On était le 22. Il suffit de quelques secondes pour basculer de la vie à la mort. Les paroles funestes de Bellerose tournaient en boucle dans sa mémoire comme un vinyle rayé. Cheyenne entreprit de raconter son histoire. Violette secoua la tête pour recouvrer son audition et se concentrer sur le récit de sa fille. Un soir, en rentrant du Trop', alors qu'elle calmait ses perruches dans le jardin, Cheyenne avait entendu des éclats de voix dans le salon. Elle s'était approchée, intriguée et avait surpris son père en pleine conversation avec un inconnu aux cheveux noirs comme ceux d'un Indien. Aurèle refusait farouchement de lui rendre service. Cheyenne était alors entrée dans le salon et avait dit qu'elle pouvait se charger du message.

— Ce mec pue la mort. Il va nous attirer des emmerdes sans nom. Je le sens.

Cheyenne regardait son père. Il soutint son regard un long moment puis soupira. Elle remit alors à sa mère une feuille A4 froissée, pliée en quatre.

— Après tout c'est ta vie. Démerde-toi avec lui. Mais surtout ne mets pas les jumeaux en danger !

Très tard, ce soir-là, alors qu'Aurèle était reparti, que ses enfants dormaient chacun dans leur chambre aux portes closes, Violette se servit un verre de vin avec quelques carrés de chocolat et s'installa confortablement dans son lit, le dos calé contre ses coussins. Puis elle déplia la feuille sur laquelle la main de Joachim avait tracé son message, la lissant du plat de la main.

Connexion dimanche 23 août – 1 heure du matin

Prévoir environ 30 minutes de configuration avant le rendez-vous

Bloquer la webcam

Télécharge le VPN (Virtual Private Network) Dacloud.me, un logiciel d'anonymisation qui te permettra de naviguer en toute discrétion.

Dans la barre d'adresse de ton navigateur, tape TOR et télécharge le programme

Si ton navigateur tente d'empêcher le logiciel d'être installé, clique sur « autoriser » autant de fois qu'il le faut.

Exécute le fichier .exe pour l'extraire, une fois le fichier extrait, double-clique sur « Démarrer Tor Browser.exe ».

TOR se connectera et lancera son navigateur

Une liste de liens apparaîtra

Clique sur le lien talked.masked.Eqt5g4fuenphqinx.onion

L'angoisse au cœur, Violette relut la dizaine de lignes qui lui apparaissaient, à cet instant précis, aussi obscures que de l'araméen écrit au IIIe siècle avant notre ère.

Décidant de prendre les instructions une à une, elle souleva précautionneusement le capot de son ordinateur et le mit en marche. Il était minuit passé de trente minutes, son calendrier avait basculé à la date du dimanche 23 août.

La première requête de Joachim la plongea dans un abîme de stress. Comment bloquer une webcam ? Elle perdit de longues minutes à rechercher un tutoriel sur Google avant de se souvenir que Bellerose, qui l'espionnait sans doute, pourrait trouver ça louche. En désespoir de cause, elle scotcha deux pansements waterproof en croix sur l'œillet inquisiteur qui la fixait au-dessus de l'écran. La suite du parcours lui parut un long chemin de croix qu'elle effectua étape par étape, la peur pesant sur les épaules et le front dégoulinant de sueur. Quand le navigateur Tor apparut sur son écran après un bras de fer contre son brave Mozilla Fox qui semblait tout faire pour la dissuader de poursuivre, elle eut l'impression d'avoir remporté une grande victoire et avala huit carrés de chocolat à la suite pour s'auto-congratuler. Arrivée sur ce qu'il était convenu d'appeler le Darknet, un espace virtuel anonyme et hautement sécurisé où personne ne pouvait l'espionner ni l'atteindre, Violette consulta fébrilement la liste de liens proposés, la main tremblante de peur de tomber sur des pédophiles ou des tueurs à gages au détour d'un mauvais clic. Il était bien plus de 1 heure du matin quand elle débarqua enfin dans une « chat room », ou salle de conversation secrète du site Talked Masked que Joachim lui avait indiquée pour leur échange. Aucun message ne l'attendait et évidemment, elle imagina que son cadavre était déjà en train de se décomposer quelque part au fond de la Méditerranée. Violette but un peu de saint-émilion tout en se disant que sa consommation croissait de manière inquiétante. Pour faire bonne mesure, elle croqua deux carrés de chocolat et les laissa fondre contre son palais. À tout hasard, elle écrivit, le cœur battant :

<*Je suis là…*

Puis elle attendit de longues minutes, le regard rivé à son ordinateur, sans que rien ne se passe. Elle était en train de se dire qu'il était temps pour elle de laisser tomber, quand les lettres se mirent à apparaître une par une, au rythme où, de l'autre côté de la nuit, quelque part face à la lueur bleutée d'un autre écran, Joachim Calderon les tapait.

<*Bonsoir Violette.*

58

Dimanche 5 janvier 2003

Je me suis endormie sur mon journal hier, je reprends ce matin pendant que les jumeaux sont devant *Dora l'exploratrice*. Je leur ai donné leur petit déjeuner. Ils n'ont encore rien remarqué.

Quand les invités sont partis hier, Amanda est restée pour ranger avec nous et passer un peu de temps avec ses chouchous. Elle m'a aidée à les coucher avant de rentrer chez elle. Nous nous sommes posés dans le salon avec Aurèle. J'étais épuisée et prévoyais d'aller me coucher sans tarder. Aurèle nous a servi un verre de vin. Il a toujours eu le sens du décorum. Pour lui les bonnes manières sont un moyen de supporter la vie. Il s'est passé une main dans ses cheveux blonds, impeccablement coupés, et m'a fixée de ses beaux yeux bleus que son fils lui a piqués. Il portait simplement un jean, des baskets et un pull, mais il était, comme toujours, très élégant. Sur lui, tout paraît toujours propre, bien repassé. Aurèle est vraiment devenu un mec super canon. À côté de lui, j'avais l'air de quelqu'un qui a sauté au réveil dans ses fringues de la veille et n'a pas eu une minute dans la journée pour améliorer son apparence. Ce qui était le cas. Je me souviens avoir eu un pincement au cœur en le voyant si beau ; le regret de ce qu'on aurait pu vivre ensemble si les choses avaient été différentes. J'ai bu une gorgée de vin, je crois que j'avais déjà compris. Il a parlé longtemps, pour bien m'expliquer ce qu'il ressentait. Je l'ai écouté sans rien dire car, malheureusement, je n'ai pas vraiment d'argument à lui opposer. Il a dit qu'il m'avait aimée durant la majeure partie de sa vie, qu'il m'avait consacré la totalité de son énergie, de sa patience et de ses rêves, mais qu'à partir d'aujourd'hui, c'était terminé.

Aurèle m'a avoué avoir espéré très longtemps que je l'aimerais en retour. Il avait même failli y croire, quelques petites fois, mais ça avait toujours été un mirage. Il a finalement compris que je ne serai jamais vraiment amoureuse de lui. Il sera toujours l'ami, le soutien, le frère. Ce n'est pas ce qu'il veut et il n'est plus homme à se contenter de ce que je lui donne. Il pense avoir fait tout ce qui était en son pouvoir pour inverser la tendance. Même me faire un enfant, même avoir des jumeaux à l'âge où d'autres vivent l'insouciance de leur jeunesse ; même supporter que je sois devenue une vieille étudiante débraillée qui vit en jogging sale, le nez dans les polycopiés, les couches et la purée. Pendant des années, il m'a vue passer mes journées sans sortir de la maison, à réviser et m'occuper des enfants, sans prendre soin de moi ni sans faire attention à lui… Cette année, il avait espéré que les choses allaient enfin évoluer. Je suis interne et les petits vont à l'école. Mais ça n'a rien changé. Alors il me quitte.

Je me suis demandé ce que je pouvais lui dire pour le faire changer d'avis. Comment le retenir ? Lui demander encore un peu de patience ? Lui dire qu'il est l'homme de ma vie, celui auprès de qui je veux vivre et voir grandir mes enfants ? J'avais une immense boule dans la gorge. J'ai murmuré qu'il se trompait, je l'aime bien plus qu'il n'imagine.

« Si tu m'aimes, a-t-il dit, comment expliques-tu le fait qu'on peut compter sur les doigts le nombre de nos rapports sexuels en trois ans ? » Au moment où il a évoqué notre vie sexuelle (ou plutôt notre absence de vie sexuelle), j'ai eu envie d'aller me cacher dans un trou de souris. C'est vrai, depuis la naissance des jumeaux, je n'ai plus du tout envie de faire l'amour. Les rares fois où on l'a fait, c'est parce que je me suis forcée, pour lui. Je n'ai tout bonnement pas la tête, ni le corps, à ça. Je me sens si moche que je suis toujours gênée quand il m'approche. Ce n'est jamais le bon moment. Soit je ne suis pas épilée, soit j'ai mes règles, soit j'ai du travail (car oui, je révise la nuit), soit je suis trop épuisée pour avoir la force de garder un œil ouvert… alors les jambes ! Pourtant, la nuit quand les petits dorment, j'aime rester chastement blottie dans la chaleur de ses bras.

Aurèle a ajouté qu'il ne fallait pas compter sur lui pour vivre dans l'abstinence. À cette évocation, à peine voilée, de ses infidélités, mon cœur s'est brisé. Je l'ai presque supplié de ne pas me quitter. Il m'a prise dans ses bras et je me suis agrippée à lui comme une naufragée. Il a chuchoté à mon oreille : « S'il te plaît, ne me retiens pas, laisse-moi partir. J'ai vingt-six ans, je ne veux plus attendre de recevoir les miettes de ton attention. Je mérite mieux que ça. » Je suis restée accrochée à lui un long moment sans pouvoir le lâcher, et puis petit à petit, le nez dans son cou, au rythme des battements familiers de son cœur, je me suis calmée. Alors j'ai respiré un grand coup et j'ai détaché mes bras. Tout doucement, il s'est éloigné de moi. Et sans doute pour me montrer que le lien entre nous ne serait pas rompu, il a gardé mes mains dans les siennes tout en me parlant de notre organisation future : il me laisse l'appartement avec les jumeaux, ses parents sont d'accord pour que je continue à y vivre sans payer de loyer. Il louera un studio tout près pour venir régulièrement. Il a l'intention de voir ses enfants grandir. Il pense même que le fait que nous soyons séparés lui permettra de construire une relation privilégiée avec eux. Mes oreilles bourdonnaient tellement que je n'ai pas bien entendu la suite, et je m'en fous. Je comprenais qu'il avait réfléchi à tout ça depuis longtemps, et je laissais simplement couler mes larmes sans lutter. Je retrouvais mon Aurèle, si solide, si responsable, avec son sens de l'organisation et sa générosité. Je l'ai laissé dire. Que pouvais-je ajouter ?

Il est sorti avec je ne sais qui, comme il fait souvent désormais et je suis restée seule avec mes pensées. Je me suis dit que j'avais été bien aveugle de ne pas avoir vu le coup venir, il a même été très patient. C'était tellement rassurant de savoir qu'il serait toujours là. Je vais devoir apprendre à vivre sans lui et ça va être atroce. Mes bébés n'auront plus leur papa à la maison. Je sais qu'il continuera à s'occuper d'eux mais ce ne sera pas pareil. Je n'aurais jamais imaginé que ce serait si triste, si déchirant de perdre Aurèle. Comment me suis-je débrouillée pour être abandonnée par les deux hommes qui m'ont passionnément aimée ? Je me retrouve mère, étudiante et seule.

Seule avec mon secret.

Depuis trois ans, je vis avec ce questionnement, parler ou continuer à me taire ? J'ai l'impression d'avoir commis un crime terrible. Je mens à ma fille, je mens à Aurèle, je mens à tout le monde. J'ai voulu dire la vérité, mais le départ de Joachim a changé la donne. Dire la vérité, cela revenait à priver Cheyenne de père, puisque le sien a disparu des radars, et à compromettre la relation merveilleuse qu'elle a avec Aurèle. Il l'aime d'amour fou. Elle est sa princesse. Si je lui dis la vérité sur Joachim maintenant que nous nous séparons, il pourrait choisir de la rejeter et ma fille grandirait avec cette blessure initiale, le rejet de celui qu'elle considère comme son papa. Le risque est trop grand. Tant que Joachim ne se manifeste pas, seul le silence est d'or.

59

Certaines retrouvent leur ex sur Facebook et vont dîner au restaurant

Autrefois on faisait battre la chamade aux tambours de guerre pour couvrir le bruit des combats. Ce soir, le cœur de Violette battait la chamade. Il cognait si fort qu'elle avait l'impression que tout l'immeuble pourrait l'entendre. Son combat pour retrouver Joachim s'achevait là. Quinze ans de silence et enfin, la communication, aussi difficile soit-elle, était rétablie.

<*Bonsoir Joachim*

La faible luminosité de l'ordinateur rendait son écriture tremblante. Elle demanda :

<*C'est vraiment une connexion sécurisée ?*
<*À 100 %.*

Après quinze années de silence, par quoi commencer ? Que dire quand on se trouve dans une inquiétante chatroom virtuelle et qu'on ressent toute l'étrangeté de la situation ? Certaines retrouvent leur ex sur Facebook et vont dîner au restaurant. Le sien avait sonné à sa porte avec un tueur aux trousses et des cartons remplis de billets de banque.

<*C'est toi qui as mis la weed dans mon sac à la gare ??*

<*Non.*

Le curseur clignota un moment dans le silence…

<*Mais j'ai payé quelqu'un pour le faire. Et j'ai prévenu les flics pour qu'ils t'arrêtent. Pardon.*

<*Pourquoi ?*

<*J'avais besoin que tu sois à Paris.*

Et elle avait besoin d'accompagner ses enfants en vacances ! Décidément cet homme avait toujours le talent de la mettre en rage. Elle réalisa, de manière incongrue, qu'il n'y avait pas d'émojis sur Talked Masked et c'était bien frustrant parce qu'elle lui aurait bien aligné une série de doigts d'honneur.

<*Je suis furieuse que tu m'aies mise en danger. Tu n'avais pas un autre endroit que mon appartement pour planquer ton butin de pirate, monsieur Blackbeard ?*

<*J'ai un contrat sur ma tête. Je sentais que le type était très près et je pensais vraiment qu'il allait me descendre. Je voulais te revoir avant de mourir.*

Elle recula d'un mouvement brusque et son dos vint s'incruster au creux des oreillers. Il voulait la revoir avant de mourir… Dans ce cas, pourquoi ne lui avait-il pas parlé de Cheyenne ?

<*Tu es toujours là ?*

<*Le tueur, tu as réussi à le semer ?*

<*Pendant un temps, oui, mais il m'a retrouvé.*

Elle sentit une coulée de sueur froide dégouliner le long de sa colonne vertébrale.

<*Tu veux dire qu'en ce moment, il sait où tu es ?*

<*Oui. Je ne peux plus quitter ma planque.*

<*Mais c'est la catastrophe ! Qu'est-ce que tu vas faire ?*

<*Je te demande pardon. Ce n'est pas du tout ce que je voulais. J'avais imaginé des scénarios bien différents pour nos retrouvailles…*

Elle aussi avait rêvé du moment où elle le reverrait, mais jamais elle n'aurait imaginé se retrouver plongée en plein thriller cybernétique. Violette ferma les yeux avec le sentiment qu'elle n'allait pas aimer ce qui allait suivre.

<*Violette, j'ai besoin de ton aide. Je voudrais que tu passes un message de ma part à Vincent Bellerose : dis-lui que Blackbeard a des révélations capitales à lui faire et qu'en échange, il demande l'abandon des charges qui pèsent contre lui.*

Elle colla le nez à l'écran pour être sûre d'avoir bien lu. Mais c'était bien ça : il était fou, il avait perdu tout contact avec la réalité.

<*J'espère que tu rêves ! J'ai obéi à Miguel et mis toute mon énergie à persuader Bellerose que je n'avais rien à voir avec Blackbeard, et maintenant, tu me demandes de lui révéler que je lui ai menti ? Passe-moi directement les menottes et explique à mes enfants pourquoi leur mère est en prison ! Ou mieux : rends-toi à la police et livre toi-même ton message.*

<*Non. Je ne peux pas me rendre sans négocier mes conditions.*

Une flambée de rage la consuma tout entière. Elle frappa sur le clavier de toute sa fureur, faisant apparaître une suite de lettres et de signes incompréhensibles. Pourquoi, mais pourquoi s'était-il fourré dans ce merdier ? Pourquoi la mettait-il encore dans une situation impossible ? Joachim continuait à écrire :

<*Le tueur m'a repéré. Il ne va pas tarder à trouver un moyen de m'approcher. Je ne pourrai pas tenir encore très longtemps.*

<*Désolée. Je ne peux rien faire de plus.*

L'écran resta figé un long moment sur les lignes où il était écrit qu'elle envoyait son ancien amour, et le père de sa fille, à la mort sans broncher. Puis la réponse de Joachim apparut :

<*Je comprends très bien. Ne t'inquiète pas, j'ai une autre solution.*

<*Tant mieux.*

<Au revoir Violette.
<Au revoir Joachim.

Il se passa encore quelques secondes, puis le curseur clignotant qui indiquait sa présence disparut. Violette sentit une terreur insensée l'envahir. Et malgré elle, ses doigts coururent sur le clavier :

<De quelle manière faut-il que je procède avec Bellerose ?

60

Mercredi 26 août 2015

J'ai retrouvé mon journal. Il a réapparu le jour ou le commandant Bellerose, que j'ai longtemps pris pour le charmant Franck le barman, a débarqué chez moi à 6 heures du matin avec un mandat et des hommes pour fouiller mon appartement. Ce matin-là, ils ont ouvert et renversé chaque tiroir, vidé chaque placard et déballé les derniers cartons que je n'avais pas eu le temps d'ouvrir depuis le déménagement. Quand Bellerose a découvert des chaussures à l'endroit où il s'attendait à trouver une preuve de mon lien avec Joachim, il s'est mis à balancer ce qui lui tombait sous la main, plus par envie de détruire que par nécessité de chercher. Il a eu tort. S'il était resté plus concentré, il aurait trouvé le maillon manquant. Dans un de ces cartons oubliés, se trouvait mon journal. Je l'ai vu tomber, mon bon gros cahier bleu à la couverture délavée, avec ses deux petits anneaux dérisoires destinés à un cadenas égaré depuis des millénaires. Il s'est écrasé pages ouvertes, répandant sur le sol tout ce que j'y avais précieusement glissé au fil du temps : un portrait de ma mère, des souvenirs de notre voyage en Californie, la photo de la Chevrolet rouge, des tickets de manège à Santa Cruz, une carte postale de Trouville… À sa vue, mon cœur a failli lâcher une nouvelle fois. Ce journal est la preuve que je connais Joachim Calderon depuis très longtemps, et que nous nous sommes éperdument aimés. Je n'y parle que de lui. Heureusement, tout à sa folie destructrice, Bellerose n'a rien vu. Quand il est parti, j'ai ramassé le cahier et récupéré son contenu épars. Ce soir, mon stylo glisse sur une de ses pages vierges, il n'en reste plus beaucoup et elles sont un peu jaunies, mais j'éprouve à nouveau le besoin d'y consigner le chaos qui m'habite.

Joachim a frappé à ma porte, il y a trois semaines, après quinze années d'absence, et ma vie a basculé dans une dimension parallèle. La nuit dernière, je lui ai parlé *via* une connexion sécurisée sur le Darknet et ce matin je suis allée travailler à l'hôpital, rencontrer mes malades comme si de rien n'était. Ce qui lui est arrivé dépasse mes suppositions les plus délirantes. Au cours de ces quinze ans, Joachim Calderon est devenu un hacker connu des services de la cybercriminalité dont le nom de guerre est Blackbeard. J'aurais voulu parler de nous. Comprendre le pourquoi et le comment de son silence. À la place, il a préféré me demander un service impossible, et j'ai accepté de le lui rendre.

J'ai appelé le commandant aujourd'hui pendant ma pause-déjeuner. Il avait toujours ce ton froid auquel je n'arrive pas à m'habituer. J'avais d'abord pensé à me rendre directement sur place, mais la crainte de me retrouver en garde à vue, emprisonnée au fond d'une cellule comme monnaie d'échange contre la reddition de Joachim m'a retenue. Depuis trois semaines, je m'étonne de ma capacité à imaginer les scénarios les plus alambiqués. À croire que je suis devenue complètement parano. Comme je ne savais pas comment aborder le sujet, j'ai commencé par lui demander où en était le remboursement de mes affaires saccagées. Il a répondu que ça prenait du temps. Puis j'ai lâché le morceau et je lui ai dit que j'avais un message de Joachim Calderon. Tout de suite l'interrogatoire a commencé, avec un débit de mitraillette.

Vous l'avez vu ? Comment vous a-t-il contactée ? Quand ? Où est-il ? Quand doit-il vous joindre ? Je lui ai fourni des réponses aussi laconiques que ses questions. Je le sentais de plus en plus fébrile, et furieux, et glacial. Je hais ce mec. Enfin, il m'a demandé ce que voulait Blackbeard. J'ai dit qu'il avait des révélations importantes à communiquer, en échange il demande l'abandon des poursuites. Comme je m'y attendais, Bellerose m'a ri au nez.

« Qu'il se rende, d'abord, qu'il me dise ce qu'il sait. On verra ensuite. J'attends le lieu de sa planque demain, à la première heure. »

Ce sont exactement ces termes que j'ai transmis le soir même à Joachim qui m'avait donné rendez-vous sur le même canal que la veille.

Telle est donc ma vie depuis trois jours. Je travaille à l'hôpital, je retrouve mes enfants, on dîne, on bavarde et, la nuit venue, je chatte sur le Darknet avec un hacker en cavale poursuivi par un tueur à gages, pour négocier sa reddition auprès d'un commandant de la lutte contre la cybercriminalité. Si Amanda savait ça ! Elle qui prie depuis des années pour qu'il m'arrive enfin un truc intéressant !

Comprenant qu'il n'obtiendrait pas ce qu'il voulait, Joachim a revu ses prétentions à la baisse : quarante-huit heures avec moi, sous protection policière, et sans micro, avant de se rendre.

Je lui ai fait remarquer qu'il ne m'avait pas demandé mon avis, mais je n'ai pas protesté plus que ça. Je compte envoyer Cheyenne et Ulysse chez Aurèle, où ils seront en sécurité, et je serai moi-même sous protection policière. Joachim m'offre sur un plateau l'occasion de pouvoir le cuisiner, sans échappatoire possible, pour savoir ce qui a bien pu lui passer par la tête pour disparaître pendant quinze ans sans laisser d'adresse, en laissant une petite fille de quinze jours et une femme amoureuse derrière lui. J'ai donné mon accord.

Ce matin, Bellerose a accepté de mettre en place le dispositif, en donnant sa parole d'officier qu'aucun piège ne serait tendu à Blackbeard. En revanche les quarante-huit heures ont été réduites à douze. Une nuit complète et pas une minute de plus. Joachim a mis longtemps à répondre, me faisant à nouveau craindre le pire. Il a finalement accepté les conditions de Bellerose. La rencontre aura lieu chez moi.

Instant pénible. J'ai dû appeler Aurèle pour lui demander de garder les jumeaux et lui avouer que c'était pour recevoir la visite de Joachim. Comme il est le père des enfants, je lui ai brièvement révélé que Jo était désormais un hacker connu sous le nom de Blackbeard, qu'il était recherché par la police française pour avoir piraté un site appartenant en partie à l'État, et qu'il voulait passer douze heures avec moi avant son arrestation.

Dire qu'Aurèle a bien pris la chose serait exagéré. À chaque mot que je prononçais, il s'étranglait un peu plus :

comment pouvais-je encore songer à ce pauvre type qui n'avait rien trouvé d'autre à faire de sa vie que de devenir un criminel ? Ça valait la peine de partir aux États-Unis pour ça ! Il m'a traitée d'inconsciente, de mauvaise mère qui se mettait en danger et négligeait la sécurité de ses enfants. J'ai rétorqué que justement, chez lui, ils ne courraient aucun risque. Mais Aurèle était lancé. Avec tout le mépris dont il est capable (et il en a des quantités astronomiques en réserve), il m'a reproché de ne pas avoir été capable de refaire ma vie. Pourquoi n'étais-je pas passée à autre chose, comme lui ? Ce n'était pas sain pour les enfants d'avoir une mère frigide avec une vie sentimentale au congélo (ce sont ses termes). Et pourquoi avais-je laissé Calderon prendre possession de ma mémoire, gluant et collant comme du slime ?

Je l'ai laissé se défouler, même si je trouvais ça un peu fort venant d'un homme qui s'exprimait avec exactement les mêmes intonations aigries qu'à quinze ans. Mais je lui accorde le point. Effectivement, Aurèle a réussi à s'extraire de notre histoire et à se construire une vie de famille somme toute heureuse avec Marie-Odile, Anatole et aussi les jumeaux. Oui, JE suis restée bloquée dans le passé. Je n'ai pas de vie amoureuse (mais qui a dit qu'on était obligé d'en avoir une ?). J'ai élevé mes enfants seule, j'ai gagné ma vie seule, j'ai pris mes décisions seule et je dors seule toutes les nuits depuis douze ans. Je suis la mère de jumeaux de deux pères différents et aujourd'hui mon passé me pète à la gueule.

Joachim Calderon doit donc débarquer chez moi demain à 20 heures. Et je vais passer douze heures avec lui. Si on ne l'assassine pas d'ici là.

61

Ne pleure pas, Ultraviolette

Max Dahan, son voisin curieux du quatrième étage, était monté voir ce qui se passait. Les cheveux gris bien peignés vers l'arrière, la chemise en jean ouverte de deux boutons et le sourire enjôleur, il observait les deux policiers de la SDLC qui se tenaient sur le palier devant chez Violette. Ils étaient venus sonner à sa porte en début de soirée pour vérifier la sécurité de l'appartement.

— En qualité de président de l'Association des locataires, j'aimerais une explication. C'est la deuxième fois en quelques jours que la police débarque chez Mme Abravanel.

— Il s'agit d'un dispositif exceptionnel qui prendra fin dans douze heures exactement. En revanche, je dois vous demander de ne pas rester dans les parages. L'accès au cinquième étage est bloqué jusqu'à nouvel ordre, indiqua celui qui s'était présenté comme le lieutenant Vidal.

— Chère Violette, si vous avez des ennuis n'hésitez pas à m'appeler…

Max Dahan s'était éloigné après un regard furieux aux policiers qu'il ne semblait pas porter dans son cœur. C'était un jeudi, habituellement, Violette se serait apprêtée à regarder *Esprits Criminels* à la télévision. Le lieutenant Vidal lui expliqua qu'un homme serait posté devant sa porte et un autre devant l'entrée de l'immeuble. Il était en train de lui recommander de maintenir les volets bien fermés quand l'ascenseur s'arrêta à l'étage. Le cœur de Violette se mit à cogner avec frénésie. Tétanisée, elle regarda la porte s'ouvrir sur Joachim Calderon escorté du commandant Bellerose et d'un de ses acolytes. Elle cligna des yeux. L'homme qui se tenait devant elle n'avait plus rien à voir avec le fugitif tourmenté qui était venu livrer des cartons un mois plus tôt. Vêtu d'un jean et d'une chemise noirs à la coupe impeccable, le cheveu brillant et le sourire étincelant, c'était la réplique à peine burinée du Jo d'autrefois. Il fit un pas vers elle et son sourire s'élargit d'un cran. Encore un peu et il lui claquait la bise sous les yeux de Bellerose, comme si la situation était parfaitement normale, comme s'il n'y avait pas quatre policiers armés autour d'eux et un mandat d'arrêt contre lui. Les oreilles bourdonnantes, la bouche sèche, Violette se tourna vers le commandant et lui demanda froidement si tout s'était bien déroulé.

— Demandez plutôt à votre ami. Les choses ont l'air d'aller on ne peut mieux pour lui. On s'est retrouvés au Four Seasons.

— Vous voulez dire qu'il était à l'hôtel, commandant ? demanda son adjoint.

Bellerose explosa.

— J'ai cherché ce type dans tous les égouts de France et il se la coulait douce dans une suite de palace avenue George-V.

— Rien de plus pratique que ces grands hôtels quand on recherche un certain anonymat, expliqua Joachim.

Il se tourna vers Violette et lui tendit un sac en carton luxueux marqué du logo du Four Seasons.

— Où est-ce que je peux poser ça ?

— Il a même pensé à apporter son panier-repas, ironisa Bellerose.

— Commandant, d'après notre accord, il faudrait penser à y aller maintenant…

— Continuez à me provoquer comme ça et je vous embarque direct. Sans passer par la case « soirée en amoureux ».

Il y avait cette lueur de folie furieuse qui brûlait dans son regard. La même que quand il avait tout détruit chez elle. Violette s'interposa.

— Y a-t-il des consignes de sécurité particulières à respecter durant son séjour ici, commandant ? demanda-t-elle du ton le plus neutre possible.

— Juste ça : n'imaginez pas une seconde que vous pourriez l'aider à s'enfuir si cette envie insensée lui traversait l'esprit.

Bellerose se tourna vers ses hommes :

— Les consignes sont simples. Personne ne sort et dans douze heures vous me le coffrez.

La porte claqua, ils se retrouvèrent seuls.

— Tu crois qu'il va rester là ?

— Non. Il va rentrer chez lui et se coucher tôt pour être en forme pour l'interrogatoire de demain.

— Comment tu sais ? Tu as piraté son ordi ?

— Non. Mais il a une tête à se coucher tôt.

Elle laissa échapper un petit rire.

— Tu as dîné ? demanda-t-elle.

— J'ai apporté ça, coupa-t-il en sortant un grand plateau doté d'un capot transparent de son sac. J'ai eu le temps de tester tous les plats du room service. Leur salade de homard est la meilleure de la carte. Il y a du vin aussi. Désolé, la bouteille est ouverte. Notre ami a tenu à s'assurer qu'elle n'était pas pleine de nitroglycérine et que je n'allais pas faire sauter ton immeuble. Il a été déçu de constater que ce n'est que du pouilly-fumé.

Plus la situation était tendue et plus Joachim voulait en rire. À ce rythme, elle s'attendait à mourir d'hilarité d'ici 8 heures du matin, quand on lui passerait les menottes pour l'emmener en prison. Elle secoua la tête en souriant

— J'en fais trop c'est ça ? demanda Joachim. C'est parce que je veux que tu passes une bonne soirée malgré... tout ça. J'aurais tellement aimé te sortir le grand jeu !

— Tu veux m'aider à mettre le couvert ?

— On va dire que c'est un bon début.

Les mains légèrement tremblantes, Violette installa deux sets sur la table de la salle à manger, puis remit à Joachim des assiettes, des verres et des couverts. C'était étrange de ne plus pouvoir contempler le feuillage des arbres ni l'animation du boulevard Montmartre. Les volets clos étaient un rappel permanent de l'anormalité de la situation. Elle se demandait comment il faisait pour être aussi à l'aise, aussi bavard. Pour sa part, elle avait du mal à parler. La conscience aiguë de sa présence dans la même pièce qu'elle, l'angoisse des derniers jours, l'intuition du danger, la culpabilité vis-à-vis de ses enfants, le soulagement de le savoir sain et sauf, la crainte de l'avenir, le besoin de comprendre le passé… un combo de sentiments lui comprimait le cœur.

— Tu n'as pas changé, à part la frange, mais ça te va bien. Les joues un peu moins rondes peut-être. Très jolies chaussures !

— Merci.

C'était idiot sans doute, mais elle avait voulu se faire belle pour l'occasion. Elle avait mis une robe, s'était lâché les cheveux et s'était maquillée légèrement. Et pour la touche finale, elle avait choisi, dans sa nouvelle collection, une paire de sandales à talons blanches qui faisaient ressortir le doré de ses jambes. Elle le dévisagea à la dérobée. Pour sa part, elle le trouvait encore plus séduisant qu'autrefois. Les années avaient apporté une patine virile à son impétuosité adolescente. Il était plus calme qu'avant, plus dense, plus impressionnant.

— Sauf le sourire…

Il avait déposé la salade de homard sur la table et versait le vin dans les verres.

— Je trouve que tu souris triste. Avant quand tu souriais, c'était comme si le soleil entrait dans la pièce. Tout s'illuminait.

Elle retint son souffle pour encaisser le choc. Que répondre à cela ? Le remercier de lui faire comprendre qu'elle avait vieilli ? Elle se dirigea vers la cuisine pour aller chercher les tomates et la burrata qu'elle assaisonna d'un filet d'huile d'olive et de quelques feuilles émincées de basilic frais.

— C'est parce que je suis tendue. Excuse-moi, je n'ai pas l'habitude de dîner avec des flics à ma porte.

— C'est tout à fait compréhensible, affirma-t-il en dépliant sa serviette sur ses genoux.

Ils commencèrent à manger en silence, tout en continuant à s'observer mutuellement. Il la dévisageait avec une telle intensité qu'elle se sentit rougir. Ses yeux noirs avaient l'incandescence d'une carrosserie étincelante chauffée par le soleil.

— En fait, je trouve que tu es encore plus belle qu'avant. Plus mystérieuse, plus… sexy.

Elle plongea les yeux sur son assiette, incapable de faire face à cette déclaration et mordit un morceau de homard.

— C'est vrai qu'elle est bonne, la salade.

— Avec toi, même le pain sec a le goût du caviar.

Le souvenir d'une certaine soirée voleta autour d'eux. Joachim but une longue gorgée de vin.

— Cheyenne me tuerait si elle savait que je mange un homard qu'on a probablement ébouillanté vivant. Elle est devenue vegan pratiquante.

— Au fait, où as-tu caché les jumeaux ?

Violette faillit répondre, « chez leur père », mais elle se reprit et dit :

— Chez Aurèle.

Puis elle se leva pour débarrasser. Elle avait prévu des fruits d'été, pêches, abricots et aussi des figues qu'elle avait soigneusement choisies au marché de la place de la Bourse parce qu'il adorait ça. Elle les posa sur la table avec des petites assiettes et des couverts à dessert et jugea qu'il était plus que temps de passer aux choses sérieuses.

— Pourquoi tu n'as jamais répondu au message que je t'ai laissé ? demanda-t-elle.

Au même moment, le feu passa au vert sur le boulevard et sa question fut couverte par le vacarme des moteurs.

— Dis donc, c'est bruyant chez toi !

— C'est les grands boulevards.

— Tant mieux, il ne risque pas de nous entendre.

— Mais il a dit qu'on ne serait pas sur écoute !

— Et tu l'as cru ?

Le fait de se savoir espionnée par Bellerose glaça Violette d'effroi. À l'idée qu'elle avait traversé tout ça pour rien et qu'ils ne pourraient rien se dire avec Joachim sans qu'il en soit informé, elle se laissa aller contre le dossier de sa chaise avec découragement. Elle dut avoir l'air vraiment bouleversée car Joachim se leva en lui faisant signe de ne pas poser de question et se mit à déplacer des meubles dans la pièce. Elle le regarda avec incompréhension jusqu'au moment où il fit glisser un canapé qu'il cala exactement devant la fenêtre grande ouverte. « Viens t'asseoir » articula-t-il en tapotant le siège près de lui. Elle se posa précautionneusement à ses côtés.

— Voilà, il n'entendra plus rien, chuchota-t-il à son oreille en lui passant le bras autour des épaules.

Un frisson traversa Violette de la colonne vertébrale au creux de l'estomac et elle se sentit fondre d'une manière étrange. Cela faisait des lustres qu'elle n'avait pas eu un contact aussi intime avec un homme et cet homme était Joachim. Elle lutta pour ne pas bondir en arrière, tout en essayant d'afficher un air totalement détendu. Elle lui offrit son sourire le plus engageant pour contrebalancer le fait qu'elle s'éloignait de lui au maximum des limites de la politesse. Elle avait bien conscience d'envoyer des signaux complètement contradictoires mais c'était plus fort qu'elle. Joachim ôta lentement son bras de ses épaules, sans avoir l'air de se formaliser le moins du monde.

— Raconte-moi comment tu as traversé toutes ces années.

— Après mon internat j'ai choisi de me spécialiser en ophtalmologie. En 2007, j'ai commencé à exercer, à l'hôpital des Quinze-Vingts. Je suis me suis penchée sur le traitement des glaucomes qui est la première cause de cécité en France. Je fais également partie d'une association pour le dépistage.

— Je me souviens, la médecine préventive c'était ton truc ! Mais je croyais que tu voulais devenir cardiologue. Pourquoi ophtalmo ?

Ainsi il se souvenait de cela. Son vieux rêve.

— J'ai réalisé que je ne pouvais pas sauver autant de vies que je le souhaitais. Et puis on a détecté un début de glaucome chez mon père et je me suis dit que ce serait bien d'être au plus près des innovations pour le soigner. Finalement, il n'est pas devenu mon patient, il a quitté Paris et vit à Istanbul où il est très bien suivi.

— Son départ a dû te faire un choc. Vous étiez si proches.

— Oui. Ça a été très dur de me dire que tous les hommes de ma vie, et même mon papa, m'abandonnaient.

Joachim soupira bruyamment, une forte émotion crispa ses traits et il sembla sur le point de l'interrompre, mais il la laissa continuer.

— Heureusement il me restait Amanda, et les jumeaux. Ils ont quinze ans. Ils rentrent en première au lycée Lamartine, la semaine prochaine.

Elle chercha ce qu'elle pouvait ajouter :

— On a emménagé ici en mars dernier, avant on habitait Faubourg-Poissonnière, juste en face de leur collège. Je voulais qu'ils puissent y aller à pied facilement…

— Comme nous allions à Buffon !

— Exactement !

Elle sourit malgré elle et commença à se détendre.

— Et toi, tu vis où ? demanda-t-elle.

Il se leva pour se servir un verre d'eau qu'il vida d'un trait avant de se rasseoir près d'elle.

— Toujours à San José ! Du moins jusqu'à ces derniers temps. Je me suis installé définitivement en Californie en 2000, comme tu le sais. Une start-up spécialisée dans la sécurité informatique m'avait offert un job en or. C'était archi bien payé et très intéressant. Les boîtes s'étaient rendu compte qu'il devenait de plus en plus important de protéger les technologies qu'elles développaient. À chaque avancée, les petits copains guettaient pour pomper les idées. J'étais très bon pour imaginer des combinaisons archi sécurisées. L'avenir de la Valley semblait radieux et les perspectives infinies, mais en 2001, la bulle Internet a explosé parce que les investisseurs avaient l'impression de financer à perte une promesse qui ne serait jamais tenue. On a été des centaines à se retrouver au chômage. Mes boss ont essayé de tenir le plus longtemps possible. On m'a foutu à la porte fin 2002.

— Et tu es revenu en France…

— Oui, pour l'enterrement de mon grand-père. J'avais d'ailleurs appris par Medhi que tu étais toujours avec Aurèle et que ça allait plutôt bien pour vous. Je suis rentré en Californie. D'anciens clients ont commencé à me faire bosser en free-lance sur leur système de sécurité.

Il se leva à nouveau, comme incapable de rester en place, et se mit à marcher de long en large dans le salon. Elle voyait bien qu'il était tendu, ému aussi peut-être. Ses confidences semblaient lui coûter mais, en même temps, il lui répondait avec le plus de minutie possible. Il avait bien précisé avoir pris de ses nouvelles par la bande. Quelle ironie ! Au même moment, elle se séparait d'Aurèle. Elle se demanda ce qu'il se serait passé s'il était venu la voir. Pourquoi ne l'avait-il pas fait ? Décidément, la vie n'avait pas voulu de leur amour. Joachim dégusta une figue et revint s'installer près d'elle.

— Un jour, un de mes clients m'a confié une mission assez particulière. Il m'a demandé de forcer le système de sécurité d'un concurrent pour découvrir ce qu'il préparait. J'ai accepté.

— Pourquoi tu as fait ça ?

— Oh ! Je pourrais sans doute me trouver des dizaines d'excuses. Dire que, pour moi, la philosophie initiale d'Internet, c'est le libre accès à toutes les informations, et que hacker des espaces dits privés n'est que justice. Que j'étais malheureux de t'avoir perdue, je n'avais plus de job, l'avenir m'angoissait et en même temps je me foutais de tout, que j'avais vingt-cinq ans et j'avais déjà perdu tous mes rêves… Ce client me proposait une somme indécente pour une mission super facile. Mais il n'y a jamais d'excuses à passer dans l'illégalité. Le fait est que j'ai accepté là où d'autres ont refusé.

Joachim se tut brusquement. Il avait recommencé à faire les cent pas dans la pièce en lui lançant des regards en coin. Qu'espérait-il donc ? Son approbation ? Sa compréhension ? Son absolution ? Elle était bien placée pour savoir que c'était à lui-même de se pardonner et que dans ce domaine précis, elle ne pouvait rien pour lui.

— Et tu as décidé de continuer.

— Après ce client, il en est venu un autre, puis un autre, et je suis devenu un pro. Oui j'ai continué, expliqua Joachim en se rasseyant. À cette période de ma vie, comme je te l'ai dit, je ne croyais plus en rien, et rien n'avait de sens. Le statut de pirate m'apportait de l'intensité : la nécessité de cacher ma véritable identité, ma réputation grandissante de hacker, l'argent qui tombait, tout cela me donnait le sentiment de vivre un truc passionnant, comme dans un film. J'aimais me mettre en danger, gagner gros, craquer l'argent en risquant d'être découvert. J'ai pris le pseudo de Blackbeard, le plus célèbre et plus cruel de tous les pirates, pour brouiller les pistes. J'ai fait courir le bruit que je portais une longue barbe noire, que je vivais comme un ermite dans un sous-sol archi sécurisé sans parler à personne, alors que je suis toujours rasé de près et que j'ai vécu dans des hôtels de luxe, quasi au vu et au su de tous. Je me suis finalement acheté une villa dans laquelle je logeais des jeunes qui développaient des projets de start-up, un incubateur dans les hauteurs de San José. Je l'ai mise au nom de mon oncle, mais je détestais y habiter. À partir de 2011, sur le conseil d'un pote, j'ai acheté pour 2000 dollars de bitcoins. Ils ne valaient alors que quelques cents. En quelques années, c'est devenu la monnaie officielle du deep-Web et c'est ainsi que je me suis fait payer la plupart de mes missions.

Il s'approcha plus près de son oreille.

— Tout s'est très bien passé jusqu'à mon dernier job. Je suis tombé sur une information que je n'aurais pas dû découvrir. Et quelqu'un a décidé qu'il fallait que je meure.

— Mais qu'est-ce que tu as pu découvrir de si grave ?

— Imagine un énorme acteur du Net avec une organisation tentaculaire, des centaines de ramifications, des filiales et même des organisations humanitaires. Imagine que le but de l'une de ces associations est d'offrir aide et secours aux victimes de la guerre en Syrie. Imagine maintenant que ce n'était qu'une couverture pour livrer des armes à l'E.I., Daesh comme vous dites en France. On m'a demandé d'effacer toute trace de cette organisation au sein du système. Normalement je ne suis pas censé porter de jugement moral sur mes missions, mais elles se résument souvent à de l'espionnage industriel. Là c'était autre chose et j'ai eu la mauvaise idée de m'intéresser à ce que je devais effacer. J'ai découvert qu'une livraison d'armes était prévue pour la Syrie. J'ai agi impulsivement et balancé un faux message pour faire capoter l'opération : ça a été mon erreur. Mon commanditaire anonyme a mis un contrat sur moi. Quand j'ai compris ce qui m'attendait, j'ai sauté dans le premier avion pour la France. Mais le tueur m'a suivi jusqu'ici. À un moment, j'ai bien cru qu'il allait m'avoir. Je le sentais sur mes traces. C'est alors que j'ai converti mes bitcoins en euros et que je suis venu te les apporter.

— Mais pourquoi ?

— Je te l'ai dit. Parce que j'étais en danger et je voulais te revoir avant de mourir. Et aussi pour te laisser cet argent, pour toi et tes enfants, s'il m'arrivait quelque chose.

Cette fois ce fut au tour de Violette de se lever pour faire les cent pas. L'intensité de ces révélations la prenait aux tripes.

— Pourquoi est-ce que tu n'as jamais répondu à mon dernier message ? lança-t-elle d'une voix forte.

— Quel message ?

— Celui que je t'ai laissé le soir où tu es parti. Tu as quitté l'appartement je t'ai couru après, mais je ne t'ai pas retrouvé. J'ai essayé de te joindre toute la nuit. Tu n'as jamais décroché, alors j'ai fini par parler à ton répondeur.

— Je n'ai jamais eu ce message pour la bonne raison que j'ai jeté mon téléphone dans la première poubelle venue en sortant de chez vous.

Violette le regarda, horrifiée. Joachim reprit fébrilement :

— Cela faisait des jours que je tentais de te joindre pour savoir où nous en étions tous les deux. Les rares fois où tu daignais répondre, tu n'avais jamais le temps de parler, tu m'envoyais bouler…

— Mais tu sais ce que c'est de s'occuper de jumeaux nouveau-nés ? Le boulot que ça représente ?

— Quand tu m'as invité à dîner, je me suis imaginé que nous serions en tête à tête, comme avant, qu'on pourrait se parler. Je m'étais dit : si elle le veut toujours, je lui dirai que j'accepte tout, rester à Paris, élever ses enfants. Oui, après ces mois de séparation, à attendre ton accouchement loin de toi, j'étais prêt à tout pour qu'on reste ensemble. Puis je suis venu chez vous ce soir-là, j'ai vu Aurèle un bébé dans les bras, et cet air triomphant qu'il affichait, bien calé dans son fauteuil de maître de maison. Il avait tout : toi, vos enfants, un appart, une bonne situation, une grande famille derrière lui. J'ai compris que tu avais fait ton choix. J'ai décidé d'accepter le job qu'on m'offrait, de prendre l'avion que la start-up m'avait réservé et de quitter la France pour toujours.

— Tu as jeté ton téléphone ! Tu n'as jamais écouté le message. Mais pourquoi ?

Violette était au bord de l'évanouissement, les oreilles bourdonnant plus que jamais et la tête comme dans un manège, elle faisait des efforts désespérés pour ne pas se laisser tomber sur le parquet. Joachim se leva d'un bond et lui passa un bras autour de la taille pour la soutenir. Même dans son malaise, elle sentit qu'il avait développé des muscles puissants comme l'acier et se demanda si c'était plutôt rassurant ou inquiétant. Il la guida jusqu'au canapé, l'aida à s'asseoir, il lui apporta un verre d'eau puis il la regarda boire et tenter de recouvrer lentement ses esprits. Ses yeux parcouraient le visage pâle et les paupières closes de Violette avec inquiétude. Elle ouvrit lentement les yeux et le vit penché sur elle.

— Qu'est-ce qu'il y avait dans ce message ? chuchota-t-il.

Violette releva précautionneusement sa tête, que dans son malaise elle avait laissée partir en arrière. Il n'avait pas eu le message. Il ne savait pas. Pendant toutes ces années, il ne savait rien.

— Cheyenne est ta fille.

Joachim devait s'attendre absolument à tout, mais pas à ça. Il la regarda avec un air d'incompréhension absolue.

— Mais comment est-ce possible ? balbutia-t-il.

— Superfécondation hétéro-parentale.

— Pardon ?

Depuis le temps, elle avait appris à maîtriser les subtilités techniques de son cas. Elle expliqua à Joachim qu'elle avait produit deux ovocytes (ce qui permet d'avoir des jumeaux) et qu'ayant couché avec Aurèle puis avec lui à vingt-quatre heures d'intervalle, ils avaient été fécondés par les deux hommes. Elle lui raconta comment sa copine Anouk avait procédé au test de paternité et le résultat qui s'était ensuivi.

— Tu as toujours les documents ? C'est bien ma fille ? Sans doute possible ?

— Oui, tu avais donné ton accord pour le test de paternité. C'est sur ton ADN qu'on s'est basé pour l'effectuer. Cheyenne est ta fille, mais Ulysse n'est pas ton fils.

— Il est celui d'Aurèle.

— Je n'ai couché avec personne d'autre dans un laps de temps aussi court !

Joachim se passait et se repassait les mains dans les cheveux, signe qu'il se trouvait dans un état de confusion extrême. Il se servit un verre d'eau qu'il but avidement avant de se verser le reste du contenu sur le visage. Il posa ses deux mains sur ses genoux et resta un long moment le haut du corps penché en avant. Violette l'entendit inspirer et souffler bruyamment. À quoi pensait-il ? Était-il dégoûté ? Choqué ? Outré ?

— C'est un miracle ! murmura Joachim d'une voix rauque. Un vrai miracle. Il n'y a que toi pour accomplir un miracle pareil, Violette. J'ai une fille. Cheyenne. Je l'ai vue, je lui ai parlé, elle est adorable. C'est ton portrait craché.

Violette laissa échapper un long soupir silencieux. L'attente de sa réaction lui avait coupé la respiration. Maintenant, elle avait envie de rire et de pleurer de soulagement. Elle réalisa qu'elle portait un poids accablant depuis des années, des mois, des jours. Une charge qui pesait sur son cœur et ses épaules : le poids du secret, le poids du silence, le poids du mépris de Joachim, de son dégoût, et tout ce qu'elle s'était imaginé pour justifier le fait qu'il l'avait abandonnée. Mais il n'y avait ni mépris, ni dégoût. Juste de l'ignorance. Il ne savait pas.

— J'aurais dû organiser un dîner en tête à tête, j'aurais dû te parler seule à seul. Mais c'était impossible à l'époque, c'était dingue, je n'avais pas une minute à moi. Je ne pouvais pas les laisser pour toute une soirée. Je voulais demander à Amanda, mais elle était trop jeune…

Elle délirait presque en se remémorant son état d'alors, son déchirement, sa volonté de dire la vérité aux deux hommes, et la douleur écrasante qui s'était ensuivie. Qu'elle avait gardée toute sa vie, enfouie, mais présente.

— Les jumeaux, c'est un enfer. Tout est multiplié par deux. Le premier mois, on a donné quatre cent trente-huit biberons et changé quatre cent cinquante couches, on avait compté. Qu'est-ce que j'aurais pu faire ? Si j'avais pu te le dire, tout aurait été différent.

Puis elle se souvenait :

— Mais je te l'ai dit ! Et tu n'as jamais écouté le message.

— Calme-toi, s'il te plaît, suppliait Joachim. Tu as fait tout ce qu'il fallait. Tu as été parfaite. Comme toujours.

— Je ne suis pas parfaite. Je suis froide.

Elle sanglotait à présent. Les digues construites autour de son chagrin se brisaient.

— Ne pleure pas, Ultraviolette, ne pleure pas ma miraculeuse. Tout va bien. Tu as assuré comme une reine.

Il lui tendit un kleenex.

— Parle-moi d'elle.

Violette s'essuya les yeux, se moucha.

— Elle te ressemble tellement ! C'est comme un mirage, comme si j'avais une part de toi sous les yeux jour après jour. Quand elle sourit, c'est toi. Quand elle se passe les mains dans les cheveux, c'est toi. Quand elle rit, c'est tellement toi que ça me prend à la gorge. Ses yeux ont la forme de tes yeux, ses mains ont la forme de tes mains. Parfois j'avais l'impression que tu étais là, caché derrière ses joues rondes ou enfermé derrière ses paupières.

Elle soupira profondément puis sourit avec tendresse

— Mais elle a un sacré caractère… qui n'appartient qu'à elle !

Violette se mit à parler de sa fille, sa sensibilité exacerbée, son amour des animaux et de tous les démunis, sa manie de regarder toutes les vidéos les plus traumatisantes sur l'élevage industriel, les notes qu'elle prenait frénétiquement sur son iPhone avec ses idées pour sauver le monde. Elle lui décrivit la force de caractère de Cheyenne, son intelligence, la pureté de son cœur, la paranoïa qui la prenait parfois et dont ils riaient avec Ulysse. Et lui raconta quelle sœur admirable elle était, la manière dont elle avait toujours veillé sur son frère, sa volonté de protéger tous ceux qu'elle aimait. Joachim écoutait avec passion.

— J'ai une fille ! J'ai un enfant ! Toutes ces années n'ont donc pas été complètement perdues.

— Je pense qu'il ne faut rien lui dire pour le moment. La nouvelle sera terrible. Elle adore Aurèle, elle sera bouleversée. Inutile de lui révéler que son père biologique est…

— En prison.

Joachim se passa les mains sur le visage. Il regarda devant lui, comme s'il voyait encore un rêve s'enfuir loin de lui.

— Je pense que tu as raison, soupira-t-il. Ça ajouterait encore au traumatisme.

— Attendons de voir comment ça va se passer avec Bellerose. Il y aura un procès ?

— Je pense. Oui, il faut la protéger. Je ne veux pas qu'elle soit malheureuse à cause de moi.

Pour l'heure, c'était Joachim qui avait l'air désespéré. Après la révélation de sa paternité, l'idée de ne pouvoir reconnaître sa fille au grand jour l'accablait. Violette se creusa la tête pour le distraire.

— J'ai revu Sophie et toute la bande du lycée récemment. Je les avais tous contactés pour retrouver ta trace. Sophie avait organisé les retrouvailles dans les catacombes, en mode discrétion totale. C'était épique.

Joachim sourit.

— C'est Julien qui m'a donné le nom de ton village en Espagne. J'espérais retrouver tes parents pour apprendre où tu étais.

— Merci de m'avoir cherché, murmura-t-il.

Il la dévisageait avec une tendresse troublante. Lentement, il laissa glisser ses doigts sur sa joue. Ce simple frôlement fit à Violette l'effet d'un tremblement de terre. Déstabilisée, elle secoua la tête. Il la vit agiter ses cheveux, comme pour se débarrasser d'un moustique importun et laissa retomber sa main.

— Écoute ! Les oiseaux chantent. Le jour se lève.

Joachim avait bondi et se tenait debout devant elle, les poings enfoncés dans les poches de son jean. Un rayon de soleil tentait de percer à travers les persiennes.

— C'est vrai ! On est déjà demain. Tu es fatiguée ? Tu ne veux pas te reposer un peu ?

— Non, je ne veux surtout pas dormir. Je veux profiter de ta présence jusqu'au bout. Tu veux un café ?

— Avec plaisir ! Tu crois qu'on peut demander aux messieurs derrière la porte d'aller nous chercher des croissants ?

La fenêtre de la cuisine, dépourvue de volets, avait été couverte d'un film opaque pour masquer leur présence. L'imagination de Violette, toujours prompte à se mettre en branle, visualisa un tueur embusqué sur le toit, un fusil à lunette braqué sur eux. La fenêtre s'ouvrait, le tireur visait, Joachim s'écroulait à ses pieds. Mort. Elle frissonna de terreur et se mit à s'activer avec frénésie, sortant le pain, le beurre, la confiture, les tasses et les soucoupes. Elle mit l'eau à bouillir pour son thé et appuya sur le bouton de la machine à café pour préparer un expresso à Joachim. C'est alors qu'ils entendirent la porte d'entrée s'ouvrir.

— C'est déjà Bellerose ?

— Mais il avait dit 8 heures !!

— Et tu l'as cru ?

Une montée de haine enflamma le cœur de Violette. Ce salaud de flic n'allait quand même pas leur enlever deux heures de retrouvailles ! Ils se rapprochèrent inconsciemment l'un de l'autre, prêts à protester avec vigueur à son manquement de parole. C'est alors qu'ils entendirent des pas légers avancer dans le couloir. Cheyenne apparut dans le cadre de la porte ouverte.

— Maman ?

— Qu'est-ce que tu fais là ? C'est super dangereux ! Tu devais rester chez ton père ! s'écria Violette.

Joachim la regardait ébahi, comme face à une apparition. Il murmura :

— Ma fille…

62

Jeudi 27 août 2015. 7 h 13
iPhone de Cheyenne. Notes.

Ambiance 100 % chelou. Maman a voulu qu'on passe la nuit chez notre père, alors qu'on vient juste de rentrer. D'habitude, quand on revient de vacances, elle ne nous lâche pas d'une basket. J'ai décidé d'en avoir le cœur net. Je me suis levée en douce pendant que mon frère dormait et j'ai fait le mur. Ligne 8 d'Invalides à Grands Boulevards et débarquement ici à l'improviste. J'avais raison, c'est bizarre puissance 1 000.
Il y a un policier en bas devant la porte cochère.
Il y a un autre policier planté sur le paillasson qui ne voulait pas me laisser entrer alors j'ai tapé un scandale.
Il a appelé son chef qui a dit « laisse-la entrer, il ne lui fera pas de mal ».
Le fugitif est là dans la cuisine, collé à ma mère. Genre épaule contre épaule.

Il est devenu blanc, il a prononcé « ta fille » avec une voix de zombie.
Maman est toujours vivante. Elle m'a hurlé dessus.

Je les ai laissés se décomposer. Je suis passée devant sa chambre, juste pour voir : lit non défait. Pas de surprise, c'est pas le genre de ma mère. Vierge depuis sa naissance, sauf la fois où elle a couché avec mon père pour nous fabriquer. Et encore, elle s'est débrouillée pour en avoir deux d'un coup, et s'épargner la corvée de recommencer. Les mecs, c'est tellement pas son genre que même à moi, ils me font peur.
Les trucs que je sais sur le fugitif :
Je l'ai vu au Rayol-Canadel à 3 heures du matin dans la nuit du 15 au 16 août (c'est la nuit où j'ai décidé de libérer Ron et Hermione).
Papa discutait avec un type que je n'avais jamais vu de ma vie. Cheveux longs, barbe de trois jours, tête d'homme traqué. La porte-fenêtre était ouverte. Je me suis aplatie contre le mur pour espionner. Ils parlaient de Maman. Papa, qui est toujours posé, avec le petit mot cool pour chacun, était transformé en rageux total.

Papa : Je n'ai pas de leçon à recevoir de toi. Je suis toujours là pour elle alors que tu as disparu de sa vie après t'être comporté de manière atroce ce soir-là.
Fugitif : Normal, tu es celui qu'elle a choisi. Comment tu as osé la quitter ?
Papa (en mode hystérique) : Parce qu'il n'y avait pas de place pour moi dans sa vie ! Il n'y en a jamais eu !

OMG ! Choc. Première fois que j'entendais ce versant de l'histoire. Les parents nous ont toujours raconté qu'ils s'étaient séparés d'un commun accord, mais comme

Papa s'est installé avec Marie-Odile à peine un an plus tard, on était sûrs, Ulysse et moi, que c'était lui, le salaud. Maman est une no-life, c'est notre grande angoisse avec Ulysse. Elle n'a pas de potes, seulement des confrères, elle ne sort jamais, sauf avec Amanda. Sa vie sociale, c'est nous, ses copains, c'est nous. Ses plus folles soirées : boire un verre de vin et manger du chocolat, seule avec un roman policier ou, soyons fous, avec une série télé ! Son mantra : « Je suis heureuse avec mes deux passions : vous et mon métier. »

Scène du fugitif, suite.
Fugitif : J'ai un message pour Violette, tu peux le lui remettre stp ?
Papa : Comment es-tu entré ?
Fugitif : Ton système de sécurité est vraiment pourri.

J'ai vu le moment où ils allaient se taper. Il y avait de la haine dans l'air, c'était archi tendu. Je suis entrée dans le salon.
Moi : Je veux bien prendre le message pour Maman.

Ils m'ont regardée tous les deux comme si je tombais de la lune. J'ai cru que le fugitif allait décéder. Il m'a fixée avec des yeux de psychopathe et a murmuré que je ressemblais à Maman… (c'est ce que tout le monde dit, sauf elle). Papa lui a arraché l'enveloppe des mains.

Papa : Hors de question de mêler ma fille à ça. Va pourrir en enfer.
Fugitif : Je compte sur toi. Tu me le dois. C'est une question de vie ou de mort. Merci Aurèle.

Et en une seconde il a disparu. Papa a lu le message puis il l'a roulé en boule et l'a jeté par terre.

Papa : Surtout ne parle pas de ça à Maman.

Il est sorti en claquant la porte. J'ai ramassé le message. C'est un mode d'emploi pour aller sur le Darknet. OMG bis ! J'ai senti souffler le vent du danger !
J'ai gardé le papier jusqu'à la fin des vacances avec le gros dilemme : donner le message, ou pas. Ulysse était pour écouter Papa et le jeter à la poubelle. Moi je ne voulais pas cacher quelque chose d'important à Maman. Quand on est rentrés à Paris, je lui ai donné le papier. Et maintenant, le fugitif est dans la cuisine. Il faut vraiment qu'on m'explique ce qui se passe. On toque à ma porte, c'est elle, c'est Maman.

63

Comme des statues de sel pétrifiées par la colère divine

Violette et Joachim se regardèrent tétanisés, figés comme des statues de sel pétrifiées par la colère divine. Joachim était d'ailleurs devenu gris comme le sodium. Il se laissa tomber lourdement sur une chaise.

— Pourquoi tu lui as dit ? Mais t'es complètement malade ? gronda Violette à mi-voix, les yeux exorbités de rage et les nerfs tendus à craquer.

— Je suis désolé. Quand je l'ai vue, ça a été… Je n'ai pas pu m'en empêcher. C'est sorti tout seul.

Elle se força à se calmer. Ça ne servait à rien de s'énerver. Il venait de subir un gros choc et semblait complètement bouleversé.

— Je vais aller la voir, dit-elle. Il faut que je lui parle.

— Laisse-moi y aller !

— Non ! Tu risques de lui faire encore plus de mal.

Joachim s'assit docilement et mordit dans une tartine de confiture.

— C'est notre première discussion de parents, prononça-t-il, l'air heureux.

Elle sourit malgré elle.

— J'espère que ce ne sera pas la dernière.

Ils demeurèrent assis dans la cuisine en silence, grignotant du bout des lèvres, dans un état de tension extrême. Joachim consulta sa montre et se leva d'un bond.

— J'y vais. Je vais lui parler. S'il te plaît, ne m'en empêche pas. Bellerose va arriver d'une minute à l'autre et je n'aurai peut-être plus jamais l'occasion de m'expliquer avec elle.

Elle hésita à peine avant de lui donner son assentiment muet.

64

Jeudi 27 août 2015. 8 h 22

iPhone de Cheyenne. Notes.

Ce n'était pas elle. C'était LUI. Il est entré dans ma chambre et s'est posé au bout de mon lit comme un corbeau, tout en noir de la tête aux pieds. Il s'est mis à coasser, avec sa voix cassée, ses yeux noirs et perçants qui tournaient dans tous les sens et son grand nez crochu comme un bec, un oiseau de malheur.

Corbeau : Je suis désolé de te l'avoir dit comme ça. J'aurais aimé que tu l'apprennes autrement, plus en douceur et surtout, de la bouche de ta mère.

Je me suis reculée jusqu'au coin le plus extrême de mon lit. Les dingues sont dangereux. Ils peuvent devenir violents d'un coup, Maman me l'a raconté. Elle en a vu virer psychopathes quand elle a fait un stage en HP pendant ses études. Il a posé sa main à plat sur ma couette, comme pour s'approcher de moi. J'ai failli crier mais je n'ai pas pu. Le type est parti dans un délire extrême.

Corbeau : Je comprends que pour toi ça soit une très mauvaise nouvelle. Tu as déjà un père, qui t'aime très fort, je n'en doute pas. Tu t'imagines que toute ta vie va être bouleversée, que tu ne sauras plus qui tu es… Mais pour moi… c'est extraordinaire. C'est une joie immense. Je suis tellement heureux, Cheyenne, tellement heureux. Si tu savais combien j'ai aimé ta mère, et comment j'ai souffert d'en être séparé. Alors aujourd'hui, savoir que tu existes, c'est… miraculeux !

Maman m'a dit que la première chose à faire quand on est face à un fou, c'est lui dire qu'on le comprend. Alors j'ai hoché la tête doucement, en espérant qu'il allait quitter ma chambre au plus vite, mais il continuait à squatter le bout de mon lit et à coasser avec sa voix de corbeau fragile.

Corbeau : Tout ce que je te demande, c'est de ne pas me rejeter complètement. Je te demande juste de réfléchir et d'envisager la situation comme une chance. Imagine que tu auras deux fois plus d'amour.

C'est là qu'il a dépassé les limites de ma patience.

Moi : Mais je ne comprends rien à ce que vous me racontez ! De quoi vous parlez ?

Il m'a regardée avec les mêmes yeux ahuris que mes perruches quand elles viennent de se réveiller.

Corbeau : Cheyenne, je suis ton père.

Et les flics ont débarqué.
En un éclair le type s'est complètement transformé. Fini le corbeau larmoyant, il s'est mis debout d'un bond, leur a balancé un sourire BBryance.

Corbeau : Messieurs, je vous attendais !

Il a tendu lui-même les poignets pour qu'on lui passe les menottes. J'ai recommencé à respirer quand ils l'ont embarqué. C'est un fou. Il ne faut pas le laisser en liberté. Il invente des choses horribles, dégueulasses. Il ment. Je le hais, je veux qu'il meure dans d'atroces souffrances. Qu'on l'enferme à triple tour en prison ou en HP. Je ne veux plus jamais entendre parler de Joachim Calderon.

65

Gérer le chaos

Par la fenêtre dont elle venait d'ouvrir les volets, Violette regarda Joachim sortir de l'immeuble, encadré par deux policiers. Vincent Bellerose fermait la marche. Le commandant n'avait pas pu s'empêcher de débarquer en avance, mais l'essentiel avait été fait et dit. Quand Joachim avait prononcé les mots « ma fille », Violette avait d'abord eu envie de faire le job du tueur à gages et de lui tirer une balle dans la bouche pour lui apprendre à se taire. Puis elle avait réalisé qu'elle ne pouvait en vouloir à Joachim. Ce genre de secret, quand il est révélé, engendre forcément le chaos. Les réactions de chacun deviennent imprévisibles et incontrôlables. Elle avait eu le temps de réfléchir à ce qui se passerait dans l'éventualité où le secret serait éventé : un cataclysme. Elle savait que sa fille serait la plus touchée et, par ricochet, son fils. C'est pourquoi elle avait veillé à instaurer très tôt un dialogue très ouvert avec chacun d'eux ; pour que le jour venu, ils soient capables de continuer à exprimer leur ressenti. Elle ne leur avait jamais rien caché des difficultés de la vie et des situations compliquées dans lesquelles les êtres humains pouvaient se trouver. Le jour était arrivé. Cheyenne avait découvert la vérité de sa naissance et Violette avait laissé Joachim lui parler. Le temps qu'il pouvait passer avec elle était compté. Et même si elle savait que tout ce qu'il aurait trouvé à lui dire serait malvenu, elle avait laissé le contact se faire. Ils avaient eu quelques minutes en tête à tête avant l'arrivée des policiers. C'était à son tour maintenant de s'expliquer avec sa fille. À partir d'aujourd'hui, l'équilibre ancien était rompu. Il faudrait attendre longtemps pour que les esprits s'apaisent et que la nouvelle donne soit intégrée et acceptée. Oui, ce serait long, mais elle s'était préparée au choc, elle serait là pour les aider à traverser l'épreuve.

Avant de monter dans la voiture de police, Joachim leva les yeux vers elle et lui adressa un de ses fameux sourires qui lui faisaient croire que la vie est belle. Le ciel était gris, un petit vent frais faisait frissonner les feuilles des platanes du boulevard Montmartre. Certaines avaient déjà roussi et commençaient leur lente chute vers le bitume. Cheyenne n'était pas sortie de sa chambre. Violette referma la fenêtre. Maintenant, il fallait gérer le chaos. Elle redressa les épaules.

Elle envoya d'abord un texto à Aurèle pour l'informer que Cheyenne était chez elle. Ulysse pouvait rentrer quand il le souhaitait, la voie était libre. Elle ajouta qu'elle souhaitait passer le voir à son bureau dans la matinée, s'il était disponible. Violette contacta ensuite l'hôpital pour annoncer qu'elle serait absente toute la journée, ce qui constituait une première en près de dix ans d'exercice. Puis elle toqua à la porte de la chambre de sa fille. Cheyenne s'était endormie, son smartphone à la main, sans doute terrassée par l'émotion. Elle se rendit ensuite dans sa chambre pour rédiger quelques pages de son journal et mettre de l'ordre dans ses pensées.

Environ une heure plus tard, elle retourna voir Cheyenne. Sa fille s'était réveillée et caressait son chat d'un air sombre.

— Tu veux prendre ton petit déjeuner ?

— Dégage !

Violette fit quelques pas dans la pièce et se posa précautionneusement au bout du lit.

— Le dingue est parti ?

— Oui.

— Tant mieux. J'espère qu'il va pourrir en prison pour les cent ans qui viennent.

— Tu veux parler de ce qu'il t'a dit ?

— C'est un malade mental ! Il me regarde avec ses yeux de fou et invente des choses complètement démentes. En plus il insiste ! Tu es au courant qu'il est dingue ?

— Tu es sûre que tu ne veux pas un jus d'orange et des tartines ?

— Le coup de répondre à une question embarrassante par une autre question, je connais ! Papy nous l'a appris aussi.

— Non, il n'est pas dingue, il dit la vérité. Joachim est effectivement ton père biologique. Il faut que je t'explique : lui et moi, nous nous sommes aimés comme des fous. Je l'ai connu quand j'étais au lycée…

— Attends… Tu veux dire qu'on est vraiment les enfants de ce type ?

— C'est un peu plus compliqué que ça. Après votre naissance, j'ai appris que tu es la fille de Joachim mais que Ulysse est le fils d'Aurèle.

— Mais pourquoi tu me racontes des horreurs pareilles ?

— Parce que c'est la vérité.

66

Jeudi 27 août 2015

Mon amour, mon trésor, ma fille.

Tu tiens entre les mains mon journal, oui un vrai journal intime de « boloss » que j'ai commencé à écrire quand j'avais à peu près ton âge et qui m'a accompagnée pendant de longues années. Je viens à l'instant d'en rédiger le tout dernier chapitre. Maintenant, il est tout à toi.

Tu verras que je n'ai pas toujours été cette ophtalmo obsédée par son métier, comme vous me le reprochez parfois avec ton frère. J'ai été une ado boudeuse, une jeune fille amoureuse, une jeune femme passionnée, une étudiante acharnée, une mère absolue et aussi, souvent, une tête de mule.

Ce journal a été le confident de mes bonheurs et le soutien de mes malheurs. Je te le confie, car comme tu le découvriras au fil des pages, c'est aussi ton histoire qui s'est écrite ici.

Aujourd'hui, tu as découvert la vérité sur ta naissance. Et même si cette vérité est pour le moment difficile à encaisser, je suis infiniment heureuse et soulagée que tu saches enfin d'où tu viens.

Je sais que tu as l'impression que le ciel vient de te tomber sur la tête. Tu dois être furieuse, contre moi, contre la vie, contre le sort qui t'a choisie pour victime. Je sais que ça ne va pas te consoler, mais nous ne sommes pas un cas isolé : des milliers de familles ont des secrets. Les secrets ont été inventés par des gens comme moi, qui voulaient protéger ceux qu'ils aiment plus que tout au monde. Personne ne choisit de gaieté de cœur de cacher une information capitale. Mais au moment clé, le secret apparaît toujours comme la meilleure façon possible de gérer une situation. J'espère que tu comprendras pourquoi j'ai choisi de ne pas révéler qui était ton père. Attention, je dis « comprendre », je ne dis pas « approuver ». Je sais déjà que tu n'approuveras pas.

Ma petite fille chérie, sache que tu ne seras pas seule pour affronter la tempête. Je suis là et tu pourras te faire aider au besoin. Je me suis beaucoup renseignée, j'ai discuté avec des psys, j'ai lu des ouvrages. Tout le monde s'accorde à dire que la levée des secrets de famille produit des effets bénéfiques et libérateurs.

Aujourd'hui, je te « livre » le secret qui entoure ta naissance pour te « délivrer » du poids qui inconsciemment pèse sur ta vie. Car les secrets de famille sont sources de souffrances tant qu'ils n'ont pas été dévoilés. Ils occupent, sans qu'on en ait conscience, une grande partie de notre attention psychique et, de ce fait, ils ne nous permettent pas de nous réaliser pleinement. Je me suis souvent demandé si ton inquiétude permanente, ta compassion pour les êtres sans défense que sont les animaux, ne venaient pas de cette identité cachée. Je ne sais pas. Tu le découvriras peut-être si, un jour, tu as envie de travailler sur toi.

De même, peut-être que ma volonté de me dévouer à mes malades et de refuser toute autre forme de vie sociale, viennent-ils aussi de ce poids que j'ai dû porter seule pendant de longues années ? Qu'en penses-tu ?

Vous êtes, ton frère et toi, les êtres les plus précieux de ma vie, les joyaux de mon cœur, et rien jamais ne pourra changer cela. Au contraire, chaque jour qui passe fait grandir l'amour que j'ai pour vous.

Tu sais, parfois la nuit, je venais te regarder dormir, et je me demandais si j'avais raison de te cacher la vérité sur ta naissance. Une petite voix au fond de moi me disait que tu avais le droit de savoir, mais la voix de mon amour pour toi m'ordonnait de me taire, pour que tu continues à être heureuse. Pourquoi t'aurais-je parlé d'un père biologique que tu ne rencontrerais sans doute jamais, alors que tu avais un papa bien réel, bien présent, qui t'aimait d'un amour ardent ? De quel droit aurais-je brisé cet accord parfait pour t'offrir du vent et des larmes à la place ?

Mais aujourd'hui, c'est différent. Avec cette nouvelle donne familiale, rien ne te sera enlevé, mon trésor. Tu recevras toujours autant d'amour. Et si un jour tu l'acceptes, tu pourras aussi en recevoir de la part de celui que tu nommes « le dingue » ! C'est vrai qu'il peut te paraître un peu fou, mais tu découvriras à la lecture de ces pages qu'il a été beaucoup plus que ça.

À la fin de ce journal, tu pourras lire ce que j'ai écrit ce matin. J'ai retranscrit ce que Joachim m'a raconté dans la nuit. Les raisons de sa disparition, les raisons de son silence et aussi… celles de son retour. Comme tu le sais, Joachim est en ce moment même aux mains de la SDLC, c'est-à-dire la Sous-direction de la lutte contre la cybercriminalité. Ne le juge pas trop vite, laisse cela à la justice.

J'ai été très émue de constater que j'ai atteint la dernière page de mon journal au moment où j'ai apposé le mot FIN. Mon histoire se termine. La tienne commence. Je te souhaite la plus belle, la plus passionnante des vies. Ne laisse pas ces révélations sur ta naissance la gâcher. Au contraire, qu'elles te servent à te libérer et à déployer tes ailes pour viser la lune.

Pardon pour le mal que je risque de te faire, moi qui ai passé ma vie à vouloir vous protéger de tous les chagrins. Je t'aime et je t'aimerai toujours, chaque jour plus que la veille.

Maman

PS : tu verras que certains passages ont été passés au Tippex. Ils ne dissimulent rien d'important. C'est juste qu'ils sont un peu trop intimes et j'ai préféré ménager ma pudeur… et la tienne !

67

Les quatre points cardinaux de la vie selon Aurèle Fontaine

Violette referma doucement la porte de l'appartement. Toujours enfermée dans sa chambre, Cheyenne dormait, ou faisait semblant, le journal fermé posé sur sa table de chevet. Même si elle était inquiète à l'idée de laisser sa fille seule, elle savait qu'il fallait lui laisser un peu d'espace. Et puis elle ne serait pas longtemps absente… juste le temps de parler à Aurèle.

C'est avec appréhension qu'elle franchit le seuil du luxueux hôtel particulier de l'avenue Franklin-D.-Roosevelt qui abritait le bureau de son ex. Celui-ci était depuis deux ans le directeur marketing des Champagnes Vantuel. Depuis son tout premier stage, alors qu'il était en première année d'école de commerce chez le sponsor en whisky de ses soirées étudiantes, Aurèle avait mené une belle carrière dans le domaine des vins et spiritueux. Un secteur qui mêlait luxe, art de vivre, savoir-faire et sens de la fête, soit les quatre points cardinaux de la vie selon Aurèle Fontaine. Quand il se leva pour l'accueillir dans la grande pièce claire aux murs alourdis de moulures, dont les hautes fenêtres donnaient sur l'avenue, Violette eut une pensée émue pour l'ado binoclard qui rêvait d'être la star du lycée. « Bébé » s'était construit une vie à la mesure de ses ambitions. Son cœur s'était-il endurci derrière les chemises siglées et ses vestes en cachemire ? À le voir si élégant, si poli, dans son écrin professionnel, elle se mit à douter de sa démarche. Sa crainte absolue était qu'il rejette Cheyenne en découvrant de qui elle était la fille. Elle avait hésité à venir le voir, mais une fois que Cheyenne était au courant, elle ne pouvait pas se permettre de laisser Aurèle dans l'ignorance, ou, pire, de le laisser apprendre la vérité de la bouche de celle qu'il considérait comme sa fille.

Quittant son bureau aux lignes design, Aurèle invita Violette à s'asseoir dans un des fauteuils de cuir beige qui composait un coin salon pour, imagina-t-elle, des réunions informelles. Il s'installa en face d'elle. Sur la table basse, elle remarqua un magazine de papier glacé sobrement intitulé JCV, sur lequel s'affichait le portrait souriant du baron Jean-Charles Vantuel, président de la Maison de Champagne du même nom et sa femme Chloé, une blonde suprêmement élégante qui ne lésinait pas sur le botox. Violette hésitait à parler, comme un cheval qui rechigne devant l'obstacle. Aurèle consulta discrètement sa montre. Elle croisa ses jambes encore bronzées par son séjour en Espagne et, pour se donner du courage, admira la ligne de ses nouvelles sandales, des merveilles de délicatesse bleu ciel et argent, cadeau de Joachim. Elle était venue pour dire les choses, il fallait aller au bout.

— Tu te souviens quand tu as fait ton stage de fin d'études à Londres ?

— Évidemment ! Six mois de folie !

— Pendant que tu étais à Londres, je t'ai trompé avec Joachim.

Elle le sentit se crisper dans son fauteuil. Il soupira :

— Pourquoi tu me dis ça maintenant ? Ne pourrait-on pas s'épargner ce genre de révélations désagréables ? Je ne sais pas pourquoi tu éprouves le besoin de me blesser en m'agitant cette trahison sous le nez. À vrai dire, je m'en étais un peu douté à l'époque, mais « il n'y a pire aveugle que celui qui ne veut pas voir », comme on dit. Et puis je n'ai pas toujours été irréprochable non plus.

— Ah bon ?!

Comme à chaque fois qu'il était énervé, Aurèle se lissa le haut du nez du bout de l'index, un vieux tic hérité du temps où il devait tout le temps remonter ses lunettes.

— Tu m'as trompé, je t'ai trompée. On s'en tape ! J'ai refait ma vie, je suis très heureux avec Marie-Odile. Et tu devrais en faire autant plutôt que de ressasser le passé.

— Tu m'as trompée quand tu étais à Londres ?

— Non ! Pas à Londres, tu étais enceinte ! Plus tard peut-être, après la naissance des jumeaux. Ah ! Je n'aime pas remuer tout ça. Tu veux une coupe de champagne ?

— À cette heure-ci ?

— Tu me stresses à la fin ! Il n'y a pas d'heure pour un bon champagne.

Il se leva d'un bond pour ouvrir la porte d'un mini réfrigérateur dissimulé dans les lambris d'une bibliothèque en chêne clair, en sortit une bouteille de champagne et deux flûtes de verre givré. Il expliqua qu'il en avait toujours en réserve pour les dégustations professionnelles en versant habilement l'exquis breuvage. Il tendit une flûte à Violette qui la descendit d'un trait. Effectivement, il était bon, même si sa préférence allait au vin rouge. Remotivée par le piquant des fines bulles et la fraîcheur frappée du vin, Violette se lança et raconta tout ce qu'il devait savoir, le plus sobrement possible. Y a-t-il une bonne manière pour annoncer à un père que sa fille n'est pas sa fille ? Y a-t-il un moyen de lui épargner cette douleur ? Peut-on vraiment lui affirmer que cela ne va rien changer ?

Avachi au fond de son siège, Aurèle avait perdu de sa superbe.

— Cheyenne est au courant ?

— Oui. C'est pourquoi je suis venue te voir. Peut-être qu'elle va vouloir t'en parler.

— J'espère que tu es consciente du mal que tu fais à ta fille. Et à ton fils. Leur monde s'écroule et toi, tu bois du champagne !

— Justement. Je voulais voir avec toi comment gérer tout ça au mieux, pour eux.

— Et moi, tu as pensé à moi ? À l'effet que ça me fait ? Ma propre fille n'est pas de mon sang !

Il luttait visiblement pour ne pas s'effondrer, comme un naufragé cherchant une planche de salut pour éviter la noyade. Aurèle raffermit sa voix avant de demander :

— Je peux voir ce qui te permet d'affirmer tout ça ?

Elle lui tendit l'analyse ADN. Il examina les documents en silence avant de les lui rendre.

— Ces papiers n'ont aucune valeur légale. Devant un avocat, ça ne vaut rien.

— Effectivement.

— C'est moi qui ai déclaré les jumeaux à la mairie. Aux yeux de la loi, je suis leur père.

— Oui, personne ne le conteste… C'est juste que…

— Si jamais ce fils de pute tente quoi que ce soit pour mettre en doute ma légitimité de père, sache qu'il s'adresse à plus fort que lui. La meilleure avocate en droit familial est une très bonne amie, il va se faire laminer.

— Bien sûr. Ce n'est pas du tout le sujet…

— Pour moi si, c'est le sujet. S'il veut tenter une reconnaissance de paternité du fond de sa taule, il peut s'accrocher. Personne ne va l'écouter.

— J'ai peur que tu ne sois légèrement dans le déni…

Il s'était levé et la dévisageait, blanc de fureur.

— Personne n'a le droit de m'enlever ma fille, ni mon fils, ni rien de ce qui m'appartient ! En ce qui me concerne cette conversation n'a pas existé. Et si tu avais eu la décence de me consulter avant de parler à Cheyenne, elle n'aurait jamais rien su de cette aberration et s'en serait beaucoup mieux portée. Tu voudras bien m'excuser, j'ai un rendez-vous dans cinq minutes, et j'ai besoin d'être un peu seul.

68

Vendredi 28 août 2015. 1 h 14
iPhone de Cheyenne. Notes.

Je me souviens il y a très longtemps, quand nous avions environ trois ans, nous prenions toujours le bain ensemble avec Ulysse. À cette époque, je pensais que mon frère et moi n'étions qu'une seule et même personne, les frontières entre lui et moi étaient floues, puisqu'il ne se passait pas une minute de ma vie, du réveil au sommeil, sans qu'il soit présent à côté de moi à respirer le même air et vivre les mêmes choses.
Ce jour-là, dans le bain, j'avais observé le corps de mon frère, et puis le mien, et j'avais réalisé que nous n'étions pas faits pareil. OMG ! Choc. Nous étions donc différents, pire encore, nous étions deux personnes différentes. Je me souviens que je m'étais mise à pleurer parce que mon cœur s'était brisé.
Aujourd'hui aussi, mon cœur est brisé. Je ressens la même émotion qu'à l'époque, mais puissance un million. Ulysse

n'est plus que mon demi-frère et j'ai l'impression qu'on me l'arrache, qu'on m'enlève mon jumeau, ma vie, mon cœur. Quand il est rentré hier, en fin d'après-midi, après avoir passé la journée avec Anatole, je me suis jetée dans ses bras en pleurant pour la première fois depuis le début de cette histoire. Puis je lui ai tout raconté. Son premier réflexe a été d'insulter Maman parce qu'elle me faisait du mal. Puis on s'est enfermés dans sa chambre pour réfléchir. Sa conclusion est que quand on s'est développés dans le même ventre et qu'on a trempé pendant neuf mois dans le même « putain » de liquide amniotique, on est à 100 % des « putains » de vrais jumeaux. Je lui ai raconté l'histoire de la baignoire, il s'en souvenait très bien, mais lui n'avait pas pleuré ce jour-là, car ça ne changeait rien, et aujourd'hui, ça ne change rien non plus. Évidemment, je résume, parce qu'il y a d'abord eu la phase où Maman lui a tout raconté et il n'était pas du tout joyeux. Il a demandé s'il pouvait lire le journal, je le lui ai passé. Maman avait préparé une petite enveloppe pour lui aussi, avec toute cette histoire de secret qui fait du bien quand il est révélé, mon cul. Je me suis glissée dans son lit pendant qu'il lisait. C'était complètement ouf de découvrir le passé de Maman, son caractère quand elle était jeune, comment elle a taffé comme une folle et comment elle a merdé pour se retrouver dans une situation dramatique et ridicule.

Au dîner, Maman essayait de nous parler, mais ni Ulysse ni moi n'avions envie de discuter avec elle. Il fallait d'abord qu'on règle ça entre nous. Pour l'instant, la situation est merdique. Ulysse a toujours la même mère et le même père, alors que moi j'ai un nouveau père biologique que je ne connais pas. Ulysse comprend que c'est compliqué pour moi de vivre avec ça. Maman m'a dit qu'elle avait mis Papa au courant. Il considère que ça ne change rien.

Mais je suis triste parce qu'il aurait pu m'appeler pour me rassurer et me dire qu'il m'aime toujours.

69

Fabriquer des kilotonnes d'amour en une fraction de seconde

Assis seul dans une pièce sans fenêtre, fermée par une porte blindée à verrouillage magnétique, Joachim Calderon attendait. Sa première pensée quand on l'avait placé là avait été que si on le frappait, personne ne l'entendrait crier.

« *Mon corps est enfermé, seule mon âme peut voguer…* » Menottes aux poignets, paupières closes, il fredonnait une chanson de sa jeunesse pour se donner du courage, un morceau du rappeur Passi qu'il écoutait à la fin des années 1990 avec Violette. Il laissa son esprit s'évader et voler jusqu'à elle. Il réalisa qu'elle était dans ses pensées depuis qu'il avait posé le pied en France. Cette nuit passée avec elle représentait, il s'en rendait compte à présent, le but ultime de son retour, et un des moments les plus intenses de son existence. Avant de monter dans le fourgon blindé, encadré par deux policiers, il avait levé les yeux et l'avait vue qui l'observait par la fenêtre, ça l'avait rendu heureux. Le véhicule avait démarré pour l'emporter dans une autre dimension, un monde clos, gris, brutal et il avait passé le trajet à se frapper compulsivement l'arrière du crâne contre la paroi de métal.

Après des années d'aventures, à percer des systèmes de sécurité réputés imprenables, s'introduire dans les serveurs des compagnies ultra-protégées, et flamber sous le soleil californien, Joachim Calderon pensait avoir oublié Violette Abravanel. Elle était enfouie tout au fond de sa mémoire, comme une petite musique douloureuse et lointaine. Mais il lui avait suffi de la revoir pour que la mélodie se réveille et que valsent les violons. Non, il ne l'avait pas oubliée. Oui, elle le bouleversait toujours. Pourtant elle ne ressemblait plus à la jeune fille pétillante et solaire d'autrefois. La nouvelle Violette était mystérieuse comme l'astre des nuits. C'était une femme dans sa plénitude, qui avait mené la vie qu'elle s'était choisie, sans demander l'avis de personne. Il était fier de voir qu'elle était allée au bout de ses projets. Elle avait réussi sur toute la ligne. Il avait suffi d'une soirée pour comprendre qu'elle lui plaisait toujours. Beaucoup. Passionnément. Même si la réciproque ne semblait plus vraiment d'actualité.

Il y avait eu cette révélation extraordinaire, ce cadeau miraculeux : une fille née d'elle et de lui. Joachim songea au visage magnifique et terrifié de l'enfant quand il avait tenté de lui parler. Elle n'entendait rien de ce qu'il disait. Quand il avait tendu la main vers elle, elle s'était recroquevillée, apeurée, au bout de son lit, dans l'angle formé par les murs. Il avait vu ses grands yeux dorés, si semblables à ceux de sa mère, se dilater de frayeur. Cheyenne qu'il connaissait à peine quelques heures plus tôt et pour qui son cœur avait fabriqué des kilotonnes d'amour en une fraction de seconde. La vie lui faisait un cadeau amer. Se découvrir père le jour même où il se faisait arrêter pour un crime que la police commettait elle-même régulièrement, c'était rageant. Il avait laissé retomber sa main. Et les policiers étaient venus l'arrêter.

Arrivé au QG de la SDLC, on l'avait enfermé dans une cellule où il avait passé tout le jour et toute la nuit sans que personne ne lui adresse la parole. Il avait simplement pu contacter un avocat. Ce n'est que ce matin, après lui avoir proposé un café infâme et deux biscottes rances, qu'on était venu le chercher.

Joachim soupira en se passant les mains dans les cheveux, comme à chaque fois qu'il avait besoin de s'éclaircir les idées, ce qui n'était pas évident avec des menottes aux poignets. En entendant la porte s'ouvrir, il releva instinctivement le menton.

Le visage du policier resta fermé alors qu'intérieurement il levait les yeux au ciel. Le coup de la chevelure rejetée en arrière, vraiment ? Avec lui, Bellerose ? Ce type ne doutait de rien. Le commandant passa la main sur le demi-millimètre de cheveux qu'il autorisait à son crâne et s'assit lourdement face à son prisonnier. Cette caricature de piège à filles était-il vraiment le terrible hacker qu'il recherchait depuis trois ans ? Le pirate fantôme, la légende vivante dont la dextérité et la ruse impressionneraient tous ses congénères ? Les bruits les plus contradictoires couraient sur son compte. Certains le décrivaient comme un ermite vivant dans une cave sécurisée équipée d'un méga ordinateur bidouillé par ses soins, un solitaire sale et barbu qui passait son temps à soulever de la fonte entre deux missions. D'autres racontaient qu'il vivait comme une rock star et organisait des fêtes orgiaques dans sa fabuleuse villa sur les hauteurs de Cupertino. Le problème était que nul n'avait jamais pu localiser ni le sous-sol, ni la villa.

— Où est-ce que vous viviez en Californie ?

— À l'hôtel. Je change souvent mais le Four Seasons de Palo Alto est excellent. On n'est jamais déçu avec les Four Seasons. Je vous le recommande.

L'ironie était un sport couramment pratiqué par les hackers qui avaient tendance à s'imaginer au-dessus des lois. Jusqu'au jour où ils se retrouvaient dans la puanteur d'une cellule, sans pouvoir approcher le moindre objet connecté. Là, ils déchantaient.

— J'irai avec plaisir, pendant que vous testerez l'excellent service des prisons françaises. Cinq ans minimum. Sans compter la déchéance de nationalité pour trahison.

— Tout de suite les grands mots.

— Aux grands maux, les grands remèdes.

Pendant des années, Vincent Bellerose s'était demandé à quoi pouvait bien ressembler Blackbeard. Quels étaient son nom, son âge, son passé, ses opinions politiques. Au fil du temps, il s'était construit un portrait fantasmagorique de ce type pour lequel il avait fini par éprouver une sorte de respect. Dire que la réalité le décevait était un euphémisme. Ce Joachim Calderon encore jeune, trop à l'aise et par-dessus tout, imberbe, lui tapait sur les nerfs. Il préférait l'image de son vieux pirate barbu, solitaire et mutique, un sage qu'il imaginait issu de la première génération des bidouilleurs de génie.

— Ça fait trois ans que je vous piste. J'ai un dossier en béton, et plus de preuves qu'il n'en faut pour que vous n'ayez pas la moindre chance de vous en sortir pendant le procès.

Joachim devait se l'avouer, il était stupéfait de s'être fait démasquer par Vincent Bellerose. Un Français ! Lui qui n'avait jamais été inquiété de toute sa carrière. Il se rappela sa terreur quand il avait été informé qu'un tueur avait signé un contrat sur sa tête. Il avait toujours pris la vie comme un jeu, mais cette fois la partie était mortelle et la peur faisait partie de la donne. Paris lui était alors apparue comme LA bonne idée. Personne ne connaissait ses origines françaises, il n'y avait plus aucun bien, sa traçabilité était nulle. Il avait sauté dans le premier avion. Quand il avait réalisé que la SDLC était sur ses traces pour une histoire de hacking dont il ne se souvenait même plus, il avait cru à une mauvaise blague. Puis on l'avait informé que l'homme payé pour l'abattre l'avait suivi jusque-là. Pris en tenaille entre la SDLC et le tueur à gages, il avait compris qu'il était piégé. Mais il n'avait pas encore perdu la partie…

— Moi aussi, je sais tout sur vous, prononça doucement Calderon.

Il avait eu le temps de faire des recherches et déroula le CV de Vincent Bellerose, sans rien omettre des lignes que celui-ci s'était appliqué à dissimuler : né en 1976 à Pointe-à-Pitre, d'une mère barmaid et d'un père inconnu. Excellent à l'école, il avait obtenu le bac C avec mention très bien à dix-sept ans puis avait intégré l'université des Antilles pour un IUT des métiers du multimédia et de l'Internet qui s'était vite révélé bien trop facile pour lui. C'est alors que le jeune Bellerose avait piraté le site de l'université Paris 8 pour avoir accès aux enseignements de la licence informatique. Surpris sur le lieu de son crime par un de ses professeurs, il avait décidé de fuir le lendemain même vers la métropole pour échapper à la honte. À peine débarqué dans la capitale, sans un sou en poche, Bellerose avait trouvé judicieux de s'engager dans l'armée de terre. Embauché au grade de sergent, il s'était vite fait remarquer pour son sens du devoir et sa pugnacité et avait grimpé rapidement les échelons tout en poursuivant un cursus d'officier informaticien. Année 2000 tout pile, année de l'amour avec la rencontre de celle qui deviendra sa femme en 2002, Béatrice Loiseau, enseignante en économie. Leur petit garçon, Mathis, était né en 2008. Promu commandant en 2011 et muté à la Base de Défense de Montauban, Bellerose aurait pu couler des jours heureux avec sa famille, mais sa vie avait basculé le 15 mars 2012.

Ce jour-là, vers 14 h 10 à Montauban, trois militaires de la BDD se trouvaient devant un distributeur de billets de la Caisse d'Épargne quand un individu casqué avait déboulé en scooter et tué le caporal Mohamed Farah Legouad du 17e Régiment du génie parachutiste qui était en train de composer son code bancaire. Le tueur avait ensuite tiré dans le dos du caporal Loïc Liber qui tentait de s'enfuir vers le centre commercial. Celui-ci s'était effondré, grièvement blessé d'une balle dans la nuque et une autre au thorax. Le terroriste avait rechargé son arme et abattu un dernier parachutiste, le caporal

Abel Chennouf qui s'éloignait en rampant vers la boulangerie. Trois jours plus tard, le même tueur, Mohamed Merah, assassinait trois enfants et leur père dans une école juive de Toulouse.

Ces crimes abjects choquèrent profondément Vincent Bellerose. Mais la bascule se fit le jour où il rendit visite à Loïc Liber, originaire de Pointe-à-Pitre comme lui, sur son lit de souffrance à l'hôpital militaire de Montauban. Liber avait survécu à ses blessures mais, devenu tétraplégique, il ne pouvait désormais bouger que la tête et souffrait de terribles douleurs tant physiques que psychologiques. Bellerose enrageait. Le terroriste avait abattu des hommes, parce que selon ses idées nauséabondes, en tant que musulmans ou noirs, ils n'auraient pas dû servir la France, mais la combattre. En sortant de la chambre d'hôpital où Loïc Liber tentait de survivre, Bellerose réalisa que l'ennemi n'était pas à l'extérieur, mais à l'intérieur du pays. Il décida de consacrer désormais sa vie à lutter contre ces fanatiques qui avait sombré du côté du mal. Il passa les concours pour intégrer la SDLC parce que le Darknet était le terrain de jeu favori des terroristes. Ce changement professionnel avec retour à Paris perturba la vie privée du commandant et son mariage se solda par un divorce. Béatrice et le petit Mathis restèrent à Toulouse. À chacun de ses séjours dans la ville rose, le commandant ne manquait pas de rendre visite au caporal Liber et se jurait de combattre tous les Mohamed Merah. Quelque temps plus tard, la SDLC confia à Bellerose sa première affaire : un hacker qui se faisait appeler Blackbeard avait piraté la base de données d'un fournisseur d'accès Internet dont l'État était l'actionnaire majoritaire. Sa mission : le retrouver et le livrer à la justice française.

— Commença alors une traque sans merci qui s'achève aujourd'hui. Félicitations, vous avez enfin bouclé votre première affaire. Me voilà devant vous, menotté, sans échappatoire possible.

— Vous avez hacké mon téléphone ?

Le chevelu ne se donna pas la peine de répondre.

— C'est assez amusant, car la compagnie que j'aurais soi-disant piratée, a depuis conclu des accords commerciaux avec mon prétendu ex-client, et lui a elle-même livré de bon cœur les données personnelles de l'ensemble de ses abonnés. Rassurez-vous, cette entreprise française n'est pas la seule à pratiquer ce genre de deal. En revanche, elle est la seule dont l'État est l'actionnaire principal. Donc si je suis votre raisonnement… l'État serait aussi criminel que moi !

— La loi est la loi. Elle interdit de livrer à l'étranger des informations qui appartiennent à la France.

— Mais la France, elle, peut vendre les données personnelles qui appartiennent aux Français ?

— Ne jouez pas sur les mots.

Joachim leva les yeux vers le plafond pour ne pas révéler son état d'agitation. Il aurait aimé se dire que son adversaire avait été ébranlé par leur joute verbale, mais il savait que ce genre d'homme, crispé sur ses convictions, ne se laissait pas facilement atteindre. L'éclat blanc du néon lui brûla les yeux. Il souleva ses poignets entravés pour se relever les cheveux. Cette pièce grise dépourvue d'ouverture provoquait en lui un début de claustrophobie. Il ferma les paupières et se força à méditer quelques secondes pour retrouver son calme. Quand il ouvrit les yeux, il découvrit Bellerose qui l'observait avec intérêt en buvant une bouteille d'eau fraîche sortie d'on ne sait où. Il ne lui en proposa évidemment pas. Cela faisait partie des techniques. Joachim sourit. C'était sa meilleure défense.

— C'était juste une question théorique. Je sais bien que vous êtes formatés pour ne pas trop réfléchir aux questions qui fâchent. Vous seriez bien surpris de découvrir que nous pouvons avoir les mêmes combats, vous et moi.

— Pour une surprise, ce serait une surprise !

— Et si je vous disais que j'ai empêché une organisation terroriste de livrer des armes à Daesh ?

Il décrivit avec précision les circonstances qui l'avaient conduit à découvrir la terrible et surprenante information. Certain qu'il ne pourrait plus se regarder dans une glace s'il laissait les choses se faire, il avait décidé d'agir.

— J'ai alors héroïquement fait capoter la livraison et j'ai dénoncé l'association au SITE[1]. C'est comme ça que j'ai gagné le droit d'avoir un tueur aux fesses et que je me suis réfugié en France, ma patrie chérie !

— Votre ironie commence à me casser les couilles. Quel est le nom de cette fondation ?

— Elle a été dissoute vous pensez ! En revanche, je connais le nom du responsable, qui est toujours en liberté et coule des jours heureux en Californie.

— Qui est ?

— Je ne le donnerai qu'en échange de ma liberté.

— Impossible.

---

1. Le SITE Intelligence Group (Search for International Terrorist Entities) est le Centre américain de surveillance de sites terroristes.

— Alors vous pouvez me donner un peu d'eau ?

Bellerose hésita un moment puis sortit une bouteille du tiroir de son bureau, l'ouvrit et la tendit à Calderon. Celui-ci but lentement, en savourant chaque gorgée jusqu'à la dernière goutte, puis lui rendit la bouteille.

— Je croyais que votre priorité était la lutte antiterroriste. Qu'est-ce que vous voulez faire d'un gars comme moi ?

— Mon job. On me confie une mission, je l'accomplis.

— Rendez-moi ma liberté et je vous livre le nom sur un plateau. Ça me semble *fair* comme deal.

— À partir du moment où cet individu a agi sur le territoire américain et que vous avez livré son organisation au SITE, cette information ne présente aucun intérêt pour la France. Arrêtez de rêver, la liberté n'est pas une option pour vous.

Joachim Calderon soupira longuement.

— Je suppose qu'à partir de maintenant, je ne parlerai qu'en présence de mon avocat.

Le commandant s'était levé et marchait de long en large dans la pièce minuscule, en proie à des sentiments contradictoires. Il s'assit sur l'angle du bureau de métal gris et se pencha vers Blackbeard.

— J'ai une contre-proposition à vous faire : je peux permuter votre peine de prison en années de services à l'État. Vous collaborez à la SDLC pendant cinq ans, vous recevez un salaire. Et au bout de cinq ans, vous êtes libre.

— Si je comprends bien, vous voulez que je continue à être un vilain pirate… mais pour vous.

— Quand c'est pour la France ce n'est pas du piratage, c'est du renseignement.

— Je me demande qui joue sur les mots !

— Alors ?

— Impossible ! Mon grand-père se retournerait dans sa tombe. Moi, petit-fils de combattant républicain et de communiste, hacktiviste, citoyen du Net et du monde, moi Blackbeard, collaborer avec la police ? Jamais !

Bellerose sentait la moutarde lui monter au nez. Il venait de se montrer exceptionnellement généreux et l'autre se permettait de rejeter son offre. Il allait envoyer ce mec pourrir en cellule, il verrait s'il ferait toujours le malin après quarante-huit heures sans se laver, à pisser et chier dans une cuvette immonde. En général ça calmait les esprits. C'est alors que son téléphone portable sonna : c'était Violette Abravanel. Pris d'une impulsion, il décrocha. À l'autre bout du fil, l'ophtalmo était en panique. Il regarda Blackbeard avec stupéfaction.

— C'est Violette, elle dit que votre fille a disparu.

Calderon avait bondi de sa chaise

— Depuis quand ?

— Elle ne sait pas exactement. Elle a quitté l'appartement dans la nuit.

— Demandez-lui si elle a activé la fonction de géolocalisation de son iPhone.

— Est-ce que vous avez activé la fonction de géolocalisation de son iPhone ?

— Non.

Pour une fois d'accord, le commandant et le pirate s'indignèrent de concert :

— Mais enfin Violette, c'est la base !

70

Vendredi 28 août 2015. 14 h 22
iPhone de Cheyenne. Notes.

J'ai la haine. Les humains sont ignobles, les animaux d'élevage sont exterminés dans d'atroces souffrances, les ours polaires sont en train de crever, la forêt amazonienne crame et les pesticides nous empoisonnent. Je voudrais que tout redevienne comme avant. Pourquoi est-ce que tout ça m'arrive à moi ? Hier soir pour la première fois de ma vie je suis allée en boîte à Paris. J'avais une énorme envie de chialer, mais je ne voulais pas. J'ai vu sur Snap que Louise, ma copine du Rayol, était aux Planches, je suis allée la rejoindre. Je n'ai pas réveillé Ulysse. Ma mère n'a rien entendu. J'ai commandé un Uber et je suis descendue sur le boulevard. C'est la deuxième fois en deux jours que je fais le mur, je ne savais pas que c'était aussi facile. Louise avait donné mon nom au physio, je suis rentrée comme une VIP. Un pote à elle, un vieux de dix-neuf ans, avait posé une bouteille de vodka, je me suis assise à leur table. J'aime pas trop la vodka mais avec du coca ça passe crème. J'ai embrassé un mec. En fait, ce n'est pas du tout compliqué, je me demande pourquoi je m'en faisais tout un monde. À 5 heures du mat, on est allés se poser chez Louise avec des potes à elle. Ses darons sont à Ibiza pour un week-end de quatre jours, elle avait la baraque pour elle : un appart de dingue avec une terrasse sur Montmartre, où elle fait la fête H24. Ils ont commencé à rouler des bedos, j'ai pris une grosse taffe et je me suis endormie sans penser à rien. Ça fait du bien.

Je me suis réveillée avec une méga migraine, tout le monde dormait encore, affalés sur les canapés. J'ai pris une douche, piqué des fringues propres à Louise. Je lui ai laissé un post-it sur le front qui disait « Merci meuf et si jamais on t'appelle tu ne m'as PAS vue ». *J'avais un plan.*

J'ai pris le métro à Abbesses, direction le VIIIe arrondissement et je suis allée à la SDLC : Sous-Division de lutte contre la cybercriminalité. 11, rue des Saussaies, Paris VIIIe, j'ai trouvé l'adresse sur le Net. Là, j'ai demandé à parler au sous-commandant Bellerose (je pensais logiquement qu'une sous-division avait un sous-commandant mais en fait non, il est juste commandant). La dernière fois que je l'ai vu, il s'appelait Franck et était le barman cool et sympa du Broadway. Aujourd'hui il est en uniforme et il n'a plus rien de cool. Il savait déjà que j'avais fait le mur. La daronne, en panique, a dû alerter tout son carnet d'adresses, c'est-à-dire trois personnes. Il l'a appelée direct pour la prévenir que j'étais avec lui, puis m'a emmenée voir Joachim Calderon en m'expliquant qu'il venait juste d'avoir une « entrevue » très intéressante avec lui. J'ai eu peur de découvrir le fugitif en sang, la gueule défoncée comme dans les films, mais non. Il était juste tout gris, avec une barbe de deux jours et des menottes. J'avoue, il m'a fait un peu de peine... pendant trois dixièmes de seconde. Jusqu'à ce que le commandant nous enferme dans cette pièce sans fenêtre avec un vieux néon qui grésillait au plafond. Et là malaise total : tête qui tourne, vertige, j'ai vomi d'un coup mes céréales bios et mes vodkas-cocas. Calderon a cru que je décédais, il a cogné contre la porte blindée en hurlant. Bellerose a ouvert, il m'a demandé si Calderon m'avait fait du mal pendant que l'autre lui balançait les pires insultes. Au final, un agent est venu nettoyer la gerbe et Bellerose nous a emmenés dans son bureau. Il m'a donné une bouteille d'eau puis est sorti de la pièce en disant qu'il nous accordait dix minutes pas une de plus parce qu'il avait déjà enfreint toutes les règles de sécurité avec notre famille de dingues.

Quand on s'est retrouvé tous les deux tout seuls, j'ai dévoilé mon plan à Calderon : je veux refaire les tests ADN parce que je suis sûre que celui d'il y a quinze ans est totalement bidon. Ensuite tout ce cauchemar prendra fin. Il m'a répondu que c'était un projet très intelligent et qu'il était tout à fait d'accord pour le faire. Il a ajouté que même s'il était vraiment mon père biologique, il n'essaierait jamais de prendre la place d'Aurèle, car il savait qu'il est un super papa pour nous.

Prisonnier : Il a eu la chance d'être près de vous, de vous voir grandir, il vous aime et c'est sacré. Je voudrais juste que tu me laisses une petite chance de faire moi aussi partie de ta vie, de déjeuner avec toi de temps en temps, apprendre à te connaître. Qu'est-ce que tu en penses ?
Moi : Ça ne m'intéresse pas.

Prisonnier : Je comprends. J'ai un dilemme. Peux-tu m'aider ? Bellerose me propose un marché : soit je vais en prison pendant cinq ans, soit je travaille pour la SDLC pour la même période. Que ferais-tu à ma place ?
Moi : Je préfère que tu ailles en prison. Pour plus te voir.

La tête qu'il a faite !! Ensuite je suis sortie. L'ex Franck m'a accompagnée jusqu'à la porte en me disant d'arrêter mes conneries.
Devant le commissariat, une surprise m'attendait : mon père. Il m'a serrée dans ses bras comme un ouf en me disant que je lui avais fait la peur de sa vie. J'ai vu ses yeux pleins de larmes et j'ai compris que tout ça le faisait souffrir autant que moi. J'ai mis mes bras autour de son cou et je lui ai dit qu'il était mon seul et unique papa, parce que le vrai papa, c'est celui qui élève ses enfants, qui les aime et qui vient les chercher en pleurant au commissariat quand ils ont fait le mur.

71

Des perspectives fabuleusement terrifiantes

Violette dévala les cinq étages d'un pas léger, salua en souriant son voisin Max qui discutait comme chaque matin sur le palier avec Mira, la gardienne. Amanda l'attendait pour l'emmener rue des Saussaies dans le VIIIe arrondissement : elle allait chercher Joachim. Il lui avait téléphoné la veille pour lui dire qu'il était libre.

Elle était en train de dîner avec Sophie et établissait une mise à jour de la situation depuis leur soirée aux Catacombes quand son portable avait sonné. Sophie la première avait vu apparaître le prénom de Joachim et avait décroché sans lui demander son avis pour parler – crier – au revenant. Son amie avait déjà eu le temps d'organiser un dîner de retrouvailles chez elle avec toute la bande avant que Violette ne réussisse à récupérer son smartphone. Joachim lui avait annoncé que sa décision était prise : il acceptait la proposition de Bellerose et sortait le lendemain à 10 heures pétantes. Il l'invitait à partager le meilleur petit déjeuner de sa vie à la terrasse d'un café, avec des croissants ! Violette avait raccroché dans un état second. La tête lui tournait et elle n'arrivait pas à s'empêcher de sourire. La nouvelle ouvrait des perspectives terrifiantes.

— C'est fabuleux ! avait rugi Sophie.

Des perspectives fabuleusement terrifiantes. Medhi était venu les retrouver pour le café. Ils avaient passé la soirée à discuter, à rire et à boire, ce qui n'avait pas contribué à faire baisser sa consommation de vin rouge. Elle était rentrée chez elle joyeuse, confiante et un peu ivre. Dans l'appartement, Ulysse jouait mornement à Fifa en insultant ses joueurs. Scott le chat fixait l'écran, impassible, assis à côté de lui. Cheyenne était sortie et pas encore rentrée, ce qui doucha sa bonne humeur. Elle ne s'endormit rassurée que vers 4 heures du matin, en entendant la clef tourner dans la serrure et sa fille se glisser dans son lit. Vivement la rentrée. Avec la reprise des cours, elle aurait une bonne raison d'interdire les sorties en semaine. Pour l'instant, Violette préférait savoir où Cheyenne se rendait, et avec qui, plutôt que de la voir faire le mur et disparaître sans une explication.

Amanda s'était garée de biais sur le trottoir, à la place exacte du fourgon de police qui était venu chercher Joachim quelques jours plus tôt. Elle avait l'impression qu'un mois entier s'était écoulé depuis ce matin-là. Violette serra sa sœur contre elle avant de s'installer à ses côtés. Le soleil brillait, la journée lui semblait pleine de promesses et Amanda était au bord de l'explosion.

— Est-ce que vous vous êtes embrassés, au moins, l'autre soir ?

— Mais enfin, ce n'était pas du tout le sujet !

— Mais c'est TOUT le sujet justement ! C'est ton sujet depuis vingt ans !

Amanda emprunta les grands boulevards et continua sur le boulevard Haussmann. En ce mardi 1er septembre, on voyait que les vacances étaient terminées, la circulation avait repris ses droits sur Paris et déjà des petits bouchons se formaient dans l'alignement des feux rouges. Devant les Galeries Lafayette, des cars de touristes déversaient des foules d'accros du shopping. La voiture s'engagea dans la rue de la Boétie avant de tourner rue de Miromesnil. La radio jouait « Le maton me guette », un vieux rap de Passi qui lui rappela les jours heureux. « Mon corps est enfermé, seule mon âme peut voguer. » Violette roulait, corps et âme, en direction de Joachim.

— Et pourquoi tu penses qu'il a accepté le deal de Bellerose, si ce n'est pas pour toi ?

— C'est pour Cheyenne.

— Disons que ça lui fait deux bonnes raisons de sortir. Comment va Cheyenne ?

— Bof.

— Tu aurais dû le lui dire avant.

— On en a déjà parlé, mais je ne pense pas que ça aurait été une bonne idée.

Arrivé place Beauvau, la voiture passa devant le ministère de l'Intérieur et bifurqua rue des Saussaies. Le cœur battant, Violette regarda le bâtiment du siège de la SDLC devant lequel se tenait Joachim encadré par le commandant Bellerose et deux officiers de police. Les hommes semblaient aux aguets.

En voyant la Smart débouler, Joachim leva la main pour la saluer, elle sentit leurs regards s'accrocher l'un à l'autre et un sourire étirer lentement ses lèvres. Et puis tout alla très vite. Une détonation violente explosa dans la rue tranquille. Joachim, touché de plein fouet, s'écroula sur le trottoir ensoleillé. Déjà Bellerose et ses hommes avaient bondi en direction de la déflagration. Il y eut d'autres coups de feu, des cris, le fracas d'une vitre brisée. Amanda hurla et la voiture cogna le trottoir avant de continuer à rouler lentement vers le numéro 11. Le GPS indiqua d'une voix suave qu'ils étaient arrivés à destination. Violette, pétrifiée, ouvrit fébrilement la portière. À ses pieds gisait Joachim, les bras en croix, les yeux clos, un filet de sang sombre suintant à la commissure de ses lèvres blanches.

Les agents de la SDLC avaient tiré sur le tueur qui guettait depuis une fenêtre de l'immeuble d'en face. On entendit un cri de douleur indiquant qu'il avait été touché. L'escadron s'engouffra dans la porte cochère au pas de charge, armes aux poings.

— Neutralisez-le ! hurla Bellerose.

Il y avait du sang sur le trottoir. Violette s'agenouilla à côté du corps de Joachim. Toute couleur s'était retirée de son visage de marbre. Son blouson était carbonisé par l'impact d'une balle visée en plein cœur. À cette vue, son sang à elle se figea dans ses veines et son cœur s'arrêta de battre.

Elle entendit Bellerose aboyer des ordres brefs à son équipe qui ressortait de l'immeuble, encadrant un homme livide au bras bandé à la hâte.

— Conduisez-le au sous-sol. Appelez un médecin pour sa blessure et un interprète pour l'interrogatoire.

— Et lui ! Vous n'en avez rien à foutre de lui ?! hurla-t-elle, désespérée, en désignant Joachim, toujours étendu sans connaissance.

Les larmes lui brûlaient les yeux et des sanglots incontrôlés lui déchiraient la gorge. Dans un éclair de lucidité fulgurant, elle entrevit la réalité de ses sentiments : malgré les années passées, malgré l'absence et le silence, elle aimait toujours follement cet homme. Et il était mort. Elle avait retrouvé Joachim pour mieux le perdre.

Le commandant Bellerose s'approcha d'elle et lui posa doucement la main sur l'épaule.

— Calmez-vous ! On avait tout prévu. Il porte un gilet pare-balles. Il doit juste être évanoui.

Violette releva lentement la tête, hagarde. Pour la première fois de sa vie, elle s'était laissée emporter par l'émotion et avait autorisé son angoisse à prendre le dessus. Aussitôt, le médecin en elle se réveilla, elle posa deux doigts sur l'artère carotide de Joachim pour vérifier son pouls. Il battait ! Faiblement, mais sûrement. Joachim était en vie.

— Comment ça, tout prévu ? demanda-t-elle.

— C'est Calderon lui-même qui a proposé de sortir à découvert pour forcer le tueur à se manifester. Et ça a marché ! On vient de l'arrêter. Il ne le menacera plus. On va l'interroger avant de le livrer aux États-Unis.

Elle explosa :

— Vous êtes complètement inconscients tous les deux ! Il aurait pu être tué sur le coup ! Et si le tueur avait visé la tête ?

— En général, ils visent plutôt le cœur et laissent le visage intact, pour prouver que le job a été fait, marmonna Bellerose.

— Le tueur a tiré avec un très gros calibre, sans doute un 500. Avec cette puissance, l'impact peut être mortel, même avec un gilet pare-balles.

Pour la première fois, elle vit apparaître un semblant d'inquiétude dans le regard de Vincent Bellerose. Il s'agenouilla près de Joachim et le contempla, atterré.

— Vous voulez dire qu'il est en danger ?

Violette se pencha sur Joachim et souleva tendrement sa paupière pour vérifier ses réflexes pupillaires. La pupille se contracta, confirmant qu'il était toujours vivant, mais le risque de coma restait réel.

— La perte de connaissance ne me dit rien de bon. Le sang qui coule de sa bouche indique qu'il a subi un traumatisme crânien quand sa tête a heurté le bitume, avec un risque d'hémorragie cérébrale ou d'hématome sous-dural. Il faut le transporter d'urgence à l'hôpital.

— L'ambulance a déjà été appelée.

Elle plaça Jo en position latérale de sécurité et consulta sa montre en espérant que les secours arriveraient rapidement.

— Je ne voulais pas que ça se passe comme ça… Croyez-le ou non, mais je lui ai proposé de collaborer avant même d'en parler à ma hiérarchie.

— En effet, c'est généreux à vous de lui avoir évité la prison… s'il survit, ajouta-t-elle avec douleur.

— J'ai fini par éprouver une certaine sympathie pour vous deux et pour votre histoire.

Elle remercia d'un signe de tête, en caressant doucement ses beaux cheveux poissés de sang. Amanda la prit dans ses bras au moment où l'ambulance arrivait. Les portes s'ouvrirent, laissant apparaître un brancard et le matériel de premiers soins.

L'efficacité familière des infirmiers rassura quelque peu Violette.

— Dr Abravanel de l'hôpital des Quinze-Vingts, se présenta-t-elle. Le patient a subi un traumatisme en tombant sur le bitume et peut-être aussi à cause de la violence de l'impact de la balle. Il faut lui faire en urgence un examen des signes cliniques et neurologiques ainsi qu'un scanner cérébral. Dans quel hôpital le transportez-vous ?

— Pompidou.

— Parfait, je vous suis.

Amanda s'était déjà remise au volant. Elle klaxonna vivement pour indiquer à sa sœur de monter dans la voiture.

— Suis l'ambulance. On va à Pompidou. J'espère que ce n'est pas un coma. Tous ses signaux neurologiques sont faibles.

Elle était encore en train de boucler sa ceinture quand sa sœur démarra en trombe à la poursuite du véhicule médicalisé. Amanda était une conductrice que l'on pouvait sans exagération qualifier de nerveuse. Elle se faufila sans ralentir entre les voitures pour rejoindre l'ambulance qui fonçait, sirène hurlante, sur le faubourg Saint-Honoré.

— Ça n'arrivera pas ; ça ne peut pas arriver. Tu mérites quand même un peu de bonheur, bordel !

72

Mardi 1er septembre 2015. 11 h 27

iPhone de Cheyenne. Notes.

J'ai toujours cru que j'étais à moitié juive de Turquie et à moitié française de Paris. « On est 100 % parigots, dit toujours ma grand-mère avec fierté, aussi loin qu'on remonte dans l'arbre généalogique, on est accroché à Paname. » Mon grand-père ajoute parfois « parigot 100 % pur porc ! », ce qui me donne immédiatement envie de vomir.
Maintenant, je ne sais plus qui je suis. Si cette folie se confirme, j'ai du sang Calderon dans les veines. Qui sont ces gens ? Que me veulent-ils ? Est-ce que je vais devoir devenir à moitié espagnole, comme le prisonnier ?
Vendredi dernier, après être venu me récupérer à la SDLC, Papa m'a emmenée déjeuner dans un café près de son bureau. Il a commandé un steak saignant. À chaque fois que je vois quelqu'un manger du « bœuf » (en fait,

c'est une vache assassinée quand elle est trop épuisée pour continuer à produire du lait et découpée en steaks), j'ai toujours cette image de cette pauvre vache prisonnière dans un élevage intensif, qui passe sa petite patte blanche à travers les barreaux pour tenter de s'évader de cet enfer. Elle a un regard tellement triste, comme un gros chien perdu, que ça me donne toujours envie de pleurer. Alors hier, face à Papa dévorant son morceau saignant de vache, ça n'a pas loupé : les larmes.

Il a cru que je pleurais à cause de ce qui est en train de nous arriver. Alors que pas du tout, c'était la vache.

Il m'a pris la main et m'a dit que Calderon ne pouvait rien contre nous. Aux yeux de la loi, je n'ai qu'un seul et unique père et c'est lui, Aurèle Fontaine. Joachim Calderon n'existe pas. Le reste n'a aucune importance.

Je lui ai demandé :

— Mais si c'est vraiment lui, mon père biologique, est-ce que tu m'aimeras toujours autant ?

Il a mis ses yeux tout bleus dans les miens et m'a dit de ne plus penser à tout ça, de ne pas me prendre la tête pour rien et que ça n'allait rien changer à ma vie.

Puis il a appelé le serveur et lui a ordonné de retirer son assiette et de lui apporter une salade de haricots verts et j'ai compris qu'il m'aimait toujours.

12 h 12

Maman vient d'appeler. Calderon s'est fait tirer dessus. À l'heure qu'il est, il est toujours inconscient.

S'il meurt, mes problèmes seront résolus. Je serai débarrassée de lui. Tout redeviendra comme avant.

12 h 25

J'ai rappelé Maman.
Moi : Est-ce qu'il va mourir ?
Maman : J'attends qu'il se réveille.
Je sais ce que ça veut dire. C'est le jargon médical pour dédramatiser quand c'est la merde. Maman nous l'avait expliqué, c'est ce qu'on raconte dans les hôpitaux pour ne pas affoler les proches.
Une pensée horrible vient de me traverser l'esprit : s'il décède ce sera de ma faute ! Il a accepté le deal à cause de moi. Parce qu'il veut apprendre à me connaître. Et on n'aura pas eu le temps.

73

Hôpital Georges Pompidou – chambre 512

Quelque part entre le 29 septembre 1992 et le 1er septembre 2015

Il est assis au Buffon avec Aurèle Fontaine qui lui raconte l'air fanfaron qu'il a pécho sa première meuf l'été de ses 16 ans, dans un bled du sud de la France où ses grands-parents ont une baraque. La meuf s'appelait Mario, ce qui ne semblait pas du tout perturber Aurèle. Il trouve ce mec assez sympa, dans le genre fils de bourgeois timide. Joachim allume une cigarette de son air le plus macho et souffle incidemment la fumée sur le visage de Bébé qui tente de ne pas tousser. Il faut toujours les tenir à distance et veiller à les impressionner, ces gosses de riches qui peuplent son lycée. Jamais il ne leur dira que, pour s'habiller comme eux – et même mieux qu'eux –, il donne des cours de maths à des sixièmes et fait la plonge dans plusieurs restaus du quartier. Il y a des choses qui ne doivent pas être dites, surtout à un mec qui vit dans un deux cents mètres carrés meublé comme un château. Il déteste récurer les casseroles. Joachim tire sur sa clope et s'apprête à raconter sa première fois à lui, quand Aurèle s'arrête de parler pour faire signe à quelqu'un dans son dos. Joachim se retourne et la voit. Violette, la meuf qui lui a sauvé la mise à la soirée d'Aurèle.

Il était en train de se faire défoncer les côtes à coups de Dr. Martens par des néonazis quand elle avait coupé la musique et ordonné à tout le monde de foutre le camp, comme une super héroïne : pour lui, depuis, elle est UltraViolette. Il l'avait silencieusement remerciée. Un coup de plus et il se mettait à chialer de douleur devant tout le monde comme un lâche. Au lieu de ça, il avait foncé chez lui, avait lancé une machine pour laver ses fringues salies et s'était jeté sous la douche pour se débarrasser des trucs innommables dans lesquels il s'était roulé. Il avait le torse et les cuisses couverts de bleus, mais ça non plus il ne l'avait dit à personne.

La fille est venue s'asseoir avec eux. Elle a des yeux pailletés d'or sous une longue frange de cils bruns. Ses paupières se baissent et se soulèvent comme des ailes de papillon. Elle raconte qu'elle a passé l'après-midi dans le placard à chaussures de la mère de Sophie et que c'était le paradis. Il y avait plus de cinquante paires luxueuses, soigneusement rangées dans des boîtes. Elle dit : j'aimerais bien savoir ce que ça fait d'avoir une mère qui aime les chaussures. Et puis elle se tait, l'air triste. Alors pour la faire rire, il lui parle des chaussures de sa mère à lui, qui sont super moches ! Elle a un rire de clochette, Violette. Il continue à lui parler de pompes, de fringues, de musique, de cinéma. Aurèle est rentré chez lui, mais eux, ils discutent. Comme si ce qu'ils ont à se dire ne devait jamais s'arrêter.

Tout à coup, elle a soif. Elle rêve d'un coca. Il veut lui offrir un coca. Il appelle le serveur et commande. Quand elle lui demande ce qu'il prend, Joachim répond qu'il n'a pas soif. Violette dit : « On va prendre un coca pour deux, avec deux pailles s'il vous plaît. »

Leurs yeux se croisent au-dessus du verre, elle tirant sur sa paille, lui sur la sienne. Il boit très peu pour lui en laisser plus. Il fixe sa bouche arrondie autour de la paille et il déglutit. Violette a baissé les paupières puis les a relevées et a planté son regard dans le sien. Il a été foudroyé, est tombé fou amoureux d'elle.

Violette lui sourit et c'est comme si le soleil brillait dans le café. Elle veut devenir médecin pour sauver des vies. Il faut prévenir les gens de certains dangers. Ça s'appelle de la médecine préventive. Il lui raconte son rêve. Ce rêve dont il n'a jamais parlé à personne. C'est son secret avec Miguel. Ils ont un plan. Il faut qu'il aille étudier en Californie, au cœur du système. Il y a un truc de ouf qui est en train de se passer là-bas avec les ordinateurs. Les mecs deviennent milliardaires en changeant le monde. Miguel sait comment ça fonctionne et lui, Joachim, il veut en être. Violette l'écoute et il sait qu'elle comprend. Elle aussi a un rêve.

Soudain elle se lève. Elle doit partir chercher sa petite sœur à la danse. Le cœur de Joachim s'affole. Il doit trouver quelque chose pour la retenir, pour l'intéresser. Il n'a jamais invité personne chez lui, c'est trop petit et il y a toujours son grand-père dans le salon, mais tant pis, il se lance et lui dit : « J'ai envie de faire une soirée samedi. Tu viendras ? »

Elle lui a souri, puis elle est partie. Elle a disparu. Elle est très loin, à l'autre bout de la planète. Il faut absolument qu'il la retrouve. Il doit la revoir, sinon comment va-t-il vivre sans elle ? Elle ne peut pas disparaître. Il ne peut pas la perdre, il doit la rejoindre. Tout son être est tendu vers ce but. Violette ! Si tu m'oublies…

— Joachim…

Il ouvre les yeux et les referme, infiniment soulagé. Elle est là. Il est allongé sur un lit inconnu, il a la tête qui tourne et un bleu gigantesque qui lui comprime le cœur. Mais il s'en fout parce qu'elle lui tient la main. Il l'a retrouvée. Alors il lui sourit.

— J'ai envie d'un coca pour deux. Avec deux pailles.

Épilogue

Un mois plus tard. Samedi 3 octobre 2015

Violette marchait sur le pont des Arts, elle marchait vers Joachim, un sourire inconscient plaqué sur le visage, les yeux grands ouverts sur le mauve du ciel au soleil couchant, les narines frémissant à la douce fraîcheur du vent. C'était le premier samedi d'octobre, l'automne s'offrait un été indien. Elle avait marché depuis les grands boulevards pour atteindre le pont par la rive droite de la Seine. Venu par la rive gauche, Joachim se dirigeait vers Violette, le regard fixé sur elle, ébloui par ses jambes fines sur ses talons hauts, sa robe fleurie caressée par le vent, sa bouche rouge qui lui souriait.

Ils s'arrêtèrent à quelques pas l'un de l'autre. Face à face, presque immobiles, indescriptiblement heureux.

— Prête pour le grand jeu ?

— Plus que prête !

Il s'approcha de la rambarde et scruta le fleuve.

— Elle est là ! déclara-t-il, satisfait.

— Qui ?

— Tu verras, suis-moi.

Il hésita un instant avant de lui demander si elle souhaitait acheter un de ces cadenas que vendait un jeune Philippin aux touristes qui traversaient le pont. Il croulait désormais sous des milliers de verrous posés sur ses grilles par des amoureux du monde entier. Violette plissa le nez.

— Pas vraiment. Je ne crois pas que l'on puisse cadenasser les sentiments.

— Je suis d'accord, laissons-les s'envoler tranquillement.

Elle lui jeta un regard inquiet. Que voulait-il dire ? Ils s'étaient assez peu vus depuis que Joachim avait quitté l'hôpital après quelques jours placé en observation. Au final, il en avait été quitte pour un sérieux hématome sur la poitrine et une grosse bosse à l'arrière du crâne. Ensuite il avait été happé par sa nouvelle vie professionnelle et paraissait occupé jour et nuit. Certes, il l'appelait régulièrement, lui parlait avec tendresse, voire avec déférence, mais ne semblait pas très pressé de la voir. En revanche, il avait par deux fois invité les jumeaux à dîner et se montrait très soucieux de construire une relation avec eux. Violette, elle, s'était focalisée sur l'état psychologique de ses enfants. Elle les surveillait comme du lait sur le feu, terrifiée de les avoir traumatisés, mortifiée à l'idée de les voir souffrir par sa faute. Ulysse et Cheyenne voyaient donc chacun un psy, et elle se retenait de leur demander minute par minute comment ils se sentaient. Sa fille ne faisait plus le mur mais avait pris l'habitude de sortir tous les week-ends et Violette préférait la laisser aller en boîte plutôt que de l'enfermer. Elle lui laissait la bride sur le cou… tout en surveillant ses trajets en Uber sur son smartphone ! Ulysse était parfois malheureux de voir sa sœur happée dans un monde dont il ne faisait pas partie, mais finalement cela le forçait à prendre une certaine autonomie et à suivre ses propres centres d'intérêt. Il disait moins de gros mots. Aurèle, quant à lui, cultivait plus ou moins subtilement le déni.

Le téléphone de Violette sonna et le visage de Cheyenne s'afficha sur l'écran.

— Maman, est-ce tu crois qu'on pourrait greffer un GPS à mon chat ? Il n'arrête pas de s'enfuir pour se balader dans l'immeuble. J'ai pas envie de l'enfermer mais j'ai toujours peur de le perdre.

Déconcertée, elle ne sut que répondre. Les demandes de Cheyenne devenaient de plus en plus saugrenues.

— Dis-lui qu'une greffe ne sera pas nécessaire. Il existe des colliers spéciaux équipés de GPS. Elle pourra suivre les déplacements de Scott sur son iPhone. Elle doit pouvoir trouver ça sur Internet.

Violette avait placé la caméra face à Joachim pour que Cheyenne puisse l'entendre.

— Ah génial ! Merci Gégène. Je vais voir ça.

— On dîne toujours ensemble, mardi soir ? demanda Jo.

— Oui. Ulysse, toi et moi. Avec nous, tu dois prendre le lot.

— Avec vous, j'ai touché le gros lot ! Je réserve. Au fait, tu sais que Gégène est le surnom de quelqu'un qui s'appellerait Eugène, ce qui n'est pas tout à fait mon cas ?

— Tu veux dire que tu n'aimes pas le nom que je t'ai donné ? Gégène le géniteur ?

— Pas trop, non.

Cheyenne se mit à rire joyeusement.

— Que dirais-tu de Jo ?

— Bye Gégène !

Violette rangea le téléphone dans son sac, les lèvres serrées sur une moue de contrariété.

— Arrête de t'inquiéter, elle va bien !

Il avait sorti la main de sa poche et lui relevait gentiment le menton de l'index pour l'obliger à le regarder.

— Tu ne vois pas qu'elle agit comme ça pour attirer ton attention ? Je te jure, elle ne me fait pas du tout l'effet d'une fille traumatisée. Elle sait qu'on se plie tous en quatre pour ménager ses états d'âme et elle en profite un peu. Elle va bientôt avoir digéré tout ça et on va trouver un nouvel équilibre. L'important, c'est surtout de préserver sa relation avec Aurèle. Mais j'ai l'impression que c'est le cas.

Violette n'entendait plus. Elle s'appliquait à contrôler le tremblement qui s'était emparé d'elle au contact de la main de Joachim sur son visage. Enfin, il la touchait. Il la regardait. Depuis qu'elle s'était avoué son amour pour lui, leur passion passée lui revenait en mémoire, avec des images, précises, brûlantes, qui lui mettaient le diable au corps. Son pauvre corps endormi, engourdi et glacé qui désormais n'osait plus appeler les caresses. Pourquoi ne souhaitait-il plus la voir ? Ne la trouvait-il plus attirante ? Après tout, elle n'avait plus dix-huit ans, mais trente-huit. Elle s'obligea à respirer profondément.

— Tu as sans doute raison. Mais avoue que tout ça n'est pas facile à digérer pour une gamine de quinze ans.

— Elle s'en sort très bien.

Il avait remis sa main au fond de sa poche et se dirigeait vers l'Institut de France. Il gardait souvent les mains enfouies dans son jean. Elle le suivit alors qu'il empruntait le vieil escalier de pierres qui menait jusqu'au quai, en se tordant les talons sur les antiques pavés bosselés qui tapissaient la jetée.

— Besoin d'aide ? lança-t-il sans se retourner.

— Non. Tout va bien !

— On est bientôt arrivés, elle est juste là, à cinquante mètres.

— Qui ça, elle ?

— *Geneviève.*

C'était une péniche, ou plutôt un yacht ! Un petit palace flottant avec un grand pont en teck et des chromes étincelants. Un membre d'équipage s'approcha du bastingage pour installer une passerelle.

— Bienvenue à bord.

— Merci.

Elle admira avec émerveillement le paradis art déco sur lequel elle venait d'embarquer. Sur le pont arrière, deux fauteuils confortables encadraient un guéridon sur lequel avaient été dressés un seau à champagne et deux flûtes. Sur le pont avant se trouvaient un bar, une table nappée de blanc et un couvert élégamment dressé pour deux. Tout près de la proue, un jacuzzi aux eaux bleu pâle bouillonnait doucement. Elle se tourna vers Joachim.

— Comment tu as fait ? Tu as piraté leur système de réservation ?

— Pas du tout, j'ai simplement téléphoné !

Le capitaine de la péniche, pantalon marine, chemisette blanche et casquette galonnée, s'inclina devant elle.

— Souhaitez-vous une coupe de champagne ?

— Avec plaisir.

Elle vit qu'on avait ôté la passerelle d'accès à bord. Un instant plus tard, le moteur de la *Geneviève* se mettait en marche, faisant jaillir une écume blanchâtre. Le bateau tangua doucement et se dirigea d'un flot lent et majestueux vers le Louvre.

— Où est-ce qu'on va ?

— Loin.

Le serveur leur présenta un plateau avec deux flûtes de champagne. La nuit était définitivement tombée et les réverbères inondaient les quais de leur lumière dorée. Joachim leva sa coupe en sa direction.

— À quoi on trinque ? demanda-t-elle.

— À nous.

Violette but quelques gorgées de champagne délicieusement frappé.

— Tu as décidé de ne plus jamais m'embrasser ?

Il rit en rejetant ses cheveux en arrière. Les yeux de Violette se posèrent sur la peau mate et lisse à la base de son cou, elle dut faire un effort surhumain pour se retenir d'y poser les lèvres.

— Jamais de la vie ! J'ai très envie de t'embrasser…

— Mais…

— J'ai eu l'impression que tu ne supportais pas trop que je t'approche. Je ne veux surtout pas te forcer à te remettre avec moi si ce n'est pas ce que tu veux.

— C'est ce que je veux, chuchota-t-elle. C'est juste compliqué pour moi.

— Que t'est-il arrivé, Violette ? Tu as vécu une mauvaise expérience ? Quelqu'un a abusé de toi ?

La péniche atteignait désormais les abords du grand palais. Dans la nuit noire, les facettes de sa coupole illuminée étincelaient comme un diamant. Le serveur s'approcha pour leur indiquer que le dîner serait servi dès qu'ils le souhaitaient. Joachim l'éloigna d'un geste agacé.

— On vous préviendra. Rien ne presse.

Il plongea son regard noir dans les yeux de Violette.

— Je veux juste te comprendre, murmura-t-il.

— Ma seule mauvaise expérience, c'est ta disparition. Quand j'ai compris que je n'aurais sans doute plus jamais de tes nouvelles, une espèce de tristesse très profonde s'est abattue sur moi. Pendant longtemps, toute possibilité de plaisir, de joie ou de gaieté a disparu. Mes seuls bonheurs, c'étaient mes enfants, mon travail ; le reste n'avait plus d'importance. Quand j'étais encore avec Aurèle, je m'efforçais parfois de faire l'amour avec lui, pour lui faire plaisir. Mais moi, je n'avais plus envie. Et puis quand il est parti, le sexe n'a tout simplement plus fait partie de ma vie. Ça s'est fait tout seul, sans que je le décide vraiment. C'est juste comme ça. Alors évidemment, quand on est habitué à l'abstinence depuis si longtemps, le contact avec l'autre devient angoissant, presque une agression. S'imaginer recommencer à aimer, c'est effrayant.

Il l'avait écoutée avec une attention intense, la gorge serrée par sa confession sans fard. À demi éclairé par les lumières fluctuantes de la Seine, son visage était encore plus émouvant que dans ses souvenirs. Il eut envie de se jeter à ses pieds pour lui demander pardon. Elle le fixait comme autrefois de ses grands yeux dorés et il lui prenait une folle envie de baiser ses paupières frangées de longs cils, son petit nez délicat, ses lèvres rondes, comme il en rêvait chaque nuit depuis un mois, sans oser l'appeler ni la rejoindre. Mais il ne bougea pas, de peur de la brusquer. Il enfonça furieusement ses poings crispés dans ses poches et se recula d'un pas. Il avait tellement envie d'elle que ses jambes en tremblaient. Violette sourit et posa lentement sa paume sur le tee-shirt de Joachim, juste au niveau du cœur.

— C'est drôle, parce qu'en te parlant, je réalise que ce que j'ai dit n'est plus du tout d'actualité.

— Ah bon ? Comment ça ?

— Je n'ai plus peur.

Elle approcha d'un pas, abolissant d'un coup tout l'espace entre eux.

— Presque plus.

Elle se hissa sur la pointe des pieds et posa doucement ses lèvres sur les siennes. Joachim se força à l'immobilité, aspirant simplement son souffle, puis n'y tenant plus il retira les mains de ses poches et la serra contre lui. Et sa bouche avide lui rendit son baiser. Violette avait fermé les yeux. Lui ! C'était bien lui, entre ses bras, bien réel, bien vivant, totalement présent. Agrippée à ses épaules, la tête renversée en arrière, elle retrouvait, éblouie, les délices de leurs fabuleux baisers d'autrefois.

Quand ils revinrent à eux, la tour Eiffel illuminée se dressait sur la rive dans toute sa splendeur, dorée, tendre et amicale comme un souvenir d'enfance.

— Tu vois, c'est un peu l'effet que tu me fais, plaisanta-t-il en désignant la dame de fer.

— Je n'ai pas très faim. Et si on rentrait à ton hôtel ? demanda Violette à bout de souffle.

— J'ai un meilleur plan.

— Ah ?

— Il y a des cabines à bord…

Il vida sa coupe de champagne et lui tendit la main.

— Tu veux visiter ?

Violette glissa fébrilement ses doigts dans ceux de Joachim. Ce n'était pas à proprement parler une cabine, mais une grande chambre, aussi luxueusement meublée que dans un palace, avec des meubles aux lignes contemporaines en bois blond, de larges fenêtres qui dévoilaient la Seine et ses merveilles. Et puis un lit. Un immense lit moelleux qui les accueillit à draps ouverts.

— Attends ! Je ne suis plus la même, mon ventre est... Je ne fais pas assez de sport et...

Il posa ses doigts sur ses lèvres.

— M'en fous. Tu es belle, plus belle que jamais. Tout ce qui compte, c'est l'effet de ta peau sur la mienne.

Joachim avait toujours su faire durer ses caresses. Il prit le temps de lui enlever doucement sa robe et de laisser glisser ses paumes lentement sur toute la surface de son corps, jusqu'à la faire soupirer de bien-être. Les sens endormis de Violette se réveillaient sous ses mains aimantes, peu à peu sa respiration se fit plus rapide, un élan la précipita contre lui, le cœur battant et le désir à fleur de peau. Mais il n'en avait pas fini avec la lenteur. Il savait étirer le temps sur une simple pression, il savait l'art exquis d'effleurer, de faire danser ses doigts sur sa peau de satin et la faire tanguer. Elle s'était finalement cambrée sous ses caresses dans un long soupir de joie retrouvée.

Ensuite, ils se glissèrent en riant sous les draps, pour repartir à la découverte l'un de l'autre.

Face à face, peau contre peau, bouche contre bouche, les mains de l'un s'emparant avidement du corps de l'autre, le souffle court et les sens en pagaille, dans un grand embrasement où l'émotion se mêlait à l'excitation. Dans ce lit inconnu qui voguait sur la Seine, ils se réapprirent, se reprirent, se surprirent. Cette nouvelle passion entre eux, faite de désir, de manque et de douleur avait le goût oublié du bonheur, mais aussi pour Violette celui plus âpre des regrets. Le sommeil les surprit alors que la péniche abordait les rivages de Saint-Denis, le Stade de France posé dans la nuit comme une soucoupe volante.

Elle se réveilla la tête posée sur le torse bronzé de Jo, sourit en reconnaissant sur sa peau le symbole du soleil qu'ils s'étaient fait tatouer tant d'années plus tôt en Californie. Le sien était toujours là, gravé dans le creux de son dos. Elle avait toujours Joachim dans la peau. Il ouvrit les yeux quelques secondes après elle, l'enlaça jalousement.

— Je crois que j'ai faim maintenant, dit Violette.

— Ça tombe bien. Il paraît que le petit déjeuner est délicieux à bord.

Il l'était. Le personnel, impassible, avait fait disparaître le couvert du dîner pour leur préparer un *breakfast* de rêve. Le serveur souleva d'un grand geste les serviettes qui protégeaient des petits pains et des viennoiseries, et leur servit des jus de fruits, des boissons chaudes puis des œufs coque avant de s'éclipser avec style. Violette mordit joyeusement dans un croissant croustillant et parfait, c'est-à-dire trop gras.

— Quand je pense à toutes ces années perdues, à tout ce temps qu'on aurait pu passer ensemble !

Joachim picora une grappe de raisin piquée dans la corbeille de fruits. La péniche avait entamé le chemin du retour et glissait paresseusement aux abords de l'île de la Jatte. Le soleil était déjà assez haut dans le ciel pâle du début d'automne.

— Tu sais, j'ai énormément réfléchi à la question, j'ai retourné l'histoire dans tous les sens et finalement je suis arrivé à la conclusion qu'on n'y serait jamais arrivé à l'époque. On était trop pris chacun dans nos trucs. C'était injouable. Tout simplement pas le moment.

Elle le dévisagea, surprise.

— Ah bon ? Tu crois que le bon moment pour nous, ça aurait été en 2003, quand je me suis séparée d'Aurèle et que tu es revenu en France ?

Il secoua la tête.

— Non. En 2003, j'étais en mode échec et toi, tu n'avais pas une minute pour juste respirer, entre l'internat et les jumeaux.

Violette posa ses deux pieds sur ses genoux à lui car elle avait à nouveau besoin de son contact. C'était si bon de l'avoir près d'elle. Elle ne s'en lasserait jamais.

— Alors quand ?

Sous la table, il referma jalousement sa main sur sa cheville et lui balança son fameux sourire Calderon.

— Le meilleur moment pour nous, c'est maintenant.

Remerciements

Si tu m'oublies est certainement le roman qui m'a demandé le plus de travail et m'a emmenée le plus loin dans l'écriture. J'ai mis du temps à l'écrire, il a pris du temps pour mûrir. C'est mon père qui m'a donné l'idée de départ et sans doute un peu de notre amour est-il passé dedans, car depuis le début, cette histoire suscite des réactions magiques. Alors, je remercie ici toutes les personnes qui ont aidé ce livre à devenir ce qu'il est.

Merci à mes parents : Alberto, pour ce sujet si fou qu'au début je ne savais pas si je serais capable de le traiter et Perla, pour son soutien et sa confiance absolue en moi.

Merci à mes « *Girlz* » pour le premier débriefing dans le jardin de Marie-Sophie. Merci Laurence, Dorothée et Marie, à qui j'ai raconté l'histoire pour la première fois et qui m'ont enfermée dans la cuisine de leur bureau pour que je la termine sans que nous soyons dérangées !

Merci à mes talentueuses amies romancières : Marianne Levy et Marie Vareille, merci d'avoir relu mes 28 premières versions avec une infinie patience et des conseils toujours judicieux. Merci à Tania de Montaigne pour ses avis précieux et Caroline Grimm pour sa lecture amicale.

Merci à ma #TeamRomCom pour la merveilleuse aventure que nous avons vécues ensemble et qui m'a menée chez Charleston : Isabelle Alexis, Adèle Bréau, Sophie Henrionnet, Marianne Levy et Marie Vareille (qui méritent bien d'être citées deux fois). À vite pour la suite !

Merci à mes premières lectrices chéries : ma sœur Monica, Olivia Roland, Vanessa Ephrati, Véronique Mathey. Merci aussi Maurice Ephrati !

Merci à Jacques Guenni, de 66 Prod, qui voit déjà le film que pourrait devenir *Si tu m'oublies* ! Tu m'as donné des ailes. Et merci Fred Saurel.

Merci à Thomas Boulben de m'avoir ouvert les portes du continent noir du Darknet et montré comment y accéder. Brrrr !

Merci à Anouk Meizels et Véronique d'Ouince qui ont fait leurs études de médecine à la même époque que Violette de m'avoir guidée dans ce labyrinthe universitaire pour que le parcours de Violette soit aussi juste que possible.

Merci à l'informateur qui m'a donné les informations sur la SDLC (Sous-Division de lutte contre la cybercriminalité) et qui se reconnaîtra.

Merci à Karine Bailly de Robien, Laury-Anne Frut, Danaé Tourrand, Alice Bercker, Caroline Obringer, Mathieu Mazza, Estelle Drouard et à toute l'équipe des Éditions Charleston pour leur confiance et leur implication. J'avais vraiment envie de cette aventure avec vous.

Merci à Coralie Khong-Pascaud, qui a su faire partager son coup de cœur pour mon texte dans sa fiche de lecture et merci à Stéphanie Pélerin, qui m'a aidée à emmener ce roman à son top. J'espère que j'ai réussi à relever le défi.

Merci à toutes les personnes que j'ai saoulées avec le choix crucial, cornélien et douloureux de la couverture !

Merci à ma communauté qui me suit depuis des années sur les réseaux et répond à mes questions les plus saugrenues pour l'écriture de mes histoires.

Un immense merci aux amours de ma vie, Laurent, et nos merveilleux Charlotte, Ilana, Benjamin : vous passez avant tout. Merci de me supporter avec mes doutes, mes fixettes et ma désorganisation chronique.

Et pour finir, pas merci à mon chat Natova qui n'a pas arrêté de miauler tout au long de l'écriture de ce roman !

DE LA MÊME AUTRICE

Saga Grands Boulevards